Oetinger

Antonia Michaelis, 1979 in Norddeutschland geboren, in Süddeutschland aufgewachsen, zog es nach dem Abitur in die weite Welt. Sie arbeitete u. a. in Südindien, Nepal und Peru. In Greifswald studierte sie Medizin und begann parallel dazu, Geschichten für Kinder und Jugendliche zu schreiben. Seit einigen Jahren lebt sie nun als freie Schriftstellerin in der Nähe der Insel Usedom und hat zahlreiche Kinder- und Jugendbücher veröffentlicht, facettenreich, phantasievoll und mit großem Erfolg. »Der Märchenerzähler«, ihr erstes Buch für junge Erwachsene, wurde für den Deutschen Jugendliteraturpreis nominiert.

Antonia Michaelis

Wind und der geheime Sommer

Zeichnungen von Claudia Carls

Verlag Friedrich Oetinger · Hamburg

Kinderbücher von Antonia Michaelis bei Oetinger

Das Blaubeerhaus
Ella Fuchs und der hochgeheime Mondscheinzirkus

Einband und Illustrationen von Claudia Carls
Druck und Bindung: GGP Media GmbH,
Karl-Marx-Straße 24, 07381 Pößneck, Deutschland
Printed 2018
ISBN 978-3-7891-0869-3

www.oetinger.de

FÜR UNSERE WIND-KINDER,
DIE LIEBER MÜLL IM RINNSTEIN SAMMELN
UND KUNST DARAUS MACHEN,
ALS SCHÖNE, TEURE, ÖKOLOGISCHE DINGE
AUS SPIELZEUGGESCHÄFTEN
GESCHENKT ZU BEKOMMEN.

1

Nymphaea pygmaea rubra
ROTE ZWERGSEEROSE

Es war einer dieser absoluten Tonnentage.
Tage, die man in die Tonne kloppen kann.
John-Marlon merkte es gleich beim Aufstehen. Er stieg aus dem Bett und ging zum Fenster, einem kleinen Schrägfenster, denn das Zimmer befand sich unter dem Dach. Vierter Stock Altbau, ohne Fahrstuhl. Das Zimmer war winzig und im Sommer ein Backofen, aber er mochte es trotzdem: Es war ein guter Ort, um sich zu verkriechen, wenn alles schieflief.
»Deine Höhle«, sagte seine Mutter immer und lächelte.
An dem Tag also, an dem diese Geschichte beginnt, stand John-Marlon am Fenster und sah, dass die Sonne schien, mitten in einem saftig blauen Himmel. Das perfekte Wetter für die Sommerwettkämpfe der Schule. Laufen, Springen, Werfen, Kugelstoßen – und am Ende das sehnsüchtig erwartete Fußballturnier.
John-Marlon erwartete nur eines am Fußballturnier sehnsüchtig: sein Ende. Er hasste Fußball genauso wie

Laufen, Springen, Werfen und Kugelstoßen, und er hoffte seit fünf Jahren vergeblich, es würde am Tag der Sommerwettkämpfe regnen und sie müssten ausfallen.

»Du könntest dich doch anstrengen«, sagte sein Vater. »Ich meine: Streng dich doch einfach mal an! Das ist keine Frage der Kraft, das ist eine Frage des Selbstvertrauens.« Er beugte sich über den Tisch, einen kleinen, wackelnden Eiscafétisch, und sah John-Marlon in die Augen. Es war inzwischen zwei Uhr durch und die Sportwettkämpfe vorbei. Zum Glück. John-Marlons Vater hatte ihn gleich danach von der Schule abgeholt. Dies war ein Dienstag, und Dienstag war Vater-Tag. John-Marlons Vater wohnte seit Längerem nicht mehr mit John-Marlon und seiner Mutter zusammen, aber dienstags hatte er Zeit. Er war groß, sportlich und blond. John-Marlon war mittelklein, braunhaarig und pummelig. Überflüssig zu sagen, dass er eine Brille hatte. Mittelkleine pummelige Jungen haben oft Brillen, so wie ein Unglück meistens das nächste nach sich zieht. Sonnenschein zum Beispiel Sportwettkämpfe und Sportwettkämpfe Fragen nach Ergebnissen von Sportwettkämpfen.
»Du kannst das alles«, sagte John-Marlons Vater. »Es ist in dir. Verstehst du? In dir steckt ein Tiger.« Dabei machte er ein Gesicht mit einem *Grrrr* zwischen den Zähnen, was ziemlich lächerlich aussah.
»Papa«, sagte John-Marlon gequält. »Ich bin in der fünften. Nicht im Kindergarten.«

Er rührte in seinem Eisbecher, der sich langsam von zwei Kugeln unterschiedlicher Farbe in einen Matsch gar keiner spezifischen Farbe verwandelte.
»Ich wollte sagen: Man muss nur wollen!«, erklärte sein Vater. »Nächstes Jahr kriegst du eine Siegerurkunde. Ach was, eine Ehrenurkunde.« Er trank seinen Kaffee in einem Zug aus, als wäre auch das ein Wettbewerb. »Hat eben dieses Jahr nicht geklappt. Mach dir nichts draus.«
Das Schlimme war, dass John-Marlon sich gar nichts draus machte. Es war ihm völlig egal, wie weit er warf oder wie schnell er lief. Er versuchte es trotzdem. Für seinen Vater. Er ging seinem Vater zuliebe sogar in den Fußballverein, denn sein Vater war der Meinung, in ihm (irgendwo neben dem Tiger) stecke ein wirklich guter Fußballer. Er selbst spielte im Verein des Firmenvorstandes, sehr erfolgreich, wie er ab und zu betonte.
»Und wie war's Sonntag beim Fußball?«, fragte er. Als könne er Gedanken lesen.
»Na ja, ich habe nicht gerade ein Tor geschossen, aber ich war auf dem Feld«, sagte John-Marlon. »Immerhin.«
Sein Vater seufzte. »Die lassen dich immer noch am liebsten am Rand sitzen, was? Die werden schon sehen! Wenn wir beide endlich mal trainieren …«
John-Marlon sah auf. »Trainieren wir heute?«
Einerseits wollte er alles lieber als Kicken üben. Andererseits wollte er nichts lieber als etwas mit seinem Vater machen.
»Ich wünschte, wir könnten«, sagte sein Vater. »John-

Marlon …« Er legte eine Hand auf die von John-Marlon, es hatte etwas Beileidsmäßiges, wie auf einer Beerdigung.
»Du kannst nicht«, sagte John-Marlon. »Es ist was dazwischengekommen.«
»Ja. Ich dachte, wir essen wenigstens ein Eis, bevor ich … Wir haben eine Sondersitzung in der Firma.«
John-Marlon betrachtete den Eismatsch in seinem Glas.
»Ist deine Mutter denn zu Hause?«
»Nee«, sagte John-Marlon. »Arbeitet. Aber ich komm schon allein klar bis abends.«
»Nächste Woche trainieren wir.« Sein Vater sah auf sein Handy und stand auf. »Himmel, ich muss wirklich. Ich zahle noch schnell drinnen … Iss du in aller Ruhe dein Eis zu Ende, das hast du dir ja verdient. Nach den Sportwettkämpfen und allem.«
Er lächelte, doch man sah genau, dass er eigentlich nicht fand, John-Marlon hätte es verdient. John-Marlon fragte sich, ob sein Vater Zeit gehabt hätte, wenn die Wettkämpfe anders gelaufen wären. Wenn er nicht, wie jedes Jahr, im Laufen, Springen und Werfen unter den Schlechtesten gewesen wäre. Beim Kugelstoßen übrigens nicht. Beim Kugelstoßen war er gar nicht angetreten, weil er sich vor dem ersten Versuch die Kugel auf den Fuß hatte fallen lassen und verarztet werden musste. Etwas, das er seinem Vater garantiert nie erzählen würde.
John-Marlon starrte in den Eismatsch, bis er hörte, wie das Auto seines Vaters sich entfernte.
Dann stand er auf, kippte den Matsch in einen Blu-

menkübel und ging die Straße hinunter, auf der sein kurzer Sommerschatten ihm vorauslief.
Sonne auf dem Bürgersteig, Hitzeflimmern über dem Asphalt und ein Tag für die Tonne.
Aber dann.

Dann ging John-Marlon einen Umweg.
Durch eine schmale Straße, durch die er sonst nicht ging, irgend so eine abgehalfterte Berliner Seitenstraße eben. Er hatte keine Lust, zu Hause anzukommen, denn da würde ihn nur die Nachbarin sehen und seiner Mutter erzählen, dass er alleine in der Wohnung gewesen war, und seine Mutter würde am Telefon mit seinem Vater streiten, weil der doch hätte Zeit haben sollen. Und John-Marlon würde denken, dass sein Vater die Firmensitzung geschwänzt hätte, wenn er, John-Marlon, ein erfolgreicher, sportlicher Sohn gewesen wäre: einer, mit dem man gerne etwas unternahm.
All diese Konjunktive[1] führten dazu, dass er durch die erwähnte Seitenstraße trödelte.
Sie führte an einer Bretterwand entlang, beklebt mit Plakaten, alle übereinander, manche halb zerrissen: Reklame für Rockkonzerte, Demonstrationen, Disco-Nächte, vegane Meditationszirkel (was immer das war),

1 Ein Konjunktiv ist, wenn man sehr umständlich redet und »Ich würde gerne cool sein« sagt statt »Ich bin cool«, weil man weiß, dass man es sowieso nicht ist.

Partnerbörsen für regenbogenfarbene Frauen, Kinofilme, Theaterstücke … John-Marlon studierte eine Weile die Plakate. Das Leben, dachte er, passierte irgendwo, irgendwo ganz in der Nähe, das laute, bunte, wunderbare Leben. Nur er war nicht eingeladen.

Und dann fand er, ungefähr in der Mitte des Zauns, einen Spalt.

Neben einem halben Plakat, auf dem jemand mit herausgestreckter Zunge und bunten Kringeln in den Augen war. John-Marlon legte seine Hand neben den Spalt, nur so, und da rutschte das Plakat mit der darunter befindlichen Latte weg. Die Latte hing oben an einem Nagel, unten jedoch an keinem. Dahinter wuchs ein dicker Vorhang aus Kletterpflanzen.

Die entstandene Lücke war recht breit. Wenn er den Bauch ein bisschen einzog, dachte John-Marlon, konnte er vielleicht …

Er sah sich um. Die Straße war menschenleer. Nur an ihrem Ende, vor einem Laden mit rot-weißer Sonnenblende, stand jemand herum, guckte aber woandershin.

John-Marlon holte tief Luft, quetschte sich durch die Bretterwand und teilte den Kletterpflanzenvorhang.

Er stand in einem Urwald.

Einer duftenden, lichtdurchfluteten, grünen Welt, die so fern von der Stadt war, wie nur irgendetwas sein konnte. Einem Paradies.

Seltsam, der Dschungel war gleichzeitig undurchdringlich und durchdrungen von Luft und Sonne.
John-Marlon wanderte durch eine Art Gang zwischen Holunder, Knöterich und einer Menge Pflanzen, deren Namen er nicht kannte. Dschungelpflanzen. Selbst der Knöterich wirkte hier wie ein Urwaldgewächs, er bildete armdicke Lianen, und seine weißen Blüten waren wie weiße Gischt auf grünen Wellen. Dazwischen blühte es groß und rot und trompetig, gelb und puschelig, blau und doldenförmig … Wie kamen all diese exotischen Pflanzen hierher?
John-Marlon trat auf eine Lichtung, kletterte auf einen Schutthaufen und sah sich um.
Das Urwaldgelände wurde an einer Seite von den Brettern und an drei Seiten von sehr hohen grauen Hauswänden begrenzt. Wänden ohne Fenster. Man konnte sich fast vorstellen, es wären Felswände im Dschungel.
Es gab allerdings nicht nur Dschungel hier, es gab auch Sandhügel und eingetrocknete Fahrspuren von Baumaschinen, und irgendwo ragten die verrosteten Stücke eines Baggers aus hüfthohem Gras. Wasser glänzte in einem Tümpel oder einer Baugrube, und Reste alter Mauern standen herum. Vor langer Zeit hatte hier wohl ein Häuserblock gestanden, der abgerissen worden war, danach hatte die Welt dieses Grundstück vergessen.
In den Bäumen sangen tausend Vögel, auf Kniehöhe zirpten Sommergrillen, und die Blätter über John-Marlons Kopf waren lebende Kunstwerke. Was immer John-Mar-

lon zwischen den geheimnisvollen grünen Schatten finden würde, dachte er, eines war klar: Hier gab es keine Sportwettkämpfe.

Und dann fand er den Brombeerbaum. Wirklich, einen Baum, auf dem Brombeeren wuchsen, und orangerot statt lila. Lila waren dafür die Blüten der Kletterpflanze, die sich um die Äste des Baumes schlang.
John-Marlon streckte die Hand nach einer Brombeere aus – und da pfiff jemand. Über ihm.
Er erschrak so sehr, dass er zurücksprang und beinahe hinfiel. In den Ästen des Baums, zwischen orangeroten Brombeeren und violetten Blüten, saß das schönste Mädchen der Welt. Sie war weder blond noch blauäugig, noch hatte sie ein besonders feines Gesicht. Hübsch war sie nicht. Schön allerdings. Ihre braunen Haare sahen aus wie Wellen, die um ihren Kopf herumspritzten, eigensinnige Meereswellen voll aufgewirbeltem Sand. Ihr Gesicht war bedeckt von ineinanderfließenden Sommersprossen, und auf ihrer Stirn, über dem rechten Auge, strahlte ein rotes Feuermal, so ein Ding, das manche Leute wegmachen lassen. Aber auch das Feuermal war schön. Es sah aus wie eine rote Urwaldblume.
Die Arme des Mädchens waren braun gebrannt und voller Kratzer und Schrammen, ihr altes schwarz-grau gestreiftes Hemd halb zerrissen, ihre Jeans an den Knien durchgewetzt. Sie sah nicht aus, als störten die Löcher sie. Oder die Schlammspritzer auf ihrer Nase.

Gar nichts störte sie.
Außer vielleicht John-Marlon.
Sie saß da in einer Astgabel, im Schneidersitz, mit perfekt geradem Rücken, sah aus dunklen Augen zu ihm herunter und sagte: »Da bist du also.«
»Wusstest du, dass ich komme?«, fragte John-Marlon perplex.
»Natürlich.« Das Mädchen nahm etwas aus ihrem Haar, das John-Marlon zunächst für einen Skorpion hielt. Es war allerdings eine Zikade. Sie setzte sie auf ein Blatt.
»Lauf schon«, sagte sie. Und zu John-Marlon: »Natürlich wusste ich es. Jedenfalls eine Viertelstunde lang. So lange hast du gebraucht, um von der Bretterwand hierherzukommen. Rekordzeit.«
»Rekordschnell?«
»Rekordlangsam. Ich brauche dreizehn Sekunden. An schlechten Tagen.«
»Ich … äh … habe mir die Sachen angesehen«, sagte John-Marlon.
»Sachen.« Sie legte den Kopf schief. »Du bist schon eine komische Sorte von Eindringling.«
»Darf ich nicht hier sein?«, fragte John-Marlon leise.
Sie stand auf dem Ast auf und lehnte sich an den Stamm. »Eigentlich«, sagte sie, »dürften wir beide nicht hier sein. Aber es gibt einen Unterschied zwischen mir und dir. Du bist zufällig durch eine Lücke im Zaun gekrochen. *Ich* wohne hier.«

»Hier? Ich meine, du schläfst auch hier?«
»Nicht hier auf dem Maulbeerbaum, Dummerling«, sagte das Mädchen. »Da.«
Und sie zeigte mit der Hand irgendwo in das Wirrwarr aus Blättern hinter sich. »Komm. Ich zeig's dir. Wenn du schon mal hier bist.«
Dann stand sie vor ihm. Sie war genauso groß wie er. Sie roch nach Zitronen und Zucker und etwas wie einem fremden, exotischen Gewürz, und ihre Augen blitzten. Raubkatzenaugen, dachte er. Aber sie waren viel dunkler. Auf ihrem Grunde, irgendwo, er spürte es, lag ein Geheimnis.
»Das ist also ein Maulbeerbaum«, flüsterte er ehrfürchtig.
Sie nickte. »*Morus nigra*. Schwarze Maulbeere. Gehört nach Westasien und mag es warm. Letzten Winter habe ich ihr einen Pullover gestrickt.«
»Warum wachsen diese Dinger hier?«
Sie zuckte die Schultern. »Ich nehme an, sie haben ihren Grund. Aber sie sind geheim. Ein geheimer Dschungel.« Sie seufzte. »Na, jetzt kann man es wohl nicht mehr ändern, dass du ihn auch gefunden hast.«

Das Mädchen tauchte vor John-Marlon ins Dickicht, und er tauchte hinterher, kam ins Schwitzen und war dankbar, als sie stehen blieb.
»Hier ist der Fluss«, sagte sie. »Merk dir den. Frisches Wasser ist wichtig.«
John-Marlon nickte. Vor ihnen floss ein kleiner Bach

durch blumenbewachsenen Schlamm. »Und da – der Wasserfall.«
John-Marlon entdeckte ein Rohr, das aus einem stehen gebliebenen Stück alter Wand ragte. Irgendwo in zwei oder drei Meter Höhe fiel das Wasser aus dem Rohr, jemand hatte vielleicht vergessen, es abzustellen, nachdem das Gebäude abgerissen worden war.
»Wenn man genau hinsieht, sind da Regenbögen«, sagte das Mädchen. »Die Tiere kommen alle zum Trinken.«
John-Marlon kniff die Augen zusammen. Wirklich, wo der Wasserfall ins Wasser fiel, malte das Sonnenlicht kleine, hüpfige Regenbogen in die aufstiebenden Tropfen.
»Tiere?«
»Urwaldtiere«, sagte das Mädchen achselzuckend. »Affen, Elefanten, Tapire, manchmal ein Tiger.«
Und als sie es sagte, hörte John-Marlon die Affen in den Bäumen kreischen, er hörte in der Ferne einen Elefanten trompeten, hörte Raubkatzenschritte im Unterholz. Wie seltsam.
Er tunkte die Hand ins Wasser und trank, und es war kein Wasser aus einem rostigen Rohr, es war das klare Wasser eines Wasserfalls. Das Mädchen tauchte schon wieder ins Gebüsch. Er beeilte sich, sie einzuholen. Er war nicht wild darauf, alleine einem Tiger zu begegnen.
Nach einer Weile sagte sie: »Jetzt müssen wir über eine Brücke balancieren. Ist das ein Problem für dich?«
»Äh … nein«, antwortete John-Marlon. »Ich … balanciere gerne über Brücken.«

Die Brücke, eine ziemlich wackelige Hängebrücke, bestand aus dicken Ästen und Seil und besaß ein Geländer aus einem weiteren Seil. Sie führte über den Tümpel, den John-Marlon zuvor gesehen hatte. Nur dass er jetzt ein Urwaldsee war.
»Fall besser nicht rein«, sagte das Mädchen. »Niemand weiß, was da unten lauert.«
»Okay, dann fall ich heute mal nicht rein.« John-Marlon lachte nervös.
Sie balancierten nach der Brücke über mehrere Baumstämme, die über ein ganzes Netz aus kleinen Seen und Wasserläufen führten, und beim letzten See pflückte das Mädchen einen Strauß rosa Seerosen.
»Nehmen wir mit«, erklärte sie. »Machen sich bestimmt hübsch auf dem Küchentisch.«
Dann führte ein Trampelpfad sie durch hüfthohes Gras. Irgendwo ragten die Spitzen eines alten Astes daraus empor, aber das Mädchen flüsterte: »Schau! Antilopen!«, und John-Marlon sah, dass er sich geirrt hatte; es waren die Spitzen von Hörnern.
»Werden die Dinge so, weil du …«, begann John-Marlon. Doch in diesem Moment deutete sie nach oben, und er folgte ihrem Blick. Der Himmel war nicht mehr blau, über ihnen hingen schwere, schwarze Wolken.
»Jetzt kriegen wir unseren täglichen Regenwaldregen«, erklärte das Mädchen – und spannte einen altmodischen schwarzen Regenschirm mit Holzknauf auf, gerade in dem Moment, als der Regen auf den Urwald niederzu-

prasseln begann. John-Marlon hatte gar nicht gemerkt, dass sie den Schirm bei sich gehabt hatte. Das Mädchen hielt ihn über sie beide, und als sie weitergingen, wieder durch Dschungelgewirr, da gingen sie dicht nebeneinander, um zu zweit unter den Schirm zu passen. Es war schön, so dicht neben ihr zu gehen.

Leider gingen sie nicht ewig.

»Da wären wir«, sagte das Mädchen unvermittelt.

Und da waren sie: Sie standen vor einem Haus, das eigentlich keines war; es war ein Bauwagen mit einer überdachten Veranda davor, gebaut aus lauter unterschiedlich langen und dicken Brettern. Ein kaputter Schaukelstuhl knarzte in einer Brise vor sich hin. Am Dach des Bauwagens hatte jemand ein altes Balkongeländer befestigt, falls man sich da oben aufhalten wollte, und darüber bildeten Äste mit hellgrünen Federblättern ein luftiges Sonnensegel. Seitlich lief eine steinerne Wendeltreppe am Wagen nach oben – ein geschickt eingebautes Überbleibsel von einem früheren Gebäude auf dem Grundstück.

»Komm.«

Das Mädchen winkte John-Marlon ins Innere des Bauwagens, wo es dunkel war, doch als sie eine kleine Öllampe anzündete, wurde die Dunkelheit zu einem gemütlichen Zwielicht. John-Marlon nahm sehr vorsichtig auf einem Polstersessel mit unten herausguckenden Sprungfedern Platz. Der Wagen war ein Sammelsurium an merkwürdigen Möbelstücken. Da war ein fünfbeiniger Stuhl aus dicken Ästen, ein Tisch, der einmal ein

Fensterladen gewesen war, ein goldbraunes Sofa, dessen Füllung hervorquoll, ein Schrank mit schiefen Türen, ein kleiner Ofen, auf dem eine gusseiserne Pfanne stand. Den Boden bedeckten abgewetzte Flickenteppiche, und an den Wänden hingen Schöpfkellen, Schraubenzieher, getrocknete Pflanzen, Zeichnungen von Blumen und Tieren, ein Geigenbogen …

Das Mädchen schob ein dickes Buch mit dem Titel *Botanikführer Regenwald* beiseite und stellte eine Schale mit Keksen auf eine umgedrehte Bierkiste.

»Also«, sagte sie und setzte sich auf den fünfbeinigen Stuhl, schon wieder im Schneidersitz. »Wie heißt du?«

»Ich?«

»Na, ich nicht.« Sie schob sich drei Kekse in den Mund. »Ich weiß, wie ich heiße.«

»John … John-Marlon«, stotterte John-Marlon. »Und du?«

»Wind«, sagte das Mädchen. »Hör mal, John-John-Marlon, wie kommt es, dass du rosa Blütenblätter mit dir herumträgst?«

»Tue ich das?«

Sie hob ein Blütenblatt vom Boden auf. »Das muss von dir abgefallen sein.«

»Ist wahrscheinlich im Urwald an mir hängen geblieben.«

»Nein«, sagte sie und schüttelte den Kopf, dass die braunen Wellen nur so flogen. »Diese Sorte Blüten gibt es nicht in meinem Urwald. Und glaub mir, ich kenne sie alle.« Sie klopfte auf ein anderes Buch, eines mit einem fleckigen Ledereinband. »Ich habe von jeder Pflanze hier ein Blatt und eine Blüte gesammelt, sie gepresst und bestimmt. Diese rosa Dinger haben wir nicht. Sie muss von draußen kommen.«

»Ja … kann sein …«, nuschelte John-Marlon an einem Keks vorbei. Er war ziemlich hungrig nach der Urwaldwanderei. »Obwohl ich nicht weiß, wann ich heute an rosa Blumen vorbeigekommen wäre … außer denen.«

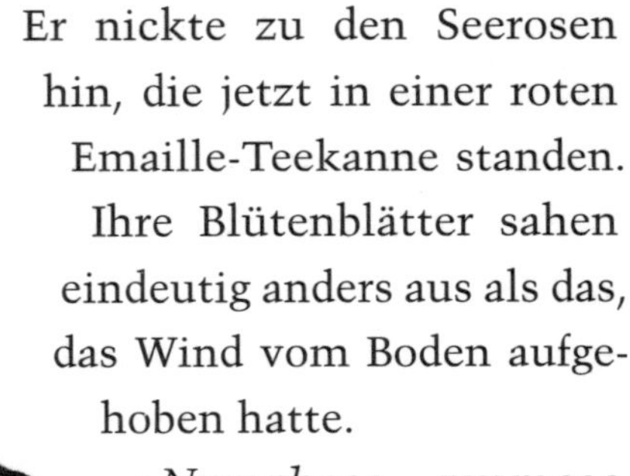

Er nickte zu den Seerosen hin, die jetzt in einer roten Emaille-Teekanne standen. Ihre Blütenblätter sahen eindeutig anders aus als das, das Wind vom Boden aufgehoben hatte.

»*Nymphaea pygmaea rubra*«, sagte sie. »Rote Zwergseerose. Ich kenne sie alle, mit Vor und Nachnamen. Mit dieser Blume da … bin ich nicht bekannt. Und heute Mittag lagen ihre Blütenblätter noch nicht auf meinem Fußboden.« Sie legte den Kopf schief, als würde sie intensiv lauschen. Auf Schritte von jemandem, der rosa Blütenblätter verteilte. Doch man hörte nur den Regen aufs Dach prasseln.

»Und du wohnst *immer* hier?«, fragte John-Marlon. »Auch im Winter?«

»Ich habe ja meinen Ofen«, sagte Wind. »Und jede

Menge Felle dahinten im Schrank. Im Winter ist es hier manchmal eine Eiswüste. Die Antarktis. Oder die Arktis. Man kann Schneehasen treffen oder Eskimos. Einmal hatte ich Eisbären auf dem Tümpel. Es ist jeden Tag anders. Du solltest es im Frühjahr sehen.« Sie sprang auf, nahm die Teekanne und zwei Tassen und goss ein. »In den ersten warmen Tagen, wenn der Schnee geschmolzen ist. All das kleine grüne Zeug, das dann wächst wie wild … Einmal war da draußen eine Alm. Mit Enzian. Und Kühen.«

John-Marlon sah die Teetasse an, die Wind ihm reichte. »Aber das … ist das Wasser von den Seerosen!«

»Ach was, das ist kalter Zitronentee«, sagte Wind. »Ich habe die Seerosen hineingestellt. Die sollen auch mal was Gutes kriegen. So, John-John-Marlon. Und warum bist du hier?«

»Weil, na ja, ich glaube, weil mein Vater keine Zeit hatte«, antwortete John-Marlon leise, nahm seine Brille ab und putzte sie ausführlich mit dem Ärmel. Aber man kann keine Brille ewig putzen, und irgendwann musste er sie wieder aufsetzen. Da sah er Wind durch die Gläser an, das schönste Mädchen der Welt, und seufzte, und dann erzählte er ihr von dem ganzen Tonnentag, von den Sportwettkämpfen und dem Fußball und seinen Eltern. Sie hörte zu, ohne zu unterbrechen, nur ab und zu streichelte sie eine Katze, die sich auf ihrem Schoß eingefunden hatte.

»Und du?«, fragte er schließlich. »Warum bist du hier?

Wo sind deine Eltern und …« Der scharfe Blick ihrer glänzenden dunklen Augen ließ ihn verstummen.
»Es gibt Dinge«, meinte Wind bedächtig, »die sollte man nicht fragen.«
Die Katze sprang von ihrem Schoß und verschwand irgendwohin, und Wind nahm einen kleinen alten Wecker von einem Regal und sah darauf. Die bronzefarbenen verschnörkelten Zeiger zeigten Viertel vor zwölf. »Dann ist es jetzt Viertel vor sechs«, meinte Wind. »Sie geht sechs Stunden vor.«
John-Marlon schüttelte verwundert den Kopf. Er hatte gar nicht gemerkt, wie die Zeit vergangen war.
»Warum stellst du sie nicht?«, fragte er.
»Man muss doch mit dem Rechnen irgendwie in Übung bleiben, wenn man alleine lebt.« Sie zuckte die Schultern. »Es regnet nicht mehr, hast Glück. Du musst gehen.«
»Ja?« John-Marlon stand widerstrebend auf. »Warum?«
»Es gibt Dinge …«, begann Wind. »Ab sechs muss ich alleine hier sein. Komm nächstes Mal früher. Dann kann ich dir was zeigen. Ein Geheimnis.«
Als John-Marlon zusammen mit dem Mädchen Wind den tunnelartigen Pfad zum Loch im Zaun zurückging, glaubte er kurz, hinter ihnen Schritte zu hören, menschliche Schritte. Doch dann waren sie fort und vielleicht nie da gewesen.
Vor der Bretterwand packte Wind John-Marlon plötzlich am Ärmel. »Du erzählst doch keinem von … dem hier?«

John-Marlon schüttelte den Kopf, und Wind nickte beruhigt.
Behutsam strich sie über ein mehrfingriges Blatt voller roter Adern. Ein Regentropfen glitzerte darauf wie ein perfekt geschliffener Edelstein. »Es ist wunderschön hier«, flüsterte sie. »Wie ein Bild von Rousseau. Aber dies ist mein letzter Sommer im Urwald. Nach dem Sommer wird es kein Mädchen Wind mehr geben. Und das alles … auch nicht mehr.«
»Warum?«, fragte John-Marlon bestürzt, und zum ersten Mal begriff er, was das Wort »bestürzt« bedeutete, er fühlte sich, als würde er aus etwas herausstürzen. Aus einem wundervollen Bild, das eben noch wirklich gewesen war.
»Geh jetzt«, wisperte Wind. »Geh jetzt, John-John-Marlon. Und wenn du willst, komm morgen um drei.«
Damit drehte sie sich um und verschwand im Unterholz. Und John-Marlon teilte den Vorhang aus Knöterichranken, kroch durch die Bretterwand und stand wieder in der juniabendwarmen Berliner Seitenstraße.
Nur irgendwie war gar nichts so wie zuvor.

Am Ende der Straße hielt er bei dem kleinen Laden mit der rot-weißen Sonnenblende an. Es war ein Spätkauf, so ein Gemischtwarenladen, der auch nachts offen hat, winzig und vollgestopft mit allem Möglichen: Wasserflaschen, Handykarten, Rubbellosen, Keksrollen, Zigarettenpackungen, Bierdosen, Obstauslagen, Fladenbrot in einer leicht staubigen Glasvitrine. Daneben gab es eine Theke, die man vermutlich wegklappen konnte, um dahinterzukommen, und dort stand ein alter Herr mit einem grauen Schnauzbart und Brille. Vielleicht, dachte John-Marlon, sollte er sich später auch einen Schnauzbart stehen lassen, vielleicht würde das die Brille besser machen.

Der Herr mit dem Schnauzbart las im Stehen eine bunte Fernsehzeitschrift und offenbar gleichzeitig ein leinengebundenes kleines Dünndruckbuch und sah von beiden auf, als John-Marlon den Laden betrat und eine kleine Ladenglocke klingelte.

»Haben Sie Cola?«, fragte John-Marlon, der sich plötzlich unendlich durstig fühlte. Hatte er wirklich in einem Bauwagen Zitronentee mit Seerosen-Kompost-Geschmack getrunken? Oder hatte er sich das alles nur zusammengeträumt?

»Cola. Ich fürchte, nein«, erwiderte der Schnauzbartmann, in einer kleinen Kühltruhe wühlend. »Limca hätte ich. Das ist die indische Variante von Cola. Nein, eigentlich von Zitronenlimonade. Nur mit weniger Zitrone und mehr künstlichen Zusatzstoffen.«

John-Marlon zuckte die Achseln und legte zwei Euro auf die Theke. Die silbrige Geld-auffang-Schale hatte die Form eines Elefantenohrs. Der Mann zwirbelte nachdenklich seinen Bart und gab John-Marlon ein paar Münzen wieder. Dann sah er aufmerksam zu, wie John-Marlon trank.

»Etwas bitter, hm? Manche sagen, das Zeug schmeckt nach Seerosenstielen.«

John-Marlon verschluckte sich und hustete, und der Schnurrbärtige beugte sich über die Theke und klopfte ihm auf den Rücken. »Alles in Ordnung?«

John-Marlon kniff die Augen zusammen. »Wer ist eigentlich Rousseau?«, fragte er leise.

»Ein Maler«, antwortete der Schnurrbärtige. »Lange tot. Fragst du wegen des Kalenders?«

Er deutete zu einem der Regale, und daran hing wirklich ein Kalender. Ein Kalender mit dem gemalten Bild eines wunderschönen Dschungels, in dem eine nackte Frau sich auf einem Sofa aalte, während dahinter ein Tiger aus dem Dickicht sah, der sich vielleicht mit ihr unterhalten wollte.

»Glauben Sie, dass der Tiger echt ist?«, fragte John-Marlon. Natürlich meinte er den Tiger hinter dem Bretterzaun, den Wind erwähnt hatte.

»Das kommt ganz auf den Standpunkt der Betrachtung an«, sagte der Mann mit dem Schnauzbart.

2

Sequoiadendron giganteum
RIESENMAMMUTBAUM

Der Abend war so warm, dass sie bei offenem Fenster in der Küche aßen.

John-Marlon hatte den Tisch gedeckt und das Brot geschnitten. Als er die kleinen Tomaten betrachtete, die auf einem Teller lagen, kamen sie ihm beinahe exotisch vor. »Haben Tomaten eigentlich noch einen anderen Namen?«, fragte er.

»Einen anderen Namen?« Seine Mutter runzelte die Stirn, was ihr Gesicht noch müder aussehen ließ als ohnehin. Sie hatte den Kopf in eine Hand gestützt und rührte mit der anderen in ihrer Teetasse. John-Marlon hatte auch den Tee gekocht.

Weil ich jemanden kennengelernt habe, der Pflanzen andere Namen gibt, die viel schöner klingen, wollte John-Marlon antworten, aber dann sagte er nur: »Ach, bloß so.«

Er sah, wie sie ihren Nacken massierte, wahrscheinlich hatte sie wieder diese Verspannungen, die sich alle zwei Wochen in Killerkopfschmerzen entluden. John-Marlon wünschte, er hätte ihr helfen können. Er hätte für sie die alten Leute herumhieven oder füttern und waschen können, statt zur Schule zu gehen. Denn das war es, was sie machte, alte Leute pflegen.

Es war überhaupt nicht einzusehen, fand John-Marlon, dass alte Leute in Berlin so dick und schwer waren. In Polen, wo seine Mutter als Kind gewohnt hatte, waren die alten Leute klein und dünn, das wusste er, weil sie manchmal seine Großeltern besuchten.

Aber in Polen verdiente man als Altenpfleger zu wenig. Vielleicht zahlten sie weltweit nach Kilogramm.

»Hattest du einen schönen Tag mit Papa?«, fragte John-Marlons Mutter und biss in eine Brotscheibe. Sie hatte vergessen, etwas draufzuschmieren.

»War okay«, sagte John-Marlon.

»Was habt ihr denn gemacht?«

»Wir … wir waren im botanischen Garten«, sagte John-Marlon. »Und da hatten die Pflanzen alle diese langen Namen. *Morus* irgendwas für Maulbeerbaum. Die sehen aus, als würden Brombeeren auf ihnen wachsen. Und wir sind über eine sehr wackelige Hängebrücke balanciert. Es war … weißt du, es war ein wirklich schöner Tag.« Er spürte, wie er lächelte.

»Klingt gar nicht nach Papa«, murmelte seine Mutter.

»Morgen gehe ich wieder hin«, erklärte John-Marlon.

»Allein?«

»Andere Leute in meinem Alter *wohnen* allein. Da kann ich wohl in den botanischen Garten gehen.«

»Natürlich. Du kannst dir aus der Dose auf dem Fensterbrett das Geld für den Eintritt nehmen. Ich finde es ja wunderbar, dass du dich so für Botanik interessierst. Aber das mit dem Alleinewohnen, woher hast du das?« Sie schüttelte den Kopf. »Das tut in deinem Alter niemand. Wenn ein Kind allein ist, kommt es in ein Heim oder in eine Pflegefamilie.«
»Im Urwald vielleicht nicht«, murmelte John-Marlon.
»Na ja«, sagte seine Mutter. »Auf Papua-Neuguinea gibt es vielleicht arme bedauernswerte Kinder, die sich allein durchschlagen müssen, aber hier nicht.«
Sie gab ihm einen Kuss auf die Stirn, und er dachte daran, wie wenig arm und bedauernswert Wind gewirkt hatte.
Er träumte von ihrem Gesicht mit den Sommersprossen und dem Feuermal. Im Traum legte sie einen Finger an die Lippen. »Erzähl keinem von dem hier«, wisperte sie. »Noch nicht. Nach dem Sommer werde ich nicht mehr da sein. Dann kannst du es erzählen.«

In der Schule sah John-Marlon aus dem Fenster und träumte weiter. Fin, der neben ihm saß, wunderte sich über die Blumen, die er an den Rand seiner Hefte malte.
»Wirst du jetzt zum Mädchen?«, flüsterte er. »Ich meine: *Blümchen?*«
»Das ist eine *Nymphaea pygmaea rubra*«, zischte John-Marlon.
»Ein was für'n Ding?«
»Eine fleischfressende Urwaldseerose«, sagte John-Marlon.

»Aaach«, sagte Fin gedehnt. »Was frisst die denn?«
»Tiger«, sagte John-Marlon. »Und dazu trinkt sie Zitronentee.« Daraufhin musste er so lachen, dass die Erdkundelehrerin ihm einen komischen Blick zuwarf.
»John-Marlon Brillenschlange ist verrückt geworden«, sagte Fin laut. Die anderen kicherten, aber komisch, es machte John-Marlon gar nichts aus.

Diesmal musste er eine halbe Ewigkeit warten, bis die Seitenstraße leer war und niemand ihn sah. Aber schließlich schob er die Latte zur Seite, teilte den Rankenteppich und trat aus der Welt des nachmittäglichen Berlin in die Welt des Urwaldes.
Er hörte die Vögel, die Zikaden, das Rascheln der Äste. Er roch das Grün der Blätter, den Duft der exotischen Blüten. Er spürte die Erde unter seinen Füßen.
Es war alles noch da.

In einer Minute hatte er den Maulbeerbaum erreicht, in fünf weiteren Winds Behausung. Doch dort lagen nur drei zerzauste braun getigerte Katzen auf der Veranda und schliefen neben einer sorgsam ausgeleckten alten Schüssel.
John-Marlon setzte sich auf den Schaukelstuhl.
Der Wind bewegte die Äste und zerpflückte die Sonnenstrahlen.
»Vielleicht«, flüsterte John-Marlon, »ist sie nicht da, weil der Wind da ist. Sie ist der Wind.«

»Ich kann mich verwandeln, das ist nicht ganz falsch«, sagte eine Stimme über ihm.
Dann landete Wind neben John-Marlon. Sie war übers Dach gekommen. Die Feuermal-Blume auf ihrer Stirn leuchtete, und ihre Wangen waren gerötet, als wäre sie gerannt. In der Hand trug sie einen kleinen weißen Plastikeimer, in dem einmal Quark gewesen war.
»Du wollest mir ein Geheimnis zeigen«, sagte John-Marlon.
Wind hielt ihm den Eimer hin, und er fuhr zurück. Darin wanden sich dicke braune Würmer.
»Das Geheimnis ist, dass du ... Würmer züchtest?«
»Nein, Dummerling«, sagte Wind. »Die sind unser Geschenk für das Geheimnis. Komm.«
Während John-Marlon ihr folgte, dachte er darüber nach, was seine Mutter gesagt hatte. Dass Kinder nicht alleine wohnen konnten. Nicht in Deutschland. Wind trug das gleiche grau-schwarz gestreifte Hemd und die gleiche zerschlissene Jeans wie am Tag zuvor. Niemand schien sich um ihre Kleider zu kümmern. Sie schlenkerte mit dem Eimer und pfiff leise vor sich hin. Sie brauchte niemanden, der sich um sie kümmerte.
»Da sind wir«, sagte sie.
Sie standen am Eingang einer Höhle, die dunkel und kalt in einen Berg aus Geröll und Schutt hineinreichte, zwei stehen gebliebene Hauswände waren jetzt Höhlenwände. Es roch nach Zoo.
»Wer ... wohnt hier?«, wisperte John-Marlon.

»Oh, nur ein ganz kleines Monster«, antwortete Wind. »Es frisst gerne zehnjährige Jungen.«
»Elf«, sagte John-Marlon ärgerlich. »Ich bin elf.«
»Na, dann bist du ja aus dem Schneider«, meinte Wind.
Sie zog ihn weiter ins Innere der Höhle, grünes Licht drang von draußen herein. Schließlich blieb Wind stehen und klatschte, daraufhin löste sich etwas von der Decke, und Sekunden später waren sie eingehüllt in eine flatternde, kreischende Wolke.
Doch ehe John-Marlon schreien konnte, legte sich die Wolke schon wieder. Wind stand mit ausgebreiteten Armen vor ihm, und auf diesen Armen, auf ihren Schultern und ihrem Kopf saßen jetzt lauter kleine schwarze Flecken. Fledermäuse.
Wind kniete sich vorsichtig hin, nahm ein paar Würmer aus dem Eimer und legte sie auf ihre flache Hand. Da lösten sich die Fledermäuse von ihren Armen und flatterten zu der Hand.
»Hier«, sagte sie. »Nimm auch ein paar Mehlwürmer. Sie lieben die Dinger.«
»Du … hast sie mit Mehlwürmern gezähmt?«
»Gezähmt nicht«, sagte Wind. »Wir sind nur gute Bekannte. Und einmal die Woche besuche ich sie und bringe etwas zum Tee mit.«
Sie setzte eine der Fledermäuse vorsichtig auf John-Marlons Hand, und er streichelte ihren winzigen Kopf mit dem kleinen Finger, gab ihr einen halben Mehlwurm und fühlte einen Schauer des Glücks durch sich rieseln.

»Warum hast du das gemacht? Sie gez… sie zu Bekannten gemacht?«, flüsterte er.
»Ist lange her«, antwortete Wind. »Es war mein erster Sommer hier, und ich war ein bisschen allein.«
»Und deine Eltern …?«
»Sind nicht hier, oder siehst du sie irgendwo?«, sagte Wind ärgerlich. Sie nahm ihm die Fledermaus weg, legte ihre Wange an das weiche Köpfchen und blieb einen Moment so, mit geschlossenen Augen.
»Wenn der Sommer zu Ende ist«, wisperte sie, »wird niemand ihnen mehr Würmer bringen.«
»Verschwindet denn der Urwald ganz?«, fragte John-Marlon. »Und wo wirst *du* sein?«
»Frag doch nicht immer so viel.« Wind hängte die Fledermaus an die Höhlendecke und nahm den leeren Eimer. »Lass uns …«
In diesem Moment raschelte etwas vor der Höhle. Wind legte den Finger an die Lippen.
»Tiger«, flüsterte sie. Dann schlich sie auf Zehenspitzen zum Eingang.
John-Marlon folgte ihr. »Könnte es nicht auch ein Faultier sein oder so?«, wisperte er unbehaglich.

Doch gerade da fauchte es im Gebüsch leise und gar nicht faultierhaft.
John-Marlon spürte, wie ihm ganz kalt wurde. Er liebte Tiger. Sie waren schön und majestätisch und wunderbar … solange sie sich im Zoo befanden.
»Können wir an ihm vorbeirennen und auf einen Baum klettern?«, flüsterte er.
Wind schüttelte den Kopf. Und John-Marlon fiel ein, dass Tiger auch auf Bäume klettern konnten. Das war ein Nachteil.
Er sah, wie Wind ein Seil aus ihrer Tasche holte. Sie legte es zu einer Schlaufe wie ein Lasso, gab John-Marlon den Eimer und hob das Lasso – und dann geschah alles auf einmal. Die Zweige teilten sich. Wind warf das Seil. John-Marlon schrie und hielt sich die Hände samt Eimer vors Gesicht. Ein paar Urwaldvögel flohen kreischend. Ein Mehlwurm landete auf John-Marlons Wange. Wind sprang zurück, rang auf dem Boden mit einem Schatten – und schließlich war es still.
John-Marlon nahm den Mehlwurm von seiner Wange und die Hände vom Gesicht.
Da saß sie. Auf dem Tiger. Sie hatte ihn komplett im Seil eingewickelt.
Wind stand auf und trat zurück, um ihn zu begutachten.
»Jojo, du Blödmann«, sagte sie.

Jojo war kein Tiger.
Er war ein dünner Junge mit blondem Haar, abstehen-

den Ohren und spitzer Nase, vielleicht acht Jahre alt. Er steckte in einem blauen Kapuzenpullover mit grünen Eidechsen, vielleicht von einer Mutter genäht, die den Stoff cool gefunden hatte, obwohl ihr Sohn ihn peinlich fand.

Jetzt befreite er sich aus der Verhedderung und stand auf.

»Ich wollte dich nur erschrecken«, meinte er und grinste. »Musst mich nicht gleich erwürgen.«

»Dummerling«, sagte Wind. »Ich dachte gerade, ich zeige John-Marlon mal, wie man einen Tiger fängt.«

»John-Marlon?« Jojo musterte ihn abschätzig. »Was'n das für'n Name?« Er machte einen Handstand und lehnte die Füße gegen einen schlanken jungen Baum. »So rum sieht er schon besser aus«, erklärte er. »Aliiicia, wo steckst du? Guck dir mal diesen Jonas-Martin an.«

Daraufhin kam ein Mädchen um das Dickicht herum, in dem kein Tiger gesessen hatte. Es war ein hübsches Mädchen in einem blassrosafarbenen Sommerkleid, mit großen blauen Augen und schwarzem Haar, mit einer Schleife zu einem Pferdeschwanz gebunden.

»Hallo, Jonas-Martin«, sagte sie.

»John-Marlon«, murmelte John-Marlon und sah woandershin.

Jojo kam wieder auf die Beine und kletterte einen Baum hoch.

»Ich kann nicht lange bleiben«, sagte Alicia. »Ich muss Mama nachher wieder mit Britta helfen. Sie ist heute geimpft worden, dann weint sie, und Mama weint viel-

leicht auch aus Mitleid, und irgendwer muss ja da sein, der nicht weint.«
»Wer ist Britta?«, fragte John-Marlon.
»Ihre Schwester«, sagte Jojo, hängte sich kopfunter an einen Ast und schaukelte. »Sie ist ein Baby. Und nervt total.«
»Tut sie nicht!«, rief Alicia und boxte ihm mit der Faust auf die Nase, und Wind sagte: »Aufhören«, und stellte sich zwischen die beiden.
John-Marlon schluckte.
»Wenn du schon so viele Freunde hast«, murmelte er, »dann geh ich wohl mal ...«
Doch Wind nahm seine Hand und blickte ihm in die Augen.
»Warum solltest nur du den Urwald finden und mich besuchen dürfen?«, fragte sie leise. »Ich bin bekannt mit den Fledermäusen und den Katzen – und mit den Kindern, die kommen. Das ist eben so.«
John-Marlon schluckte. »Wie viele ... Kinder ... sind es denn?«
»Nur fünf mit dir«, sagte Wind. »Die anderen beiden kommen heute nicht.« Dann wirbelte sie plötzlich herum und zeigte in die Äste hinauf, die sich im Wind wiegten. »Verdammt, für heute ist Sturm angesagt! Mit Sturmflut! Wir klettern besser auf den Mammutbaum, bevor es losgeht! Was, wenn die Insel wieder überspült wird, wie beim letzten Sturm?«
»Insel?«, fragte John-Marlon.

»Auf den Mammutbaum!«, schrie Jojo und ließ sich zu Boden plumpsen.
»Auf den Mammutbaum!«, rief Alicia. Damit rannten sie alle los, und John-Marlon blieb nichts übrig, als ihnen nachzurennen.
Sie tauchten aus dem Urwald und liefen über ein Feld mit hohem, gelblichem Gras, das John-Marlon zuerst klein vorkam, doch als Wind rief: »Wir müssen die ganze gräserne Insel überqueren!«, da war es auf einmal riesig. Und natürlich befanden sie sich auf einer Insel, er merkte es jetzt. Er hörte die Brandung an den Strand schlagen, hörte die Sturmwellen Sand und Erde ins Meer reißen.
Dann waren sie beim Mammutbaum, einem einsamen Baum mitten im Gras, und er war riesig.
»Der Stamm ist so dick«, keuchte Wind, »dass zehn Männer ihn nicht umfassen können.«
»Waren denn schon mal zehn Männer hier?«
»Nee«, sagte Wind. »Deswegen konnten sie ihn ja nicht umfassen.«
Sie griff nach einem Seil und kletterte daran hoch. Jojo folgte, gelenkig wie ein Äffchen, und selbst Alicia in ihrem Kleid hatte keine Schwierigkeiten. Sie stützte sich mit den Füßen am Stamm ab, ihr Kleidersaum wehte im Sturm, und es sah direkt elegant aus. John-Marlon sah zu den anderen hoch.
Der unterste Ast des Mammutbaums war unendlich weit weg. Er erinnerte sich daran, wie sie im Sportunterricht Seilklettern gehabt hatten. Er hatte es nicht ge-

schafft, am Seil hinaufzukommen, nicht einmal zwei Meter, und jemand hatte gesagt, er wäre wohl zu schwer, um sein eigenes Gewicht hochzuziehen.
»Los, John-John-Marlon!«, rief Wind. »Die Wellen überspülen die Küste schon!«
»Ich kann nicht!«, rief John-Marlon kläglich.
Er dachte an seinen Vater. An den Tiger, den er in sich hatte. Aber der Tiger, den John-Marlon dort sah, glich eher einer ertrunkenen Katze, er ließ die Ohren hängen und war längst überspült worden.
»Da kommt eine gigantomanische Welle!«, schrie Wind. »Sie wird die Insel überrollen! John-John-Marlon! Halt dich am Seil fest, wir ziehen dich hoch!«
»Dazu bin ich zu schwer!«, rief John-Marlon.
»Jetzt mach schon, Mann!«, schrie Jojo.
Und da drehte John-Marlon sich um und sah die Riesenwelle. Sie war so groß wie ein Haus. Ganz oben besaß sie einen weißen Rand aus Gischt, wie Zähne. John-Marlon konnte schwimmen, aber er wusste, dass er in dieser Welle nicht schwimmen konnte. Er war verloren.
»Halt dich feeeeest!«, schrie Alicia. Da hielt er sich am Seil fest und spürte, wie er mit einem Ruck hochgerissen wurde, bis auf den untersten Ast. Dort fühlte er sich von Händen gepackt und weitergezogen, höher und höher, bis Wind sagte: »So. Hier kann sie uns nicht erreichen.«
John-Marlon sah sich um.
Sie saßen auf der Spitze der Welt.
Unter ihnen lag die gräserne Insel, deren grüner Umriss

sich schon unter Wasser befand. In der Ferne türmten sich graue Wogen auf, bis hinaus in die Unendlichkeit. Die schreckliche Riesenwelle rollte gerade unter dem Baum durch. Sie knickte die untersten Äste wie Streichhölzer. John-Marlon blickte in die verschwitzten, grinsenden Gesichter um sich.

»Du und zu schwer«, keuchte Jojo. »Sonst noch was, Fliegengewicht!«

»Wir haben ihn gerettet«, sagte Alicia glücklich.

»Natürlich«, sagte Wind. »Guckt mal, ist es nicht hübsch grün jetzt bei Sturm, das Meer?«

Ja, es war grün, grün wie die Urwaldbäume. Aber die Urwaldbäume waren verschwunden. Es gab nur noch Wogen und Gischt, und wo man die Häuser Berlins hätte sehen müssen, lag ein finsterer Horizont.

»Verdammt, der Sturm wird wieder stärker!«, rief Wind. »Haltet euch fest!«

Und John-Marlon hielt sich fest. So fest er konnte. Es kam ihm kurz so vor, als wären es die Kinder, die den Baum zum Schaukeln brachten, doch sicher war es der Sturm.

»Uaaa ... aaa!«, riefen Wind und die anderen. »Uuuiii!«

Es war der wunderbarste Sturm der Welt, er war gefährlich und schrecklich, aber großartig. Mitten in all dieser Großartigkeit strahlte Winds Gesicht.

»Verflixt, es blitzt!«, rief sie. »Wenn der Blitz in den Mammutbaum einschlägt, sind wir geliefert!«

Es blitzte wirklich, mehrmals hintereinander, das plötz-

liche Licht zerriss den Himmel in wilde Fetzen. Regnen tat es jetzt auch, das Wasser peitschte ihnen nur so ins Gesicht.

»Wir müssen vom Baum runter!«, brüllte Jojo.

»Dahinten ist ein Schiff!«, schrie Wind. »Ein riesiger Ozeankreuzer!«

Sie zeigte hin, wozu sie mit einem Arm den Baum losließ, und beinahe wäre sie hinuntergefallen, aber jemand hielt sie fest. John-Marlon merkte, dass er es war.

»Danke!«, rief Wind. »Das Schiff muss uns an Bord nehmen, die Insel ist sowieso für immer im Meer versunken! Aber wie kommen wir hin? Zum Schwimmen ist die See zu rau!«

»Was ist mit den großen Ästen, die die Wellen abgebrochen haben?«, schrie John-Marlon. »Treiben die da nicht noch irgendwo im Wasser? Kann man sich an denen festhalten?«

Die anderen nickten, und John-Marlon fühlte sich gut und stolz, während sie gemeinsam hinunterkletterten. Ihm war ein bisschen schlecht von dem Geschwanke, doch er hatte jetzt keine Zeit für Übelkeit.

Weil die Riesenwelle die untersten Äste des Mammutbaums mitgenommen hatte, war es jetzt noch weiter bis zur Wasseroberfläche.

»Sieht aus, als würden wir springen«, bemerkte Wind knapp.

Und sie sprang.

Alicia und John-Marlon schrien, als sie sie untergehen

sahen, doch Wind kam wieder hoch, ruderte wild mit den Armen und bekam einen großen Ast zu fassen. Sie hängte sich daran und winkte, und da sprangen auch Jojo und Alicia. John-Marlon war noch nie von so weit oben gesprungen. Aber die anderen warteten auf ihn.
Er sprang.
Die Wasseroberfläche war ziemlich hart, doch er biss die Zähne zusammen und schnappte sich einen Ast, und so paddelten sie gemeinsam durch das kochende, schäumende Meer vom Mammutbaum weg.
»Schade eigentlich ... wenn er weggeblitzt wird«, keuchte Jojo. »Ich mochte ihn.«
»Vielleicht hat er ja Glück«, sagte Wind. »Oh, das Schiff ist seeehr weit weg. Wir sollten ein Floß aus unseren Ästen bauen für die lange Strecke.«
Glücklicherweise hatte sie ein Knäuel Bindfaden in der Tasche, und damit banden sie die Äste zusammen, sodass sie bequem darauf sitzen konnten. In der Ferne glühten Lichter auf dem Ozeandampfer im dunklen Sturmnachmittag.
John-Marlon fror, weil er so nass war, viel nasser als gewöhnlich bei Regen, und für einen Moment verwunderte ihn das. Es ist doch alles nur ein Spiel, dachte er. Aber dann dachte er: Nein, das ist es nicht, es wird wahr in dem Moment, in dem Wind es sagt.
Etwas Kleines, Helles schwamm vorüber, und John-Marlon fischte es aus dem Wasser. Ein Blütenblatt. Es war rosa. John-Marlon wollte etwas darüber zu Wind sagen,

doch Wind war auf dem Floß aufgestanden, und während ein weiterer Blitz sie beleuchtete, winkte sie mit beiden Armen. Sie waren jetzt ganz nahe an dem Ozeankreuzer.
»Hiiiilfe!«, schrie Jojo.
»Wir sind hiiiiier!«, schrie Alicia.
»S-O-S!«, schrie John-Marlon.
An der Reling des großen Schiffes lehnte ein junger Mann mit altmodischer Schiebermütze und abgetragenem schwarzem Jackett.
»Warum paddelt ihr auf Ästen in dem Tümpel rum?«, rief er.
»Pepe, lass die Witze!«, brüllte Wind. »Wirf uns ein Tau zu, wenn dir mein Leben lieb ist!«
Der Mann mit der Schiebermütze verschwand und tauchte kurz darauf mit einem Seil wieder auf. Er war noch besser im Seilwerfen als Wind, wenn sie Tiger zähmte. Es zischte nur so durch die Luft. Wind fing das Ende und knotete es an einen der Äste, und dann zog Pepe sie, Hand über Hand, an das große Schiff heran.
»Wie kommt er hierher?«, fragte Alicia und strich sich das nasse schwarze Haar aus den Augen.
»Pepe ist eben immer da, wo man ihn braucht«, sagte Wind zufrieden.
Jetzt befanden sie sich unterhalb des Schiffs.
»Die Wand ist verdammt hoch«, sagte Wind. »Das sind vier Stockwerke! Was die wohl alles an Bord haben?«
»Gestohlenes Gold«, flüsterte Jojo.
»Sklaven«, wisperte Alicia.

»Ja«, sagte Wind. »Oder Bananen und Pfannkuchenteig in Tuben.«
Dann kletterte sie an dem Tau hinauf, und alle anderen folgten. Auch John-Marlon. Diesmal musste niemand ihn ziehen. Oben an Deck schüttelte Wind sich die Salzwassertropfen aus dem Haar und sagte: »Brrr. Kann man mit dem Käpten oder dem Smutje sprechen, um sich einen warmen Kakao zu organisieren? Schönes Schiff hast du dir da ausgesucht.«
Pepe runzelte kurz die Stirn, tippte dann an seine Mütze und nickte.
»Das hab ich«, sagte er grinsend. Dann zog er ein Päckchen Zigaretten aus der Tasche, klopfte eine heraus und steckte sie in den Mund. »Folgen Sie mir, meine Herrschaften. Bei der Luke ducken, die ist etwas niedrig, da geht es unter Deck … danach im Korridor zweimal rechts …«
»Dieses Schiff ist ja das reinste Labyrinth«, sagte Wind.
Draußen tobte noch immer der Sturm, und das Schiff schlingerte in der Dünung, doch John-Marlon fühlte sich so sicher wie nie, als er zwischen Wind und Alicia durch die Gänge wankte.
Die Kapitänskajüte, in der sie schließlich ankamen, war äußerst behaglich. Nur der Kapitän war nicht da. Dafür gab es einen Ofen, ein Sofa und zwei abgewetzte Sessel. Pepe setzte sich auf einen fünfbeinigen Stuhl, zündete seine Zigarette an und sah zu, wie Wind Schränke aufriss.

»Fertiger Pfannkuchenteig!«, rief sie triumphierend und hielt eine Tube hoch. »Und – Bananen. Na also.«
Wenig später briet in einer kleinen gusseisernen Pfanne Pfannkuchen um Pfannkuchen, Wind warf sie hoch, und Pepe fing sie mit einem alten Blechteller auf, der vielleicht auch aus Silber war.
Und dann saßen sie in der behaglichen Wärme und aßen mit den Fingern frische Bananenpfannkuchen. Ab und zu sah Wind aus dem Fenster und erzählte ihnen, wie der Sturm draußen mit dem Stürmen vorankam. Endlich sagte sie, das Meer sei jetzt wieder glatt und türkisblau, und da schien auch die Sonne herein und malte Kringel auf den Flickenteppich. Wind fütterte drei Katzen mit Pfannkuchen.
»Das ist übrigens John-Marlon«, erklärte sie, »und Pepe ist Pepe. Er kommt manchmal vorbei, wenn er gerade Zeit hat in seinem viel beschäftigten Leben.« Sie grinste. »Einmal hat er uns aus einem Vulkan gerettet und einmal vor einer Horde wilder Elefanten. Er ist der beste Kinderretter der Welt.«
Pepe leckte seine zuckrigen Finger ab und nickte. »Und Wind macht die besten Bananenpfannkuchen der Welt. Du, hör mal. Ich brauche deinen Rat. Ich habe jemanden kennengelernt, der … oder die …« Er nahm seine Mütze ab, unter der sich kohleschwarze Locken kringelten, und drehte sie zwischen den Händen. »Eigentlich wollte ich alleine mit dir reden.«
»Das kannst du gerne«, sagte Wind, »aber im Moment

bin ich nicht allein. Tut mir leid.« Sie nahm ein Nudelsieb von der Wand. »Was dieser Kapitän für schmucke Sachen hat! Instrumente aus fernen Landen …«
Damit pflückte sie einen Geigenbogen von einem Nagel, legte das Nudelsieb ans Kinn und begann, darauf zu spielen. »Wunderbar!«, rief sie. »Tanzmusik aus Hinterindien, steckt noch im Instrument!«
Im Holz des Geigenbogens glitzerte eine Reihe winziger grüner Edelsteine, und in der Luft glitzerte die Musik. Ehe John-Marlon es sich versah, war er aufgestanden und tanzte mit Alicia durch den kleinen Raum, Pepe führte ein wildes Gehopse mit Jojo auf, und schließlich ließen sie sich alle auf den Boden fallen, kichernd und nach Atem ringend. Wind hatte aufgehört zu spielen.
»Also, gestern war eine junge Frau im Laden«, flüsterte Pepe. »Sie hat einen Kaffee gekauft, um Viertel vor zwölf Uhr nachts. Sie hat mich angelächelt, und da … das ist mir noch nie passiert … da habe ich ihr den Kaffee geschenkt. Und das Geld in die Kasse getan, damit der Alte nichts vermisst. Verrückt, was? Ich frage mich, ob sie wiederkommt. Sie hatte dunkles Haar, in einem langen Zopf um die Stirn gelegt, und einen grünen Sommermantel aus irgendeinem leichten Stoff, mehr ein Hauch als ein Mantel eigentlich, oben eng und unten weit. Hast du sie mal gesehen?«
»Hat sie Ohren wie ein Elefant und eine Nase wie eine Spitzmaus?«, fragte Wind. »Und einen Affenschwanz und eine Löwenmähne?«

Pepe lachte. »Natürlich nicht.«
»Dann habe ich sie vielleicht gesehen und wieder vergessen«, meinte Wind achselzuckend. »Denn wenn sie das alles nicht hatte, ist sie mir nicht aufgefallen.« Sie rollte sich auf den Bauch und musterte ihn ernst. »Möchtest du, dass sie zurückkommt?«
»Bloß nicht«, antwortete Pepe. »Die macht mich noch arm! Na, *falls* du sie siehst, sag ihr, sie soll das lassen mit diesem magischen Blick, der einen Dinge verschenken lässt. Nein, sag ihr ... sag ihr gar nichts. Woher hast du den Geigenbogen?«
Wind zuckte die Schultern. »Sperrmüll. Die Leute schmeißen die komischsten Sachen weg. Die Edelsteine sind natürlich nur Glas.«
»Sag doch so was nicht!«, bat Alicia und hängte den Bogen wieder an seinen Nagel.
Dann sah sie auf eine zierliche Armbanduhr. »Oh nein, fast halb sechs! Mama braucht mich, wenn sie Britta badet. Wie komme ich denn jetzt von diesem Schiff?«
Wind sah sich um und blinzelte. »Eigentlich ist mir so, als wäre diese Kapitänskajüte mein Haus. Du kannst also ganz gemütlich durch die Tür gehen.«
Alicia nickte erleichtert.
Sie sahen ihr nach, wie sie durchs Dickicht verschwand, ein eiliger rosa Fleck im Grün, mit nervös schaukelndem Pferdeschwanz.
»Die hätten sich das blöde Baby echt sparen können«, sagte Jojo, der gerade auf dem Kopf stand und mit den Fü-

ßen wackelte. »Weißt du, Alicias Mutter ist Schauspielerin am Theater, früher hat sie die tollsten Sachen gespielt, aber jetzt heißt es nur ›Britta hier‹ und ›Britta da‹.«
»Aber am Tag nach Brittas Geburt hat Alicia die Lücke im Zaun gefunden«, meinte Wind. »Das ist doch auch was Gutes. Jojo, du musst auch los. Ich wette, du hast noch Hausaufgaben.«
»Mach ich sowieso nicht«, sagte Jojo. »Kann ich gar nicht machen. Ich kann nicht lange genug still sitzen, alle wissen das.« Er sprang auf die Füße und verschränkte trotzig die Arme. »Wenn ich die schon höre. Versuch es doch mal, Jojo ... liiieber Jojo ...«
»Sagen sie auch zu dir, du hast es in dir?«, fragte John-Marlon, plötzlich interessiert.
»In mir? Was?«
»Den Tiger«, meinte John-Marlon.
»Na, den hab ich vielleicht«, sagte Jojo, »aber der kann ganz bestimmt nicht rechnen. Der Tiger frisst jeden Tag einen Ergotherapeuten zum Frühstück.«
John-Marlon hatte nur eine vage Vorstellung davon, was Ergotherapeuten waren. Er fragte sich, wie sie schmeckten.
»Lass sie reden«, sagte Wind. »Wer behauptet, dass du still sitzen musst? Du kannst doch auch beim Rumrennen rechnen.« Damit gab sie ihm einen leichten Schubs in Richtung Tür, und Jojo machte ein Raketengeräusch und raste in den Dschungel.
»Jojo!«, rief Wind ihm nach. »Falsche Richtung!«
Die Jojo-Rakete bremste, drehte sich zweimal um sich

selbst und kehrte um. Schließlich verschwand er in Richtung Zaunlücke. Pepe tippte an seine Mütze und ging ebenfalls.

Und auf einmal waren John-Marlon und Wind allein.

Sie traten vor das Bauwagen-Haus und standen einen Moment nur so da. In einer halben Stunde musste auch er fort sein, das wusste John-Marlon, doch die halbe Stunde kam ihm vor wie ein Geschenk. Er holte das sehr zerknitterte rosa Blütenblatt aus der Tasche.

»Teufel noch mal«, sagte Wind. »Noch so eins.«

Sie nahm das Blatt und roch daran.

»Es duftet«, sagte sie leise. »Aber gar nicht wie ein Blütenblatt. Weißt du, wonach das riecht? Nach Parfum. Jemand hat es bei sich getragen. Dicht an seiner Haut.«

»Pepe?«

Wind lachte. »Pepe tut viele Dinge, aber Parfum benutzen gehört nicht dazu.«

»Was tut er denn? Normale Erwachsene arbeiten doch und haben keine Zeit, Sturm oder Ozeankreuzer zu spielen, mitten am Tag.«

»Oh, Pepe tut alles und nichts. Zum Beispiel gibt er Touristen ihre Portemonnaies zurück, in der Nähe von Sehenswürdigkeiten. Damit kann man ganz gut verdienen, weil die Touristen so dankbar sind, dass sie einen ordentlichen Finderlohn zahlen. Aber Pepe hat noch ein paar andere Jobs. Er hilft auch im Laden aus.«

»Der Laden«, murmelte John-Marlon. »Was ist das für ein komischer Laden?«

»Der Laden ist nur ein ganz normaler Laden«, sagte Wind, und sie sagte es so bestimmt, dass John-Marlon es nicht glaubte. Dann setzte sie sich in den Schaukelstuhl und begann zu schaukeln. »Gleich sechs. Auf Wiedersehen, John-John-Marlon.«
»Man schreibt es nur mit einem John«, sagte John-Marlon.
»Ich schreibe es ja nicht«, erklärte Wind freundlich.

Als er zurück durch den Zaun kroch und der Knöterichrankenteppich sich hinter ihm schloss, war John-Marlon sich gar nicht sicher, ob er in einem Urwald gewesen war. Er versuchte herauszufinden, ob es auch hier draußen gestürmt und geregnet hatte.
Aber der Asphalt sah ganz trocken aus.

3

Noctiluca scintillans
MEERESLEUCHTTIERCHEN

Es dauerte eine ganze Woche, bis John-Marlon wieder die Zeit fand, durch den Zaun zu schlüpfen. Am Wochenende half er seiner Mutter beim Wohnungputzen, und außerdem hatte er zu viel zu tun mit Schule, Hausaufgaben und Fußballtraining.
Die Lehrer brauchten vor dem Sommer noch überall Noten. So saß er nachmittags in seinem winzigen, zu warmen Dachzimmer und lernte.
Abends stand er an dem kleinen Schrägfenster, sah in die violette Dämmerung und fragte sich, was Wind gerade tat. Er stellte sich vor, wie sie in dem Schaukelstuhl auf ihrer Veranda schaukelte, das dicke Buch über Pflanzen im Schoß. War sie nicht einsam?
War sie so stark, dass sie niemals einsam war? Und was geschah nach sechs Uhr?
Warum durfte dann niemand bei ihr bleiben?
Wohin würde sie gehen, wenn der Sommer vorbei war?
Beim Einschlafen sah er ihr Sommersprossengesicht vor

sich, das leuchtende Feuermal und das wilde braune Wogenhaar, und sie lächelte ihm zu.

Am Dienstag stand John-Marlons Vater vor der Schule und lächelte und sagte: »Heute habe ich Zeit.«
Sie gingen zum Park und trainierten Torschüsse, und sie joggten zusammen die Fußwege entlang. Als die Sonne ihre sanfte Abendkurve begann, lagen sie zusammen im Parkgras, um sich auszuruhen.
»Wie … wie lange sind wir jetzt gejoggt?«, brachte John-Marlon schließlich hervor.
»Ach, nicht lange«, sagte sein Vater. »Aber du hast dich tapfer geschlagen. Spürst du ihn? Den Tiger in dir?«
»Hm, ja«, sagte John-Marlon. Der Tiger, dachte er, war offenbar alt und asthmatisch, er schien gerade zu ersticken und war schon ganz blau angelaufen.
»Wenn wir jede Woche so weitertrainieren, kriegen wir dich noch fit«, meinte sein Vater, klopfte ihm auf die Schulter und stand auf.
John-Marlon und der Tiger wären gerne noch ein bisschen liegen geblieben.
Sein Vater war so groß vor dem wunderschönen Dämmerungshimmel und den Parkbäumen, nie hatte jemand einen so großen Vater gehabt.
»Du siehst beinahe so groß aus wie ein Mammutbaum, von hier aus«, sagte John-Marlon. »Letzte Woche bin ich auf einen geklettert, weißt du? Im botanischen Garten.«
»Warst du da mit der Schule?«

»Nein«, sagte John-Marlon. »Eigentlich mit dir.«

»Wie?«, fragte sein Vater.

»Na ja, das habe ich Mama erzählt. Damit sie nicht sauer ist, dass du wieder keine Zeit für mich hattest.«

»Oh«, sagte sein Vater. »Hör mal, es ist aber besser, nicht zu lügen.«

»Aber ich habe für dich gelogen!«

»Auf Mammutbäume kann man nämlich gar nicht klettern«, sagte sein Vater. »Die Äste fangen zu weit oben an.«

»Wir hatten ein Seil«, sagte John-Marlon.

»Wir? Aber ich war doch gar nicht dabei!«

»Nein«, sagte John-Marlon. »Ich und die anderen. Meine … Freunde. Vom Baum aus konnte man das Meer sehen, und der Sturm hat uns beinahe heruntergeschüttelt. Dann hat es geblitzt, und wir sind ins Wasser gesprungen, falls der Blitz einschlägt.«

»Wasser leitet. Man sollte bei Gewitter nicht ins Wasser springen. Und du hast doch gar keine Freunde. Hast du dir das alles nur ausgedacht?«

»Ich …«, begann John-Marlon und verstummte. Er hatte von der Riesenwelle erzählen wollen und dem Ozeankreuzer, doch es hatte keinen Zweck. »Ja«, sagte er leise. »Alles nur ausgedacht.«

»Es ist wichtig, den Unterschied zu kennen«, sagte sein Vater. »Zwischen Wahrheit und Lüge. Zwischen Realität und Märchen. Echte Männer leben in der Realität.«

Am nächsten Tag ließ John-Marlon die Hausaufgaben und das Lernen sein – und auch die zwanzig Liegestütze, die er seinem Vater versprochen hatte. Seine Füße trugen ihn nach der Schule ganz von selbst in die stille Seitenstraße mit dem plakatbeklebten Bretterzaun.

War alles, was er erlebt hatte, wirklich nur ausgedacht gewesen?

Er musste es wissen. Jetzt.

Aber er wagte nicht gleich, die lose Latte zu suchen. Zuerst betrat er den kleinen, vollgestopften altmodischen Laden an der Ecke.

Die Ladenglocke klingelte, ein wenig wilder als sonst, weil er die Tür ein bisschen wild aufgerissen hatte.

»Immer mit der Ruhe«, sagte eine Stimme aus dem schummerigen hinteren Ladenteil, und dann stand der alte Mann vom letzten Mal vor John-Marlon, der mit dem gezwirbelten Schnauzbart »Wo brennt's denn? Brauchst du wieder was zu trinken?«

»Genau«, sagte John-Marlon und kramte in seiner Hosentasche nach Münzen.

Hinter dem Tresen gab es eine Tür, und dahinter klapperte jemand mit Kaffeetassen. John-Marlon holte tief Luft. »Ist ... Pepe hier?«, fragte er dann.

Wenn Pepe da war und wirklich existierte, war seine Geschichte nicht ausgedacht gewesen. Oder?

Der alte Mann stellte eine kleine Glasflasche auf den Tisch und schüttelte den Kopf.

John-Marlon bemühte sich, um ihn herum in den hinteren Raum zu sehen, aber alles, was er von der Person dort erkannte, waren ihre Arme und Hände. Sie waren schmal und … faltig. Alt. Dort saß eine zweite alte Person, wahrscheinlich ein Bekannter des schnurrbärtigen Herrn. Kein Pepe. »Erinnern Sie sich an eine junge Frau in einem dunkelgrünen Mantel?«, fragte John-Marlon. »Sie hat nachts Kaffee gekauft.«

»Der Pepe, den du suchst, ist eine junge Frau in einem grünen Mantel?«

»Nein.« John-Marlon seufzte. Er hätte erklären können, was er wissen wollte, aber irgendwie hatte er nicht den Mut dazu.

Er trank die Limonade, und der Mann ging zurück in den hinteren Raum und unterhielt sich leise mit der alten Person, die nicht Pepe war. Als John-Marlon eben gehen wollte, bemerkte er den Farbfleck im untersten Regal, auf den Konservendosen: ein kleines, zartes rosafarbenes Blütenblatt.

»Wer immer die Dinger in den Urwald einschleppt, war hier«, wisperte er.

Dann steckte er das Blatt in die Hosentasche und trat auf die Straße, wo die Sommersonne versuchte, den Asphalt zu schmelzen.

Der Knöterich war noch da. Seine weißen Blüten rieselten zu Boden wie in der Woche zuvor. Der Pfad durch den Dschungel war derselbe, die Vögel in den Ästen, der Maulbeerbaum, der Bauwagen. John-Marlon atmete auf.

Und da saß Wind, auf ihrem Schaukelstuhl vor dem Haus, mit dem Botanikbuch auf dem Schoß. Als er neben ihr stand, schlug sie das Buch zu und sah auf.
»John-John-Marlon«, sagte sie.
»Ja«, sagte John-Marlon. »Ich dachte schon fast, es wäre alles gar nicht passiert. Was hast du gemacht in der Zwischenzeit?«
»Oh, gelesen«, sagte Wind leichthin. »Ein paar Pflanzen gesammelt. Letzten Freitag einen Gorilla aus einer Falle befreit und mit ihm Kakao getrunken. Und vorgestern eine fleischfressende Pflanze zum Vegetarierleben bekehrt. Sie frisst jetzt nur noch Käsebrote. Dann war da noch die Sache mit der Schlucht, über die ich mich an einer Liane geschwungen habe, weil mich ein Nashorn verfolgte ... Zum Glück stellte sich heraus, dass es nur spielen wollte. Ich habe es gewinnen lassen, zweimal hintereinander, im Schach. Und du so?«
John-Marlon lachte. Es tat so gut, hier im grünen Urwaldlicht zu stehen und zu lachen!
»Ich war mit meinem Vater joggen.«
»Au weia«, sagte Wind.
Sie nahm eine Katze von ihrem Schoß, stand auf und streckte sich. »Zeit, etwas zu erleben. Wir sollten den anderen Bescheid sagen.«
John-Marlon seufzte.
»Die anderen sind ... auch hier?«
»Ja. Esma und Goran ernten gerade Kakaobohnen, Jojo klettert in irgendeinem Baum herum, und Alicia sitzt

auf meiner Dachterrasse und schnitzt eine Flöte. Ich habe ihnen gesagt, wir können kein Abenteuer erleben, bevor John-John-Marlon kommt.«
John-Marlons Herz machte einen kleinen Hopser.
»Wusstest du denn, dass ich heute komme?«, fragte er.
Doch Wind war schon unterwegs, einen der tausend kleinen Pfade entlang, hinein in den Dschungel.
»Ich wäre früher gekommen, aber ich hatte so lange Schule«, sagte John-Marlon. »Gehst du eigentlich nicht zur Schule?«
»Oh doch«, sagte Wind zu seinem Erstaunen. »Kinder müssen zur Schule gehen, sonst bleiben sie dumm. Selbstverständlich gehe ich.«
»Wo denn?«
»Da.« Sie zeigte hinter sich, zum Bauwagen. »Das Klassenzimmer ist auf dem Dach. Ich lerne sehr viel, jeden Vormittag. Über Pflanzen und Tiere und wie man Geige auf Küchengeräten spielt … lauter nützliche Sachen.«
»Aber wer unterrichtet dich denn?«
»Ich natürlich«, antwortete Wind. »Ich bin sehr streng mit mir. Wenn ich gar nicht aufpasse, gebe ich mir eine Strafarbeit, gestern zum Beispiel musste ich eine ganze Seite voll schreiben mit dem Wort *Theobroma cacao*, das ist der lateinische Name des Kakaobaums. Und wenn ich zu viel Unsinn mache, werfe ich mich manchmal aus dem Unterricht.«
Sie war stehen geblieben »Hier.«
Und da sah John-Marlon, dass auf dem Baum vor ihnen

ein kleines Mädchen saß, beinahe unsichtbar im dunkelgrünen Schatten, und dass es eine große gelbe Frucht in der Hand hielt. Leider war es gerade dabei, diese Frucht zu werfen, und leider hatte es sie nicht bemerkt, und leider traf die Frucht John-Marlon. Sie prallte an seiner Schulter ab, er sagte »Au«, und Wind fing die Frucht.
»Esma!«, rief sie in die Äste empor. »Hör auf, uns mit Kakao zu erschlagen, und komm runter! Wir ernten ein andermal weiter!«
Das kleine Mädchen machte ein erschrockenes Gesicht und kam dann gehorsam vom Baum. »Ha-hallo«, sagte es. »I–ich heiß Esma. I-ich geh schon E-Erste. Erste Klasse.«
Sie hatte grüne Augen und Haar in einer komischen Farbe zwischen Hellbraun und Dunkelbraun, irgendwie ausgeblichen. Sie trug ein rosa T-Shirt mit einem Glitzer-Einhorn und kurze kakifarbene Jungshosen und graue Turnschuhe, die aussahen, als hätten sie ungefähr zwanzig Leuten vor ihr gehört.
Einen Moment später landete jemand neben Esma auf dem federnden Blätterboden, jemand Größeres, und er landete mit der Wucht eines aufschlagenden Meteoriten. John-Marlon sprang zurück. Vor ihm stand ein Junge, etwa einen Kopf größer als er, breitschultrig und mit mindestens dreimal so viel Muskelmasse wie John-Marlon. Abgesehen davon sah er aus wie Esma: grüne Augen, ausgebleichtes Haar.
»Du da-darfst nicht so ho-hoch spring«, sagte Esma.
»Zu-zu Gefahr.«

»Du meinst, von so weit oben«, verbesserte der Junge, der offenbar ihr Bruder war.
»Da-das Goran«, erklärte Esma. »Immer er besserwisst.«
Goran streckte die Hand aus und schüttelte John-Marlons Hand. Er hatte ungefähr den Griff eines freundlichen Gorillas.
»Ich bin elf, und du?«, sagte der Gorilla, und John-Marlon sagte: »Auch elf«.
»Esma hat immer Angst, dass mir was passiert«, sagte Goran und grinste. »Aber ich kann von viel weiter oben runterspringen, da passiert nichts.«
»Doch«, sagte Wind. »Eines Tages löst du ein Erdbeben aus, wenn du aufschlägst. Also lass es. Hattet ihr eine gute Ernte?«
»Su-super Ente!«, rief Esma.
»Ernte«, verbesserte Goran.
Er ging hinter den Baum und kam mit einem Korb voller länglicher gelber Früchte wieder.
»Esma hat sich schon immer gewünscht, Kakao zu ernten«, erklärte sie John-Marlon. »Deshalb durfte sie das heute machen. Man muss allerdings noch tausend Sachen mit den Früchten tun, bis Schokolade draus wird. Zuerst müssen wir sie mit der Machete aufschneiden und trocknen.«
»Mach ich«, sagte Goran, und John-Marlon beschloss spontan, an dem Tag nicht da zu sein. Ein Gorilla mit einer Machete in der Hand, selbst ein freundlicher Gorilla, war ihm zu riskant.

»Jetzt haben wir erst mal was anderes vor«, sagte Wind. »Etwas, das hilft gegen die Hitze heute.« Sie wischte sich den Schweiß von der Stirn, und als sie über das Feuermal wischte, leuchtete es auf wie ein geheimes Zeichen. »Lasst uns runter in die Katakomben steigen!«, flüsterte sie.

Die anderen nickten.

Wind nahm den Korb mit den Kakaofrüchten, setzte ihn sich auf den Kopf und trug ihn zurück zum Bauwagenhaus, mit ganz geradem Rücken wie eine Dschungeltänzerin. Sie war wirklich das schönste Mädchen der Welt.

Beim Bauwagenhaus rief sie nach Alicia und Jojo, und Alicia kam das Treppengeländer von Winds Dach heruntergerutscht. Sie hielt ein Stück Ast mit Löchern in der Hand – die Flöte. »Damit kann ich Britta heute Abend was vorspielen«, sagte sie.

»Britta nervt«, sagte Jojo, tauchte aus einem Urwaldbaum auf und hängte sich kopfüber vom untersten Ast.

»Sei bloß still«, sagte Alicia. »Sonst beiß ich dich wieder.«

»Ruhe«, sagte Wind. »Eure Köpfe sind überhitzt. Was ihr braucht, ist Kühle. Habt ihr schon mal in einem Cenote gebadet?«

»In was?«, fragte Jojo.

»Ein Cenote ist eine überflutete Höhle im Urwald, deren Decke eingestürzt ist, sodass Tageslicht hineinfällt«, deklamierte Wind mit erhobenem Zeigefinger. »Habe ich heute in der Schule gelernt. Man könnte auch sagen, ein unterirdischer See. In Mexiko.«

»Aber hier ist Berlin«, sagte Goran.
»Na und?«, sagte Wind. »Wir steigen über die Katakomben in den Cenote ein. Ich habe ihn gestern erst entdeckt. Ich hoffe, ihr seid mutig.«

Der Weg in die Katakomben führte durch die Fledermaushöhle.
Wind ließ die anderen vorausgehen und bildete mit John-Marlon zusammen den Schluss der Expedition. Sie schleppte einen alten, ausgebeulten Rucksack mit, hatte aber nicht sagen wollen, was darin war. In der Höhle blieb sie stehen.
»Die Sache ist, ich hab ein rosa Blütenblatt in der Fledermaushöhle gefunden«, wisperte sie John-Marlon zu. »Ganz hinten, auf dem Boden. Vielleicht ist der Typ mit den Blütenblättern ... *durch* die Katakomben gekommen.«
»Was sind denn nun diese Kata...dings?«, wisperte John-Marlon.
»Na, die Treppe ganz hinten in der Höhle«, erklärte Wind, »die führt in den Keller von dem Haus, das mal hier stand. Das sind die Katakomben, verstehst du? Einmal haben wir uns da vor außerirdischen Verfolgern verschanzt. Und in einem der Räume lagern die Gebeine der Mönche vom Mondschein-Orden, die hier gefangen saßen.« Sie hatte ihre Stimme zu einem dumpfen Raunen gesenkt.
»Es sind ... aber eigentlich ... nur Kellerräume?«, fragte John-Marlon.

»Was heißt schon *eigentlich*«, meinte Wind mit einem Achselzucken.

Wind hatte eine Taschenlampe. Sie schaltete sie erst ganz hinten in der Fledermaushöhle an.
»Wir haben da ein Abkommen«, erklärte sie. »Ich darf die Treppe in ihrer Höhle benutzen, dafür füttere ich sie ab und zu und richte nie ein grelles Licht auf sie.«
Die Betonstufen der Treppe waren glatt und wirkten fast neu unter John-Marlons Füßen, doch dann dachte er an die Gebeine der Mönche, und augenblicklich wurden die Stufen uneben. Sie bestanden aus uralten Steinen, zusammengefügt von singenden Verurteilten, die ihr eigenes Gefängnis bauen mussten.
Am unteren Ende der Treppe holte Wind eine Fackel aus dem Rucksack. Sie gab Goran eine Packung Streichhölzer, und er entzündete die Fackel. Damit schritt Wind voran. Die Taschenlampe hatte sie eingesteckt.
»Wir kennen nur einen Teil der Katakomben«, flüsterte sie. »Es ist ein ganzes unterirdisches Labyrinth. Ich hoffe, wir finden …«, sie machte eine Pause und sah John-Marlon an, »… den Cenote.«
Aber John-Marlon wusste, dass sie etwas anderes suchten. Sie suchten die Spuren der Person, die vielleicht von hier gekommen war, um Wind nachzuspionieren.
Vielleicht gab es einen Gang, der nach draußen führte. Einen Gang, durch den jemand von außen in Winds geheimen Dschungel eingedrungen war.

Warum erzählte sie den anderen nichts von den Blütenblättern? Er fühlte sich stolz und froh, weil nur er davon wusste, aber es machte ihm auch Angst. Die Sache war ernst, ernster als ein Gewitter auf einem Mammutbaum.

»Puh, sind die Wände glitschig«, sagte Wind. »Wusstet ihr, dass es hier unten tausendjährige Spinnen und blinde weiße Eidechsen gibt, die noch nie das Tageslicht erblickt haben?«

Esma klammerte sich an ihren Bruder, und selbst Jojo war still. Während sie weiterschlichen, erzählte Wind flüsternd von grob behauenen Felswänden und alten, rostigen Fackelhaltern an den Wänden, und John-Marlon sah all das vor sich, so wie er das Meer und die Insel gesehen hatte. Kleine Schatten huschten ihnen um die Füße, und Alicia schrie auf.

»Das sind nur die Ratten«, sagte Wind.

Sie kamen an einer Reihe von Türen vorüber, und Alicia schüttelte sich.

»Das sind nur die alten Gefängniszellen«, sagte Wind.

Und dann sah John-Marlon das Blütenblatt. Es lag an der Wand, auf dem Boden, klein und rosa und zart und wunderschön, und er hob es auf.

Diese verflixten Blütenblätter, dachte er, sie waren so schön, aber es ging eine unerklärliche Bedrohung von ihnen aus. Womöglich hatten sie etwas damit zu tun, dass dies Winds letzter Sommer war. Er wollte Wind fragen, aber die anderen waren schon weitergegangen, sie hatten nicht gemerkt, dass er stehen geblieben war. Der Licht-

schein der Fackel erreichte eine T-Kreuzung, bog nach rechts ab – und war nicht mehr zu sehen.
John-Marlon stand allein in absoluter Dunkelheit.

Er sagte sich, dass es kein Problem war. Dass er einfach nur den Gang weitergehen musste, um die anderen einzuholen.
Da fuhr hinter ihm ein kalter Luftzug durch den Gang, und möglicherweise quietschte irgendwo die Tür einer Zelle. Er stellte sich vor, wie ein toter Mönch hindurchschlüpfte … Und er rannte. Rannte blind vorwärts, mit jagendem Herzen, die Hände vor sich in der Schwärze ausgestreckt, nur weg … Leider rennt es sich in absoluter Schwärze nicht so gut.
John-Marlon stolperte und fiel, und dann lag er auf dem kalten Steinboden und war noch immer ganz allein, und der Mönch war vielleicht schon über ihm.
Verdammt, er hatte auch noch seine Brille verloren.
Er wagte kaum zu tasten, tastete dann doch, zitternd, schwitzend … Und hielt inne. Da war etwas Weiches, Seidiges auf dem Boden. War er über einen verlorenen Schal gestolpert? Ein Halstuch? Vielleicht stammte es von Alicia oder von Esma, Halstücher waren Mädchensache. Er wollte es zu sich ziehen, doch es ließ sich nicht ziehen. Vielleicht war es auch eher ein Ärmel oder ein Hosenbein. Und jetzt hörte John-Marlon jemanden atmen, sehr leise.
»Wind?«, wisperte er, und seine Stimme war selbst beim

Wispern kieksig und komisch vor Angst. »Bist du das?«
War sie im Gang sitzen geblieben, um ihm einen Streich zu spielen? Eigentlich passte so ein Streich besser zu …
»Jojo?«
Noch immer keine Antwort.
»Ich hab meine Brille verloren«, sagte John-Marlon, der auf einmal ziemlich sicher war, dass Jojo neben ihm saß.
Da hörte er die Person neben sich auf dem Boden herumtasten, und dann spürte er eine Hand, die seine Hand fand und ihm die Brille gab.
Es war nicht Jojos Hand. Es war die Hand eines Erwachsenen.
»Pepe!«, rief John-Marlon.
»Ist Pepe okay?«, wisperte eine Stimme. »Ich meine, kann man ihm trauen?«
John-Marlon hielt die Luft an. Er hatte diese Stimme noch nie gehört. Er konnte nicht sagen, ob es ein Mann oder eine Frau war, dazu war es in seinem Gehirn zu dunkel, und er fürchtete sich auch zu sehr.
»Pepe ist … natürlich okay«, stammelte er. »Wer … wer sind Sie? Warum schleichen Sie Wind nach? Wind ist stark. Sie spielt mit … mit Nashörnern. Sie können ihr nichts tun! Was wollen Sie von ihr?«
»Ich will gar nichts von ihr«, sagte die Stimme. »Ich bin nur da und sehe zu. Und irgendwann …« Sie verstummte.
»Irgendwann was?«, fragte John-Marlon. »Irgendwann holen Sie sie? Am Ende des Sommers?«
»Möglich«, sagte die Stimme.

Da nahm John-Marlon den letzten Rest Mut zusammen, der ihm geblieben war, und fragte, was er fragen musste.
»Sind Sie der Tod?«, fragte er.
Die Stimme schwieg eine Weile, als müsste sie darüber erst nachdenken. Dann spürte John-Marlon die Hand von vorher auf seinem Arm, eine schlanke, kühle Hand.
»John-Marlon«, wisperte die Stimme. »Was wirst du tun, wenn Wind nicht mehr da ist? Du darfst sie nicht zu sehr brauchen. Irgendwann geht jeder eigene Wege.«
»Das ist nicht wahr!«, wisperte John-Marlon. »Ich bleibe! Bei meiner Mutter zum Beispiel, ich werde ihr immer helfen, und bei Wind …«
Er schüttelte die Hand ab und sprang auf, und als er stand, hörte er Schritte, die sich entfernten. Wer immer da gewesen war, war fort.

John-Marlon hielt seine Brille mit einer Hand fest, während er weiterging, langsam jetzt, und er fragte sich, ob überhaupt jemand da gewesen war. Hatte er sich das ganze merkwürdige Gespräch, die kühle Hand, den Seidenstoff auf dem Boden nur vorgestellt?
Nach ungefähr hundert Jahren erreichte er die T-Kreuzung, was er daran merkte, dass er gegen die Wand lief. Dann sah er zur Rechten, weit entfernt, den Lichtschein der Fackel.
»Hey!«, rief er. »Hallo!«
Das Echo verzerrte seine Stimme und gab sie dutzendfach wieder. »Hallo…ooo…ooo …«

»I-ist wie ich«, hörte er Esma sagen. »Ma-macht Worte wi-wie ich.«
Sie klang sehr zufrieden darüber, dass auch das Echo stotterte.
Kurz darauf stand John-Marlon neben den anderen, und Wind hob die Fackel.
»Du bist ganz blass«, stellte sie fest. »Wir hatten gerade gemerkt, dass du verloren gegangen warst. Hast du ein Gespenst gesehen?«
»Quatsch«, sagte John-Marlon etwas schroff. »Wo ist denn nun dein Wasserloch?«
Sie mussten noch ein paar Abbiegungen nehmen, und schließlich fiel der Schein der Fackel auf eine Wasserfläche.
»Da sind wir«, sagte Wind.
John-Marlon stand und starrte. Sie standen alle und starrten. Der unterirdische See breitete sich glatt und grünblau vor ihnen aus, von oben fiel ein rundes Stück Licht hinein und verlor sich in der Tiefe. Denn tief war dieses Wasserloch, schier unendlich tief.
Wind löschte die Fackel mit einem Zischen im Wasser und steckte sie ins Erdreich am Ufer des Sees.
Vielleicht hätte jemand anders geglaubt, dies wäre nur ein Kellerraum, in den das Grundwasser eingedrungen war.
»Schaut, die Tropfsteine!« Wind wies nach oben, und da entdeckte auch John-Marlon sie: schlanke herabhängende Säulen, die im Licht der hereinfallenden Sonne weiß glitzerten. »Manche sagen, das Glitzern kommt nur vom ab-

gelagerten Salz«, flüsterte Wind ehrfürchtig. »Aber der ein oder andere Edelstein wird dazwischen sein.«
»Ich könnte hochklettern und einen abbrechen«, bot Jojo an.
»Du könntest sie auch einfach angucken und schön finden, Idiot«, sagte Alicia.
»Hört zu«, wisperte Wind. »Ich habe den Verdacht, dass es einen zweiten Eingang zu diesen unterirdischen Gängen und Höhlen gibt. Einen Eingang, durch den man von außen hereinkommen kann. Ich … ich habe den Verdacht, dass jemand da ist, der mich beobachtet.«
»Gott«, sagte Esma.
Wind schüttelte irritiert ihr wirres Haar zur Seite. »Ja, nein. Noch jemand. Er kommt nicht durch den Zaun, denn dann hätte ich ihn gesehen.«
»Du meinst, er kommt … durchs Wasser?«, fragte Goran. »Durch einen Geheimgang *im* Cenote?«
»Ganz genau.« Wind nickte. »Und deshalb müssen wir tauchen. Es ist verdammt tief, ohne Ausrüstung geht es nicht.«
Damit setzte sie den ausgebeulten alten Rucksack ab und holte mehrere leere Plastikflaschen, eine Handvoll Strohhalme, eine Rolle Bindfaden, den Rüssel eines Staubsaugers, die rote Teekanne, einen Fahrradhelm, eine Wäscheleine, zwei schwere alte Taucherbrillen, einen Schnorchel sowie das Nudelsieb heraus.
»Den Geigenbogen hast du nicht mitgenommen?«, fragte John-Marlon und lachte nervös.

Wind schüttelte den Kopf. »Nein, der war heute Morgen nirgends zu finden. Ich muss ihn verlegt haben.«
Sie befestigte den Staubsaugerrüssel mit etwas Schnur an der größten Flasche.
»So«, sagte sie zufrieden. »Wir füllen jetzt die Flaschen und die Kanne an Land mit Luft, und dann nehmen wir die Luft mit runter. Jeder darf sich seine Ausrüstung selbst bauen, im Rucksack ist auch noch Klebeband.«
Esma stieß einen kleinen Schrei des Entzückens aus, und Alicia sagte: »Ich nehme meine Flöte zum Durchatmen.«
John-Marlon schnappte sich einen der Strohhalme, eine Flasche und das Sieb, und wenig später standen sie alle mit Sauerstoffflaschen auf dem Rücken und einem damit verbundenen Mundstück im Mund am Rand des Cenotes. Ihre Kleider hatten sie ausgezogen und auf die Felsen gelegt.
»Dasch«, sagte Wind ernst und etwas nuschelig an ihrem Mundstück vorbei, »schind die beschpen Paucher-Auschrüschpungen ber Welp, ganz beschpimmp.«
Sie selbst atmete ihren Sauerstoff mithilfe von drei ineinandergesteckten Strohhalmen aus der Teekanne, die sie sich auf den Rücken gebunden hatte.
John-Marlon wollte lachen, doch da sah er, dass sie alle richtige Sauerstoffflaschen und richtige Taucherhelme trugen. Und als Wind sagte: »Mit den Flossen an euren Füßen seid ihr unter Wasser schneller«, merkte er, dass sie auch Flossen trugen; große schwarze, altmodische Taucherflossen.

»In der Mitte jedes Cenotes gibt es die sogenannte Sprungschicht«, erklärte Wind. »Habe ich auch in der Schule gelernt. Das ist die Schicht, wo sich das Süßwasser von oben, vom Regen, mit dem Meerwasser von unten trifft. Ich weiß nicht, was in dieser Schicht passiert. Alles kann passieren. Wir sollten uns nicht verlieren.« Sie hob die Wäscheleine auf. »Und deshalb halten wir uns alle an der Leine fest. Wir tauchen so tief nach unten wie möglich. Wenn einer von euch einen Eingang unter Wasser entdeckt, zieht er an der Leine, okay? Unter Wasser gibt es blinde Urfische und winzige Tierchen, die leuchten, wenn man sie berührt. Blau, glaube ich. Sie tun einem nichts. Also – los.«
Alle nickten feierlich.
Wind zählte von zehn an rückwärts. » … vier, drei, zwei, eins … und!«
Bei *und* sprangen sie.

Im ersten Moment war das Wasser kalt, doch John-Marlon gewöhnte sich überraschend schnell daran. Genauso, wie er sich überraschend schnell an das Tauchen mit Sauerstoffflasche gewöhnte. Neben ihm paddelte Goran, grinste und winkte.
Jojo schlug Purzelbäume im Wasser, was dazu führte, dass die Leine sich verhedderte, und er musste alle Purzelbäume rückwärts purzeln, damit sie sich entwirrte.
Dann schwammen sie gemeinsam hinab in die schwarze Tiefe des Cenotes.

Aber halt – sie war gar nicht schwarz! John-Marlon sah jetzt Lichtschlieren darin, hellblau leuchtende Striche und Kringel. Und er begriff, dass er es war, der die Striche und Kringel mit seinen Händen malte, während er schwamm. Das mussten die winzigen Tierchen sein, die leuchteten, wenn man sie berührte!
Auch die anderen malten Kringel, und bald durchdrang das blaue Leuchten den ganzen Cenote.
John-Marlon war der Zweite an der Leine, unter ihm schwamm nur Wind. Als sie sich zu ihm umdrehte, strahlte sie. Ihr Haar wogte um sie und war durchsetzt mit Tausenden von blauen Punkten, und sie war so schön wie nie zuvor.
»Wenn mein Vater mich so sehen könnte!«, rief John-Marlon. »Das wäre doch mal eine Sportart für seine Sammlung! Tiefseetauchen in einem mexikanischen Urgewässer! Er würde staunen, was sein Sohn so alles tut!«
Er kicherte, und dabei fiel ihm auf, dass das unter Wasser nicht ging, genauso wenig wie Sprechen. Hatte er die Worte durch den Strohhalm *in* die Flasche gerufen?
An den Wänden der Höhle beleuchtete das Blau seltsame Gesteinsformationen, durchzogen mit kristallen glitzernden Streifen. John-Marlon sah Gold- und Silberadern. Ein schwarzer Fisch ohne Augen schwamm vorüber, handgroß, mit flappenden runden Flossen. Ein zweiter, ein dritter. Da waren sie, die blinden Urfische, Wind hatte mit allem recht gehabt. Einer schwamm gegen John-Marlons Hand, hielt sie offenbar für einen Kol-

legen und versuchte, sie zu küssen. Gerade wollte John-Marlon lachen, da lief ein Ruck durch die Wäscheleine. Unter ihm winkte Wind.
Und zeigte auf ein schwarzes Loch in der Wand des Cenotes. Auf ihrem Gesicht lag ein Ausdruck von Entdeckerfreude, doch in ihren Augen glänzte Angst. Das da unten musste er sein, der Eingang zu dem geheimen Gang nach draußen.
Sie zeigte auf sich und auf das Loch.
Ich muss da hinein. Ich muss sehen, wohin es genau führt.
Sie zog die Taschenlampe aus der Tasche und knipste sie an. Die anderen waren jetzt ganz nah herangeschwommen, sie traten Wasser mit den großen schwarzen Flossen und starrten gemeinsam das Loch unter ihnen an.
I-ich will nicht da-da gehen, las John-Marlon von Esmas Lippen. *I-ich lieber bleib hier und schi-spiel mit Fische!*
»Stell dich nicht so an«, sagte Jojo lautlos.
Goran legte unter Wasser einen Arm um seine kleine Schwester und funkelte Jojo böse an, und er brauchte die Lippen nicht zu bewegen, damit alle wussten: Wenn jemand Esma zwang, in dieses Loch zu tauchen, bekäme er es mit Goran zu tun.
»Geh du doch mit«, sagte Goran.
Jojo nickte. Aber John-Marlon sah, wie er schluckte. Sein Gesicht war ganz blass geworden. Jojo hatte selber Angst.
Wind zeigte wieder auf sich. *Ich gehe allein. Taucht jetzt hoch und wartet auf mich.*

Aber wir können dich doch nicht ganz alleine in diesen Gang lassen!, sagte John-Marlon.
Doch gerade da schien Wind nichts mehr zu verstehen, sie deutete auf ihre Ohren, zuckte die Schultern und schüttelte den Kopf, sodass ihr Haar um sie herumwogte wie Wasserpflanzen.
Dann ließ sie die Wäscheleine los und tauchte kopfüber in die Tiefe.

Sie sahen, wie sie etwas wie eine Wand durchquerte, eine Wasserschicht voller kleiner Wirbel. Die Sprungschicht, dachte John-Marlon. Darunter liegt das Salzwasser. Darunter ist sie schon fast im Meer. Im Meer von Mexiko.
Wind richtete den Strahl der Lampe in das schwarze Loch, hinter dem sich tatsächlich ein Gang auftat, und war im nächsten Moment darin verschwunden.

Das Meeresleuchten, oder das Cenote-Leuchten, erlosch langsam, während sie nach oben schwammen. Als sie auftauchten und ihre Ausrüstung abstreiften, waren es wieder Strohhalme und leere Plastikflaschen. Goran schüttelte sich.
»Brrrr! Kalt!«, sagte er. »Und wir haben keine Handtücher!«
Dann nahm er sein eigenes T-Shirt, um die zitternde Esma abzurubbeln.
»Hüpfen«, sagte John-Marlon. »Von Hüpfen wird einem warm. Manchmal gehe ich mit meiner Mutter ins Frei-

bad, und wenn uns nach dem Schwimmen zu kalt ist, hüpfen wir.«

Also hüpften sie. John-Marlon dachte an seine hüpfende Mutter, und es tat ihm ein bisschen leid, dass sie all dies hier nicht sah.

»Was … macht sie?«, keuchte Alicia, während sie neben John-Marlon auf und ab hopste. »Ist sie … Sportlehrerin oder so?«

»Nee«, keuchte der hopsende John-Marlon. »Sie wäscht zu schwere alte Leute.«

»Es wäre viel lustiger«, sagte Jojo, der beim Hüpfen überhaupt nicht keuchte, »wenn deine Mutter und die alten Leute hier wären und mithüpfen könnten, was?«

Und da gab John-Marlon Jojo zum ersten Mal recht.

Schließlich saßen sie angezogen und aufgewärmt auf einem Felsen, und die Höhle um sie herum begann ein wenig viereckig auszusehen, so wie ein normaler Kellerraum.

Da sagte John-Marlon ganz schnell: »Guckt mal, wie toll das grüne Licht von oben aus dem Urwald aufs Wasser fällt, das gibt es sicher nur in mexikanischen Cenotes«, und die Höhle wurde wieder rund. Alicia spielte eine kleine Melodie auf ihrer Flöte, aber nach einer Weile hörte sie auf und sagte betrübt:

»Es ist viel besser, wenn Wind dabei ist. Dann ist alles bunter.«

John-Marlon dachte an die Worte der Person im Dunkeln. *Jeder geht irgendwann eigene Wege.*

»Wir werden Wind nicht immer haben«, sagte er leise.
»Wie? Natürlich«, sagte Alicia. »Sie *muss* immer da sein. Sonst kann ich doch nirgends hin, wenn Mama … wenn Britta … wenn ich traurig bin.«
»Ich wünschte, ich könnte Wind mit in die Schule nehmen«, sagte Goran. »Aber sie geht ja nicht raus aus ihrem Urwald.« Er seufzte. »Heute haben sie Esma wieder geärgert auf dem Hof.« Er schleuderte ärgerlich einen Stein ins Wasser. »Sie machen sie nach, wegen dem Stottern. Arschlöcher.«
»I-ich rede schlecht«, sagte Esma leise. »I-is meine Schuld.«
»Ich hab versucht, ganz ruhig zu bleiben«, sagte Goran. »Und dann hat einer sie geschubst. Da war Ende. Wer meine Schwester anfasst, der kriegt eins in die Fresse.«
»Der, dem du eins in die … Fresse gehauen hast«, erkundigte sich Alicia vorsichtig. »Lebt der noch?«
Goran schnaubte. »Klar, Mann, der hatte bloß Nasenbluten. Aber geheult hat er wie ein Baby. Ich hab die Lehrer gesehen, wie sie kommen, um mit mir zu reden, da bin ich über die Mauer und weg.« Er seufzte. »Wär besser, wir würden da gar nicht mehr hingehen. Aber wir müssen. Mama sagt, es ist wichtig. Papa sagt, dass ich schlau bin. Ich glaub nicht, dass sie recht haben.«
»Wieso kannst du denn so schwer reden, Esma?«, fragte John-Marlon.
»Wei-weil«, sagte Esma. »Zu-zu viel Sprache. Kommen wi-wir, kommen wir Mazedonien. Andere Land.

Zu Hause andere Sprache. U-und … noch Sprache von Ro-Roma …«
»Ihr kommt eigentlich aus Rom?«, fragte Jojo. »Kannst du Pizza? Wir könnten mal Pizza machen bei Wind!«
»Nicht Rom. Roma«, verbesserte Goran und lachte. »In der Schule, wenn die uns ärgern, sie sagen ›Scheiß-Zigeuner‹. Und alle denken, dass wir in einem Zelt wohnen und Sachen klauen. Aber wir wohnen in einer ganz normalen Wohnung. Papa sagt, wir müssen gut sein in der Schule. Besser als alle anderen. Und immer höflich. Scheißhöflich, vergiss es.«
»Seid mal still«, sagte Jojo, der gerade auf dem Felsen kopfstand. »Da sind Schritte. Im Gang vor der Höhle.«
Sie lauschten. Jojo hatte recht. Und die Schritte kamen näher.
»Das ist der, der uns beobachtet«, sagte Goran. Esma drückte sich an ihn, und Alicia tastete nach John-Marlons Hand. Jetzt waren die Schritte verstummt. Genau vor der Höhle.
»Er ist reingekommen«, sagte Alicia.
»Ich seh kein«, sagte Esma.
»Vielleicht sieht man ihn nicht«, wisperte John-Marlon.
»Er hat sich unsichtbar gemacht«, flüsterte Jojo. Er stand immer noch auf dem Kopf, denn auch er wagte offenbar nicht, sich zu rühren. Sein Gesicht war schon ganz rot.
»Was würde Wind machen?«, wisperte Goran.
»Sie würde wahrscheinlich hingehen und mit dem Un-

sichtbaren reden«, sagte Alicia. »Weil sie vor nichts Angst hat.«

John-Marlon dachte, dass das nicht stimmte. Sie hatte Angst.

Vor dem Ende des Sommers.

Vor dem Beobachter, der die Blütenblätter verlor.

Aber das würde er den anderen nicht sagen, weil sie dann noch mehr Angst bekämen.

»Ich weiß, was wir machen«, erklärte er. »Wir machen einen Schutzkreis aus den Sachen, die Wind mitgenommen hat. Da ist überall ihre Kraft drin. Wenn wir in dem Kreis stehen, kann uns nichts passieren. Komm jetzt von deinem Kopf runter, Jojo, sonst platzt er.«

Goran grinste, und Jojo knurrte irgendwas, aber nur ganz leise.

Und dann taten sie, was John-Marlon gesagt hatte: Sie stellten sich nah zusammen auf das felsige Ufer und legten alle Dinge aus Winds Haus im Kreis um sich herum: Das Nudelsieb berührte die Klebebandrolle berührte eine Linie aus Strohhalmen berührte die Flaschen, und am Ende schloss John-Marlon den Kreis, indem er Winds Rucksack in die Lücke legte.

»Schaut!«, wisperte John-Marlon. »Die Sachen verwandeln sich in … Tropfsteine! Wir stehen in einer Mauer aus Tropfsteinen!« Dabei hatte er keine Ahnung, ob die Sachen sich verwandeln konnten.

»Wie schön sie glitzern«, wisperte Alicia.

Und da verwandelten sich die Sachen tatsächlich – verwandelten sich in weiß glitzernde Tropfsteine, die vom Boden in die Höhe wuchsen: ein Käfig wie aus Zucker. Durch seine steinernen Stäbe sahen sie den unsichtbaren Verfolger.

Vielleicht war er durch den Schutzzauber sichtbar geworden, oder er war ein bisschen weiter ins Licht getreten. Er war etwas größer als Goran und sehr schlank, trug weite Hosen und ein weites Hemd aus hellem Stoff, und das war alles, was man erkannte. Das Gesicht der Gestalt lag nach wie vor im tiefen Schatten. Sie schien sie anzusehen, einen Moment lang. Dann drehte sie sich um und ging zurück in den Gang, ging davon. Sie atmeten auf.

»Und wie kommen wir jetzt wieder raus aus diesem Tropfsteinding?«, fragte Alicia.

»Ich zerschlag ihn«, sagte Goran. Aber die Tropfsteinsäulen waren zu stark, seine Fäuste richteten nichts aus.

»Dann kletter ich drüber«, meinte Jojo. Aber die Tropfsteine waren zu glatt.

»Na toll!«, seufzte Alicia. »Jetzt haben wir uns selber in einen steinernen Käfig gesperrt.« Sie rüttelte an den schlanken Säulen. »Was ist, wenn ich zu spät nach Hause komme? Wer soll Mama helfen, Britta zu Bett zu bringen? Papa muss heute Abend im Theater auf der Bühne stehen! Was, wenn … wenn wir hier sterben?« Sie schniefte.

»Na, Mama kann ja ein Kindermädchen kriegen für Britta. Und Britta ist sowieso viel hübscher und süßer als ich.«

In diesem Moment klopfte jemand von außen gegen den

Tropfsteinkäfig, und plötzlich wurden die Tropfsteine wieder Flaschen und ein Nudelsieb. Vor ihnen stand Wind, tropfnass und noch in Tauchermontur.

»Darf man erfahren, warum ihr in einem Käfig aus Zuckerguss steht und Alicia beim Unsinnreden zuhört?«, fragte sie.

Da warf sich Alicia mit einem Schluchzer in Winds Arme, und Esma klammerte sich an Winds Beine, und John-Marlon sah genau, dass auch Goran und Jojo sie gerne umarmt hätten vor lauter Erleichterung. Genau wie er. Aber sie traten nur verlegen von einem Bein aufs andere.

»Warst du bei dem geheimen Ausgang-Eingang?«, fragte Jojo.

Wind seufzte. »Er ging ewig geradeaus, ich war sicher schon unter der Stadt, aber dann war der Gang blockiert.« Sie wrang ihre Haare aus. »Ein riesiger Urfisch steckte darin fest. Ich fürchte, er steckt da schon seit Jahren, er hatte Moos angesetzt …«

»Moos? Unter Wasser?«, fragte Goran.

»Na, dann eben Algen.« Wind zuckte die Achseln. »Er fraß vorbeikommende Meeresleuchttierchen, deshalb hatte er anfangen, selber ein bisschen zu leuchten, aber ich hatte keine Chance, vorbeizukommen.«

»Dann kann aber auch der geheime Beobachter nicht vorbeikommen.«

»Das«, murmelte Wind, »ist die Frage. Wenn es ein richtiger Mensch ist, nicht.«

John-Marlon tauschte ein paar stille Blicke mit den anderen, während Wind ihre Kleider überstreifte. Dann schüttelte er langsam den Kopf. Die anderen schüttelten ebenfalls den Kopf. Sie würden ihr nichts von der Gestalt im Höhleneingang erzählen. Vielleicht würde sie sonst zu viel Angst bekommen, und Wind musste tapfer und angstfrei bleiben. Für sie.

»Verflixt«, sagte sie, als sie in ihre Schuhe geschlüpft war. »Wie spät es wohl ist?«

Jojo kramte ein Handy aus der Tasche, machte einen Handstand und sagte: »Zehn vor sechs.«

»Oje«, sagte Wind. »Wir sollten zusehen, dass wir hier rauskommen. Der Weg durch die Katakomben dauert.« Sie hob den Kopf und sah zu dem Lichtloch in der Decke empor. »Wenn wir nur irgendwie …«

»Da raufkommen könnten?«, fragte jemand von oben.

Jetzt sah John-Marlon, dass zwischen den grünen Pflanzen zwei Beine in das Loch hinunterbaumelten.
»Pepe!«, rief Alicia froh.
»Ich beobachte euch schon eine ganze Weile«, sagte Pepe. »Ich hatte mich gefragt, wann ihr mich bemerkt.«
»Kannst du uns irgendwie hier rausholen?«, rief Wind.
»Tja, das könnte ich wohl, wenn ich eine Strickleiter hätte«, sagte Pepe. »Oh, sieh mal einer an, hier ist ja eine! So was. Als hätte jemand sie dort vergessen.«
»Ach ja«, meinte Wind, »das könnte ich gewesen sein. Neulich hatte ich irgendwo eine Strickleiter dabei, und später war sie nicht mehr da.«
Da warf Pepe die Strickleiter hinunter, die er oben an einer Wurzel befestigt hatte. Sie endete mitten über dem Wasser. Pepe musste sie für jeden von ihnen erst so lange hin- und herschwingen, bis sie vom Ufer aus danach greifen konnten. John-Marlon wurde ganz komisch von dem Geschaukel, und er fühlte sich wieder unsportlich.
Aber als sie oben standen, sagte Goran: »Mir ist ganz komisch geworden von dem Geschaukel«, und da fühlte er sich wieder in Ordnung.
»Jetzt müsst ihr rennen«, sagte Wind und zeigte. »Da vorne an der Bananenstaude rechts, da kommt ihr auf den richtigen Pfad.«
»Tschüs dann«, sagte Goran und nahm Esma an der Hand. »Bis morgen oder so.«
»Ab zwei Uhr könnt ihr kommen, wie immer«, sagte Wind.

»Ach, *vor* zwei geht auch nicht?«, fragte John-Marlon.
»Nein, nie«, sagte Alicia. »Vor zwei gibt es die lose Latte im Zaun gar nicht.«
Und dann packte sie ihre Flöte fester und rannte los, zu ihrer Mutter. Zu ihrer kleinen Schwester, die süßer war als sie. Goran und Esma rannten ebenfalls, zurück in die Welt, in der die Kinder Esma auslachten und Goran zuschlagen musste. Jojo folgte ihnen, Rad schlagend, zu den Erwachsenen, die wollten, dass er still saß. Pepe zuckte die Schultern und schlenderte ebenfalls davon, obwohl man sah, dass er gerne noch allein mit Wind geredet hätte. Vielleicht über die junge Frau, die nachts Kaffee kaufte.
»Wie traurig«, murmelte John-Marlon, »dass wir alle zurückmüssen. Können wir nicht bei dir bleiben, Wind? Für immer?«
»Nein«, sagte Wind bestimmt. »Und jetzt lauf. Deine Mutter wartet. Sie macht sich schon Sorgen.«
»Auf dich … wartet niemand?«, fragte John-Marlon. »Und … sag mal … war da wirklich ein Riesenfisch, der den Tunnel blockiert hat?«
Wind lächelte und gab ihm einen leichten Schubs. »Lauf.«

Cocos nucifera
KOKOSPALME

»Das ist eine wunderbare Geschichte«, sagte John-Marlons Mutter. »Und so was denkst du dir einfach aus?«

»Ja, ja«, sagte John-Marlon. »Ich sitze auf unserem Balkon und denke und denke, und dabei erlebe ich die wildesten Abenteuer. Du musst dir also überhaupt gar keine Sorgen machen, dass ich mich langweile, wenn du arbeitest.«

»Du solltest Schriftsteller werden«, meinte seine Mutter liebevoll und strich ihm über den Kopf, ehe sie ihr Frühstücksbrot weiterschmierte. Der Morgen sah kühl und gelb durch die Fenster, und sie hatten nicht viel Zeit. Die schweren alten Leute warteten, und der schwere neue Schulstoff wartete auch.

»Ich frage mich, ob die Kinder irgendwann rausfinden, was nach sechs Uhr in diesem Dschungel passiert«, murmelte John-Marlon. »Oder wie das Mädchen Wind da überhaupt hingekommen ist.«

»Wenn es eine Geschichte in einem Buch wäre«, meinte

John-Marlons Mutter, »dann wäre sie vielleicht aus einer Blüte gewachsen. Sie wäre eine Fee, und abends würde sie sich zurückverwandeln.«

»Aber wenn es eine Geschichte in der Zeitung wäre? Da stünde: *Mädchen lebt allein auf wildem Grundstück.*«

»Dann würde ich sagen, sie braucht Hilfe«, sagte John-Marlons Mutter. »Woher kriegt sie eigentlich ihr Essen? Klaut sie das? Und was ist, wenn der Winter kommt?«

»Das Mädchen hat schon mehrere Winter da verbracht, hat sie gesagt. Sie hat einen kleinen Ofen.«

»Ein kleiner Ofen«, sagte seine Mutter, »ist nicht genug, um einen harten Winter zu überleben. Und vielleicht hat das Mädchen ja geschwindelt. Vielleicht wird dieser Winter ihr erster sein so ganz allein da draußen.« Sie schob ihr Brotbrett weg und stand auf.

»Ein Gutes hat es, dass ich im Moment so viele Überstunden mache, weil Leute fehlen. In zwei oder drei Monaten können wir uns die neue Couch holen. Dann setzen wir uns gemütlich da drauf, und du erzählst mir mehr erfundene Abenteuer.«

Dann war sie fort, und John-Marlon dachte an Wind.

Sie hatte keine Mutter, die für eine neue Couch Überstunden machte. Wenn sie es gemütlich haben wollte, musste sie sich alleine darum kümmern.

An diesem Tag ging er schon vor der Schule zu der Straße mit der Bretterwand. Vielleicht wollte er sich vergewissern, dass grüne Urwaldbäume über die Wand lugten und

alles warm und gut war, der Winter ein ganzes Leben weit weg.
Und da sah er Wind.
Sie kam von der anderen Seite die Straße entlang, mit einer Schubkarre voller bunter Dinge. John-Marlon duckte sich hinter ein parkendes Auto. Er hatte das Gefühl, dass er morgens nicht hier sein durfte.
So kauerte er da und beobachtete, wie Wind die Schubkarre mühsam auf den Bürgersteig bugsierte und dann vor der losen Latte abstellte. Alicia hatte gesagt, vor zwei Uhr gäbe es keine Lücke im Zaun. Es gab aber eine Lücke, und Wind machte sie jetzt größer, sie schob eine zweite Latte weg, sodass die Schubkarre durch die Öffnung passte. Das Bunte in der Schubkarre, John-Marlon sah es jetzt, war Müll. Alte Teile von Geräten, eine Puppe ohne Arme, die Festplatte eines Computers …
Wind kämpfte einen Moment mit der schweren Schubkarre, schubste sie dann durch die Lücke, und die grünen Urwaldblätter schlossen sich hinter ihr, die Latten rutschten zurück an ihren Platz im Zaun.
Komisch, dachte John-Marlon. Er ging zur Schule, und Wind sammelte Müll.
Er stand auf und merkte, dass es ein weißer Mercedes gewesen war, hinter dem er gesessen hatte. Auf dem Rücksitz lag ein blauer Kinderrucksack mit aufgedruckten Blättern und Tieren. Was für sehr unterschiedliche Kindheiten es doch gab.
Auf der anderen Straßenseite ging gerade jemand die drei

Stufen zum Eingang des kleinen Gemischtwarenladens hoch. Pepe.

John-Marlon wusste, dass er zu spät zur Schule kommen würde, aber er musste Pepe folgen. Er *musste* einfach. Das Morgenlicht hatte so etwas Geheimnisvolles. Als müsste man gerade heute Dinge herausfinden. Er lief also hinüber zum Laden, schlüpfte durch die Tür und blieb zwischen den Regalen mit Dosen und abgepacktem Fertigbrot stehen, verborgen im staubigen Zwielicht. Nur die blöde Ladenglocke hatte natürlich geklingelt.

»Ja, ja, immer mit der Eile«, hörte er den Mann mit dem Schnauzbart sagen, der aus dem Hinterzimmer geschlurft kam. »Ach, Pepe.«

Offenbar glaubte er, Pepe hätte es geschafft, bei seinem Eintreten die Glocke zweimal zu betätigen.

»Acht Uhr«, sagte Pepe. »Ich sollte um acht übernehmen. Wusste gar nicht, dass Sie schon aufgemacht haben.«

»Es hat sich so ergeben«, sagte der Schnurrbärtige. »Da war jemand, der heute Morgen dringend eine Schubkarre ausleihen musste.«

»Wind«, sagte Pepe. »Was hat sie diesmal gefunden?«

»Einen besonders schönen dreibeinigen Stuhl«, antwortete der Alte. »Und eine kranke Puppe.«

»Haben Sie ihr ein paar Brötchen mitgegeben?«, fragte Pepe besorgt. »Ich gebe ihr immer Brötchen. Ich sage ihr, sie wären von gestern.«

Der Schnurrbärtige lachte. »Ich sehe schon zu, dass sie nicht verhungert.«

»Ich wüsste gerne, wo sie um sechs Uhr hingeht«, sagte Pepe. »Sind Sie ihr je gefolgt?«

»Ich? Nein. Ab und zu höre ich mir die Geschichten an, über Lianenschaukeln und gezähmte Löwen, und die Geschichten sind schön. Das reicht doch.«

»Wussten Sie, dass sie auf einem Nudelsieb Geige spielen kann?«

»Ich wusste, dass sie auf einer *Geige* Geige spielen kann«, antwortete der Schnauzbärtige vorsichtig.

Pepe legte etwas auf die Theke, und John-Marlon reckte den Hals. Es war der Bogen: der Geigenbogen mit den vier kleinen Glassteinen im Holz, der gestern nicht mehr an der Wand im Bauwagen gehangen hatte.

»Den hier hat sie auch auf dem Müll gefunden«, erklärte Pepe. »Sagt sie.«

»Und Sie haben ihn … ausgeliehen?«

Pepe nickte. »Ja. Nur ausgeliehen.«

»Dann bringen Sie ihn mal besser schnell wieder zurück dahin, wo er hingehört«, sagte der Ladenbesitzer. »*Sie* hat ihn gefunden. Also gehört er ihr.«

»Die Steine.« Pepe flüsterte jetzt und sah sich um, als dürfte niemand hören, was er sagte. John-Marlon tauchte zwischen die Regale ab. »Ich habe jemanden nachsehen lassen. Die Steine sind echt.«

»Und da waren Sie in Versuchung, die Steine permanent auszuleihen.«

»Nein! Ich war in Versuchung, Wind zu fragen, wo genau dieser Bogen auf dem Müll lag. Oder ob er vielleicht woanders lag. An einem Ort, von dem man keine Dinge mitnehmen darf. Ich denke, jemand sollte ihr um sechs Uhr nachgehen. Weil sie vielleicht Dinge tut, die sie in Schwierigkeiten bringen könnten.«

»Pepe.« Der Schnurrbärtige seufzte. »Wind ist Wind. Es geht uns nichts an, was sie tut, weder vor noch nach sechs Uhr. Und jetzt gehen Sie und kommen Sie in zwei Stunden wieder, das reicht.«

»Warum das denn?«

»Ich habe Besuch, im Hinterzimmer, wir sitzen sowieso da und trinken Tee, da kann ich auch noch ein bisschen auf den Laden aufpassen. Übrigens, ihre Flamme mit dem grünen Mantel ... Ich habe sie mal beim Café an der großen Kreuzung frühstücken sehen. Dieses moderne Ding, wo der Kaffee fünfzehn Sprachen spricht und man umsonst ins Internet rein-, aber nicht wieder rauskommt. Nichts für alte Leute wie mich. Vielleicht finden Sie sie da.«

Kurz darauf klingelte die Ladenglocke wieder, und Pepe sprang draußen die Stufen hinunter. Der Schnauzbärtige verschwand ins Hinterzimmer.

»Ich dachte schon, ich werde ihn gar nicht mehr los«, hörte John-Marlon ihn sagen. »Er stellt zu viele Fragen.« Er seufzte. »Er will ihr nachgehen. Um sechs Uhr.«

»Wenn sie tiefer im Urwald verschwindet«, sagte die Stimme des Besuchers – eine alte Stimme mit einem kleinen Lachen zwischen den Worten. »So, so. Hast du noch Milch?«

»Im Laden«, sagte der Schnauzbärtige. »Warte …«
Da drehte sich John-Marlon um und rannte. Irgendwie hatte er das Gefühl, es wäre besser, nicht entdeckt zu werden.

Der Tag in der Schule zog sich.
Zuerst bekam John-Marlon Ärger, weil er zu spät kam, und dann schien die Sonne zu heiß in die Fenster. John-Marlon zeichnete einen kühlen Urwaldsee an seinen Heftrand.
»John-Marlon malt Fischchen!«, flüsterte Fin.
»Das sind keine Fischchen, du Idiot«, sagte John-Marlon, »das sind Piranhas.«
»Als ob du schon mal einen Piranha gesehen hättest«, sagte Fin verächtlich. »Ich ja, ich war mit meinem Vater in einem Meereszoo, das war die Belohnung dafür, dass ich im Pokalfinale das entscheidende Tor geschossen habe.«
»Ich trainier auch mit meinem Vater«, sagte John-Marlon und malte einen Piranha, der einen Jungen mit Fins Frisur fraß.
»Klar, ich hab euch durch den Park hecheln sehen«, meinte Fin. »Vielleicht solltet ihr's besser mit Wassergymnastik versuchen.«
John-Marlon dachte, dass Goran Fin jetzt eins auf die Nase gegeben hätte. Was hätte Wind getan? Er schloss kurz die Augen und sah sie vor sich, sie saß auf dem Tisch, schüttelte ihr Wellenhaar zurück und sagte freundlich:

»John-Marlon muss sich seine Kräfte aufsparen, verstehst du, kleiner Fin, damit er nach drei Uhr noch tiefseetauchen und aus Höhlen klettern kann.«
John-Marlon öffnete die Augen, und auf einmal tat Fin ihm leid.
»Fußball, na ja«, murmelte er nur. »Du erlebst wohl nie was Richtiges.«

An diesem Nachmittag fand er Wind und die Schubkarre zusammen auf dem Dach ihres Hauses. Wind lag auf dem Rücken in der Schubkarre und ließ ihre Beine herausbaumeln. Über ihr wippten grüne Blätter vor der zu heißen Sonne.
Bis auf Unterhosen und ein altes gelblich weißes Männerunterhemd trug Wind nichts, ihre braun gebrannten Arme und Beine wirkten noch brauner als sonst, und sie hatte die Augen geschlossen. Vielleicht war sie nie schöner gewesen.
John-Marlon wollte etwas sagen, etwas behutsam Weckendes, da pustete Wind sich ein paar wilde Haare aus der Stirn und sagte: »Hallo, John-Marlon. Es ist *heiß*.« Sie setzte sich in der Schubkarre auf. »Wir sollten baden gehen.«
»Ich mag Freibäder nicht«, sagte John-Marlon. »Allein die Sprungbretter …«
»Ich dachte mehr an einen Urwaldsee«, sagte Wind.
»Und was … hast du in der Schubkarre transportiert?«
Müll, dachte er.

»Einen Schatz«, sagte Wind. »Ich habe ihn vergraben. Auf einer Sandbank. Dafür habe ich heute Morgen die Schule geschwänzt. Meine Lehrerin war ziemlich sauer.«
»Aber *du* bist deine Lehrerin«, meinte John-Marlon.
»Eben«, seufzte Wind. »Ich hab dir doch erzählt, wie streng ich bin. Dabei *musste* ich den Schatz verstecken, ehe die Piraten davon erfahren konnten.«
»Piraten?«
Sie nickte. »So eine Bande einäugiger, bärtiger Typen, die hier manchmal vorbeisegelt. Gerade heute dachte ich, ich hätte sie gesehen. Und einer von ihnen hat gedroht, mir abends zu folgen, wenn ich alleine bin.«
John-Marlon schnappte nach Luft. Pepe. Woher wusste Wind, was er im Laden gesagt hatte?
»Er wüsste gern, wo ich hingehe«, meinte sie und grinste. »Aber da wird er sich wundern, denn ich gehe nirgendwohin. Höchstens noch tiefer in den Urwald. Auf zum Seeee!« Und sie stürmte mit einem Kampfschrei die alte Steintreppe hinunter.

Als sie beim See ankamen, war es eine der Gruben, die auf dem unbebauten Grundstück zwischen festgetrockneten Baggerspuren und Grasresten übrig geblieben waren. Ein kleiner Bagger stand, vergessen und halb eingewachsen, am Grubenrand.
Das Wasser war grünlich und trüb.
Wind legte den Finger an die Lippen und lauschte. Dann

zeigte sie auf einen Busch am Ufer, in dem ein paar Spatzen lärmten. »Braunkopfpapageien! Sehr selten. Das sind die einzigen Vögel, die schwimmende Nester bauen, um darin herumzudümpeln wie in Booten und sich abzukühlen.«

»Ach«, sagte John-Marlon, und jetzt sah er, dass es natürlich keine Spatzen waren. Und dass der See natürlich ein See war, ein hübscher runder See, keine alte Baugrube.

Ehe er noch etwas sagen konnte, sprang Wind ins Wasser, Kopf voran, samt Unterhemd. John-Marlon sah sie untertauchen, sah Blasen durch das Grünbraun hochsteigen und an der Oberfläche zerplatzen ... zählte bis zehn. Bis fünfzig. Bis hundert.

Wind tauchte nicht wieder auf.

Er fühlte, wie seine Hände zu schwitzen begannen. Gab es unter Wasser etwas, das sie festhielt? Er musste ihr helfen. Auch wenn er plötzlich schreckliche Angst hatte. In Sekunden hatte er sich die Kleider vom Leib gerissen und war ebenfalls im Wasser, holte tief Luft – und tauchte. Tastete. Fand etwas Weiches.

Ein Stück von Winds Männerunterhemd? John-Marlon packte es und tauchte auf.

In der Hand hielt er ein Büschel grüner Wasserpflanzen. Kein Unterhemd.

»Du-du ausreißen Meernixe alles Haare!«, rief jemand vom Ufer.

Esma, Goran und Alicia standen jetzt dort, und John-Marlon winkte.

»Wind ist weg!«, rief er. »Sie ist getaucht und … verschwunden!«
Goran streifte sein Hemd ab, um ebenfalls ins Wasser zu springen, zögerte aber.
»Was, we-wenn Monster da?«, rief Esma. »I-in Wasser?«
Alicia zog einen langen Stock aus dem Unterholz und begann, am Rande des Sees herumzustaken. John-Marlon dachte an die Piranhas. Und an die Gestalt, die die Blütenblätter verlor. Er sah vor sich, wie ihre schattenhafte Hand Wind am Knöchel zu sich in die Tiefe zog …
»Ich hab was!«, schrie Alicia. »Da hat was angebissen! Ein Seeungeheuer!«
Sie zog an dem Stock, zog stärker – und dann gab er nach, sodass Alicia hinfiel. Der Stock fiel auf sie, zusammen mit einer halb zersetzten Plastikplane, die sich um sein Ende gewickelt hatte.
»Spielt ihr schön?«, fragte da eine Stimme über ihren Köpfen. Dort, auf dem Ast einer Trauerweide, saß Wind. Wasser glitzerte in ihrem Gesicht, und aus ihren Haaren tropfte es.
»Ich bin ein bisschen getaucht und da drüben hochgekommen«, sagte sie und zeigte zum anderen Ufer. »Da war John-Marlon gerade unter Wasser. Ich habe mich gefragt, was er da unten sucht. Ich bin also hier raufgeklettert, um mir anzusehen, was er findet, und dann hat Alicia angefangen, im Schlick herumzustochern …«
»Grins nicht so!«, knurrte Alicia. »Du wusstest genau, dass wir *dich* suchen!«

»Ihr seid gar nicht so schlecht darin«, meinte Wind, »eigene Abenteuer zu erleben. Seeungeheuer, Piranhas, Meerjungfrauen … Irgendwann« – und diesen Satz fügte sie nur leise hinzu – »werdet ihr mich nicht mehr brauchen.«

Dann stellte sie sich auf ihren Ast. »So, und jetzt komme ich!«

Und sie sprang. Aber diesmal tauchte sie gleich wieder auf. »Los«, rief sie, »zur Sandbank! Wir müssen den Schatz da finden! Ich bin gespannt, woraus er ist!«

»Aber du hast ihn doch selber vergraben«, sagte John-Marlon.

»Das heißt ja nicht, dass ich ihn nicht finden und überrascht sein kann!«, rief Wind. »Weiß jemand, wo Jojo steckt?«

Alicia, die ihr zart violettes Kleid sorgsam faltete, seufzte. »Der kommt nicht. Er hat ein neues Skateboard bekommen, zusammen mit einer Handy-App, die die Geschwindigkeit misst. Hat er mir eben gezeigt, im Park, da war er mit seinen Eltern.« Sie seufzte. »Die denken, das hilft ihm, sich abzureagieren und sich danach zu konzentrieren. Weil er doch nie still sitzen kann.«

»Hört sich cool an«, meinte Goran.

»Geh hin und frag, ob du auch mal darfst«, sagte Wind. »Ich schwimme so lange zur Sandbank. Mal sehen, wie es den Krokodilen geht.« Damit drehte sie sich auf den Rücken und paddelte davon.

Goran überlegte noch einen winzigen Moment. Dann

sagte er: »Wenn da Krokodile sind, wirst du mich brauchen«, nahm Anlauf und sprang ihr nach.
Alicia stieg vorsichtig und gesittet ins Wasser. »Brrr«, sagte sie. »Warum ist es so grün?«
»Vi-viele kleine Leberwesen«, sagte Esma. »Und A-Algen. Die sind da drin.«
»Freundliche kleine Lebewesen!«, sagte Wind. »Ich hab sie mir unter dem Mikroskop angesehen, und sie haben alle ganz nett ihre Hüte gelüftet!«
Die Sandbank lag ungefähr in der Mitte des Sees, und Goran nahm Esma auf den Rücken, weil sie noch nicht so lange schwimmen konnte. Er war wirklich wahnsinnig stark.
»Hast du heute wieder jemanden verhauen in der Schule?«, fragte John-Marlon.
»Nee, heute sind wir nicht hingegangen«, sagte Goran. »Die ärgern uns doch bloß und rufen ›Zigeuner‹ und ›Assi‹ und dass Esma kein Deutsch kann. Und dann muss ich zuschlagen und krieg Ärger. Also ist es besser, wir gehen nicht.«
»Wo wart ihr denn den ganzen Vormittag?«, erkundigte sich John-Marlon.
»Einkaufspassage«, antwortete Goran. »Esma fährt gern Rolltreppe.«
»Aber mo-morgen ich wie-wieder Schule geh«, erklärte Esma. »Sonst mein Lehrer ist ta-taurig. Ich mag ihm. Er helf mich viel.«
Und dann sagte Wind: »Da sind sie ja, die Krokodile« –

und da vergaßen alle die Schule. Vor ihnen erhob sich die Sandbank, und der Sand glitzerte weich und golden wie der allerschönste Südseestrand.
»Ach, und die Sandbankpalme trägt wieder Kokosnüsse!«, stellte Wind erfreut fest.
Man hätte sich dort gemütlich ausstrecken und sich sonnen können, wären da nicht die Krokodile gewesen.
Zuerst hatte John-Marlon sie für alte, modrige Holzstücke gehalten, aber jetzt hoben sie ihre Köpfe aus dem Wasser, und er sah ihre langen Schnauzen, ihre ledrige Pickelhaut und ihre funkelnden Augen. Ein paar Krokodile lagen auch im Sand, und nun hoben sie alle die Köpfe.
»Sie sagen: ›Das ist unsere Sandbank‹«, meinte Alicia. »Aber natürlich ist jeder schwimmende Snack willkommen.«
»Sie bewachen den Schatz«, stellte Wind fest. »Wir müssen sie ablenken.«
»Kekse?«, fragte John-Marlon mit etwas zitteriger Stimme. Doch niemand hatte Kekse bei sich. Eine der dunklen, glitschigen Gestalten glitt nun auf sie zu. Eine zweite folgte.
»Weg hiiier!«, rief Goran. »Sonst werden wir Krokodilfutter!«
»A-an mein Fuß«, sagte Esma, »i-ist was. Hier gi-gibt Fische?«
»Piranhas.« Wind nickte.
»Pi-Piratas nicht gut?«, erkundigte sich Esma.

»Oh, sie schmecken schon, wenn man sie mit etwas Zitrone brät«, sagte Wind. »Ich bin dafür, dass wir an Land gehen. Piranhas mag ich weniger gern als Krokodile.« Und sie schwamm los. Aber sie schwamm nicht zurück zum Ufer. Sie schwamm auf die Sandbank zu. Auf die Krokodile zu. »Das ist die falsche Richtung!«, rief Goran, leichte Panik in seiner Stimme.

»Aber es ist näher als bis zum Land!«, rief Wind. Und sie hätten alle umdrehen können, aber sie folgten Wind. Sie wären ihr auch mitten ins Feuer gefolgt, dachte John-Marlon.

»Man muss nur das Leitkrokodil finden«, hörte er Wind noch sagen, dann war sie bei den dunkel glänzenden Körpern an-

gekommen. Das größte Krokodil riss das Maul auf, John-Marlon sah seine Zähne blitzen. Gleichzeitig glaubte er zu spüren, wie etwas ihn streifte – Rückenflossen. Er zog die Füße ein und versuchte, flach auf der Wasseroberfläche zu liegen. Vielleicht hielten die Piranhas ihn dann für einen Ast oder ein sehr großes Bananenblatt …
Natürlich war das Unsinn. Sie würden ihn beißen. Sie würden ihn fressen. Er konnte ihre Gier fühlen.
Wind war weggetaucht, und das Maul des größten Krokodils schloss sich nur um Luft.
Hinter dem Krokodil tauchte Wind wieder auf.
»Braaaves Krokodil«, sagte sie, zog ihr Männerunterhemd aus und stülpte es dem Krokodil über die Schnauze. »Liebes Krokodil.« Das Krokodil versuchte, das Maul wieder aufzusperren, doch das Unterhemd hielt seine Kiefer zusammen wie ein Maulkorb.
»Fein!«, sagte Wind. »So ein gutes Krokodil!«
Sie tätschelte dem Krokodil die Schnauze und kletterte auf seinen Rücken. »Zurück zur Sandbank, ja? Biiitte!«
Verwundert setzte das Krokodil sich in Bewegung. Da machte sich Esma los, verließ Gorans sicheren Rücken und schwamm hinüber zu einem ziemlich kleinen Krokodil. »Ka-kann ich ra-reiten auf dich?«, fragte sie und kletterte auf den Krokodilsrücken. »Du-du seeehr süß.« Und sie kraulte es, da, wo bei einem Hund die Ohren gewesen wären.
Fünf Minuten später saßen auch Alicia, Goran und John-Marlon auf dem Rücken je eines verblüfften Krokodils,

die alle dem Leittier folgten. John-Marlon hatte bis jetzt nicht gewusst, dass es Leitkrokodile gab, er kannte das nur von Kühen.
An seinen Füßen, die ins Wasser hingen, waren keine Fischflossen mehr zu spüren, die Piranhas mussten Reißaus genommen haben, vermutlich hatten sie Angst vor den viel größeren Krokodilen.
»Hey, ich ramm dich gleich!«, rief Goran, lachte und steuerte sein Krokodil auf John-Marlons Krokodil zu.
»Wag es ja nicht!«, rief John-Marlon und steuerte beiseite.
Es war ein bisschen wie Autoscooter.
Schließlich krochen alle fünf Krokodile mit den Kindern auf die Sandbank, und dort stiegen sie ab und bedankten sich höflich.
»Ihr dürft euch jetzt ausruhen, ihr lieben, braven Krokodile«, sagte sie und tätschelte das Leittier noch einmal, woraufhin es sich in den Sand warf, auf die Seite rollte und ein Vorderbein hob, damit Wind es am Bauch kraulen konnte. Sie tat das eine Weile, dann sagte sie: »Jetzt ist es aber Zeit für den Schatz. Wir müssen ein Kreuz suchen. Auf Schatzkarten ist der Schatz immer beim Kreuz.«
»Da! Da!«, schrie Esma und zeigte, und kurz darauf standen sie alle neben einem kleinen Holzkreuz, mit Bindfaden aus zwei Ästen gebaut.
»Dann lasst uns graben«, sagte Alicia.
Da sie keine Schaufeln hatten, nahmen sie die Hände, und John-Marlon wurde wieder so warm, dass er sich

auf den Rückweg durch den Urwaldsee freute. Auf der Palme krächzten ein paar Papageien, und einmal fiel eine Kokosnuss herunter und zerplatzte.
»Eine Kiste!«, rief Goran schließlich. »Ich heb sie raus, ich bin der Stärkste …«
Doch er schaffte es nicht, die Kiste allein aus der rutschigen Grube zu ziehen; sie mussten alle mit anpacken. Als die Kiste schließlich vor ihnen lag, war es gar keine Kiste. Es war ein alter Koffer aus Leder, mit metallenen Schnallen. Er hatte ein Zahlenschloss, ziemlich rostig.
»Ach je«, sagte Wind und sah kurz auf. »Und am Horizont kommen schon die Piraten an! In einer halben Stunde sind sie hier. Bis dahin müssen wir den Code geknackt haben. Drei Zahlen.«
John-Marlon entdeckte die Piraten jetzt auch. Ihr Schiff näherte sich mit rasanter Geschwindigkeit. Der Urwaldsee hatte sich wohl irgendwie ausgedehnt, jetzt war es wieder ein Meer, über das das Piratenschiff herankam: mit wehender Totenkopf-Flagge und gehissten blutroten Segeln.
»Wenn wir wüssten, wann die Schatzverstecker Geburtstag haben«, sagte Alicia. »Leute nehmen doch oft ihren Geburtstag als Code.«
»Dann müssen wir den Geburtstag von Wind nehmen«, sagte John-Marlon, denn die hatte ja den Schatz versteckt.
»Siebenundzwanzigster August«, sagte Wind, und Esma verstellte mit ihren kleinen, geschickten Fingern die Rädchen. Der Kofferdeckel sprang auf.

»War auch höchste Zeit«, murmelte Wind. »Das Piratenschiff ist schon so nah, dass ich die Kanonen darauf sehen kann …«
John-Marlon sah sie ebenfalls, glänzende, böse schwarze Rohre, die alle auf die Sandbank gerichtet waren.
In der Truhe vor ihnen, im hellen Sonnenlicht, lag der Schatz. Wind hob einzelne Stücke heraus: eine Kunststoffpuppe ohne Arme, einen Kinderstuhl mit drei Beinen, drei bunte Tüten, die Festplatte eines Computers, zwei Milchkartons, einen roten Schubladengriff, zwei abgebrochene weiße Plastikhenkel und eine Klobrille.
»Das … sind ja gar keine Edelsteine«, bemerkte Goran enttäuscht.
»Ja, ein Glück, was?«, sagte Wind, und dann hielt sie mit einer Hand die kaputte Klobrille hoch und schrie den Piraten entgegen: »Kommt nur her! Hier gibt es einen Koffer voller Müll!«
Die Piraten standen an der Reling, und John-Marlon sah deutlich, wie sie sich schüttelten und abwandten. Nein, diesen Schatz wollten sie nicht. Ihr großes dunkles Schiff drehte bei und verschwand in Richtung Horizont.
Wind ließ sich in den Sand fallen und lachte. Sie lachte und lachte und konnte gar nicht mehr aufhören zu lachen. »Die haben ja … keine Ahnung!«, keuchte sie. »Wisst ihr, wie wertvoll unser Schatz ist?«
Damit griff sie in das Loch, wo an der Puppe ein Arm hätte sein sollen, und zog nacheinander drei schmale, hübsche Goldbarren hervor.

Ein ehrfürchtiges »Oooh!« machte sich in den Gesichtern der Kinder breit.
»Das ist doch kein echtes Gold, oder?«, wisperte John-Marlon.
»Natürlich ist es echt«, sagte Wind. »Genau wie die Krokodile und die Piranhas. Wenn die dich gebissen hätten, hättest du schon gemerkt, wie echt die sind!«
Dann nahm sie eine große Scherbe aus dem Schatzkoffer und begann, das weiße Fruchtfleisch aus der aufgeplatzten Kokosnuss zu schälen. »Jetzt picknicken wir erst mal«, sagte sie. »Danach können wir uns noch ein bisschen sonnen, und John-Marlon wollte von einem Sprungturm springen wie im Freibad …«
»Nein, ich … danke, Krokodile und Piranhas und ein Schatz und Piraten und Kokosnüsse reichen mir«, sagte John-Marlon.
»Ich finde auch, wir brauchen keinen Sprungturm«, sagte Goran. »Ich … ich trau mich nämlich nicht zu springen. Hab ich mich noch nie getraut.«
»Du auch nicht?«, fragte John-Marlon perplex.
»Nee«, sagte Goran und grinste. »Esma ist schon mal gesprungen, aber ich nicht. Ich kann ein Sprungbrett wegtragen oder zusammenbauen, aber runterspringen muss ich da nicht.«
»Mein Vater will immer, dass ich springe. Im Freibad«, sagte John-Marlon. »Dabei ist es total sinnlos! Man ist genauso nass, wenn man vom Rand aus springt.«
»Genauso nass«, bestätigte Goran. Und dann legten sie

sich in den Sand und schlossen die Augen und hörten die Palmwedel über sich rauschen. Und die Stadt und alle Freibäder und Väter und Schulen waren sehr, sehr, sehr weit weg.

»Wind«, flüsterte John-Marlon, der eingeschlafen und wieder aufgewacht war. Die anderen lagen alle noch immer mit geschlossenen Augen im Sand.
»Hm-m?«
»Die Goldbarren … das ist doch gefährlich, so was Wertvolles hier zu haben?«
Sie schob ihm einen Goldbarren hin. Er wog nichts.
»Da war mal Schokolade drin«, sagte Wind. »Glaub ich. Ist auch vom Müll.«
John-Marlon atmete erleichtert auf. »Aber der Geigenbogen.« Er flüsterte jetzt. »Die Diamanten da drauf. Die sind echt.«
»Quatsch«, sagte Wind.
»Ich bin mir sicher.« Er wollte ihr nicht sagen, dass er Pepe belauscht hatte, denn dann hätte er ihr auch erzählen müssen, dass er morgens in der Straße mit der Bretterwand gewesen war, und sie hätte gewusst, dass er gekommen war, um sie zu beobachten.
»Der Bogen ist übrigens wieder aufgetaucht«, sagte Wind. »Er hing heute Mittag an der Wand, an seinem Nagel.«
»Vielleicht hat jemand ihn geliehen«, sagte John-Marlon. »Wenn die Steine nun echt *wären*. Dann wärst du reich!«
»Ja, und dann?«, fragte Wind träge und sah einem kleinen

grünen Insekt zu, das über ihre Hand lief, einen Knicks machte und wegflog.
»Na, du könntest dir richtige Anziehsachen kaufen, und du könntest in ein richtiges Haus ziehen, mit Heizung und warmer Badewanne. Du könntest dir einen Fernseher besorgen und eine Waschmaschine und ein Handy. Dann müsstest du keinen Müll mehr sammeln.«
Wind drehte sich auf den Bauch und sah ihn eine Weile nachdenklich an.
»Ach, John-John-Marlon«, sagte sie dann freundlich. »Wie dumm du doch bist. Da säße ich denn also in meinem Haus, mit Alarmanlage und Kindermädchen und Musikunterricht, und abends würde ich in meinem Himmelbett liegen und wäre ganz allein.«
»Hier bist du abends doch auch allein.«
»Oh nein«, wisperte Wind. »Ich habe die streunenden Katzen und das Blätterrauschen und die Nachtfalter, die um meine alte Petroleumlampe herumfliegen, und ich habe die Erinnerungen an den Tag mit euch. Ich liege da und freue mich. Und ich bin frei. Ich kann erleben, was ich will, und ich muss die Erwartungen von absolut niemandem erfüllen. Ihr, John-Marlon, ihr rennt doch den ganzen Tag rum und erfüllt Erwartungen.«
»Erfüllt Erwartungen«, wiederholte John-Marlon. Es klang sehr erwachsen, so als hätte jemand anders es zu Wind gesagt und sie hätte es sich nur sehr gut gemerkt.
»Ja, und es klappt nie«, meinte Wind. »Denk an deinen Vater.«

»Nein«, sagte John-Marlon. »An den denke ich jetzt bestimmt nicht. Lass uns eine Burg bauen. Eine Kleckermatschburg. Du hast recht, es ist besser, keine echten Diamanten zu haben. Aber der Bogen … Kann es sein, dass du Geige spielst? Dass du es könntest, wenn du eine hättest?«
»Das kann durchaus sein«, sagte Wind. »Ich müsste es wohl mal ausprobieren.«
Er fragte sich, woher sie es konnte, wenn es stimmte. Man konnte nicht einfach so Geige spielen. Jemand hatte es ihr beigebracht.
Wann und wer war das gewesen?
Und wo war derjenige jetzt?

5

Delonix regia

FLAMMENBAUM

Drei Tage später traf John-Marlon die Frau mit dem grünen Mantel.

Er hatte Wind eine ganze Woche lang nicht gesehen, da war zu viel hinderlicher Alltag gewesen. Sein Vater hatte ihn bei einem Leichtathletik-Verein angemeldet, also noch ein Tag die Woche futsch. Die anderen waren nicht unfreundlich, aber immer viel schneller als er und vielleicht eigentlich doch ein bisschen unfreundlich.

An diesem Tag jedenfalls hatte er kein Fußball und kein Leichtathletik und nur einen kleinen Berg Hausaufgaben, die er blitzschnell erledigte, und er rannte den ganzen Weg bis zum Bretterzaun. Und da, am Ende der Straße, sah er die Mantelfrau in den kleinen Laden gehen.

Aber ehe er die Treppe zum Laden erreichte, hatte er eine seltsame Begegnung: Nämlich verteilte eine Parkmieze[2] vor dem Bretterzaun Strafzettel, oder eigentlich ein Parkmiezerich. Und diesen Parkmiezerich kannte John-Marlon.

Er duckte sich hinter ein parkendes Auto.

Der Parkmiezerich schrieb gerade einen neuen Strafzettel, und eine Frau mit einem leeren Buggy hechtete über die Straße. »Ich … war doch nur ganz kurz weg!«, keuchte sie. »Können Sie nicht … ein Auge zudrücken? Ich musste meine Kinder zur musikalischen Frühförderung bringen!« Sie versuchte, den störrischen Buggy zusammenzuklappen. »Wie teuer wird das denn?«

»Normalerweise zwanzig Euro«, sagte der Parkmiezerich und schob die Uniformmütze ein wenig zurück. Es war eindeutig Pepe. »Sie bekommen einen Brief von der Stadt mit der Rechnung. Warten Sie, ich helfe Ihnen mit dem Wagen. Ich meine, ich verstehe Sie, das Leben ist hart mit Kindern … Wir könnten es so machen: Sie geben mir fünf Euro, und ich vergesse, dass Sie falsch geparkt haben.«

»In Ordnung«, sagte die Frau. Pepe wuchtete den Kinder-

---

2 Eine Parkmieze ist eine Dame, die Strafzettel verteilt, was ihr Job ist und auch von irgendwem getan werden muss, weshalb in diesem Buch Parkmiezen nicht diskriminiert* werden sollen. Es gibt sehr nette Parkmiezen.

* Diskriminiert ist, wenn man sagt, dass alle Parkmiezen Miezen sind. Das Gegenteil von *diskriminierend* nennt man *politisch korrekt*, und dann würde hier *Politesse* stehen, wovon ich aber für Pepe die männliche Form nicht kenne.

wagen ins Auto und steckte einen Geldschein ein. Dann stieg die Frau ins Auto, und John-Marlon stand auf.
»Hallo, Pepe«, sagte er.
Pepe fuhr herum.
»Hallo, John-Mar…«
»Bist du wirklich bei der Polizei angestellt?«, fragte John-Marlon. »Wie viele Jobs hast du eigentlich?«
»Oh, eine Menge.« Pepe lüftete grinsend seine Mütze. Dann las er das eingenähte Schildchen vor: »Faschingsartikel Koburg und Co.«
»Das ist Betrug«, knurrte John-Marlon.
»Ich schade ja keinem«, sagte Pepe. »Die Leute stehen wirklich im Parkverbot. Und sie müssten wirklich mehr bezahlen, wenn sie erwischt würden.« Dann beugte er sich ganz nah zu John-Marlon und flüsterte: »Bewahr dir deinen Sinn für Anstand und Gerechtigkeit. Die meisten verlieren ihn nämlich, wenn sie erwachsen werden.« Und dann tippte er an die Polizeimütze und ging eilig weiter, um mehr Strafzettel zu schreiben.
John-Marlon schüttelte den Kopf und betrat kurz darauf endlich den Laden.
Die grün bemantelte Frau bezahlte gerade eine Großpackung Klopapier, wiederverwendbar oder wiederverwendet oder etwas in der Richtung. Auf der Hülle waren Regenwaldbäume, Papageien und Affen.
»Und du? Wieder eine Limca?«, fragte der Schnauzbart über die Theke.
»Ja«, sagte John-Marlon und kramte sein Geld heraus.

Als der Schnauzbart sich bückte, um die Limonadenflasche aus der Kühltruhe zu holen, reckte er den Hals und versuchte, ins Hinterzimmer zu sehen. Er erkannte einen kleinen Tisch, zwei Stühle und zwei Tassen. Mehr nicht. John-Marlon bezahlte und trat gleichzeitig mit der Grünmantelfrau ins Tageslicht hinaus.

»Wohnen Sie hier?«, fragte er. »Neuerdings?«

»Ein paar Straßen weiter«, antwortete die Grünmantelfrau. Sie trug einen länglichen schwarzen Kasten auf dem Rücken, der John-Marlon erst jetzt auffiel.

»Kann ich noch was fragen?«

Die Grünmantelfrau nickte. »Ich weiß allerdings nicht, ob ich antworten kann. Wenn du zum Beispiel fragst: Woher kommt das Universum? Oder: Was ist der Sinn des Lebens? Dann kann ich nicht.«

»Der Sinn des Lebens ist doch klar«, sagte John-Marlon erstaunt. »Ich wollte fragen, was in dem schwarzen Kasten ist.«

»Das ist einfach.« Sie lächelte. »Eine Klarinette.«

»Kommen Sie gerade vom Musikunterricht?«

»Mhm, so ähnlich«, sagte die Grünmantelfrau. »Eigentlich wollte ich einen hübschen Platz im Grünen suchen, wo ich üben kann. Aber dann fiel mir ein, dass wir Klopapier brauchen.«

»Und jetzt gehen Sie mit dem Klopapier in den Park.«

»Sieht so aus«, sagte sie und lachte. Sie war sehr hübsch, wenn sie lachte; dann bekam sie lauter kleine Fältchen um die Augen.

»Und warum kaufen Sie nachts Kaffee?«
»Was du alles weißt«, sagte die Grünmantelfrau. »Ja, Kaffee brauchten wir neulich Nacht, weil wir spät zusammen geübt haben.«
»Wer ist *wir*?«, fragte John-Marlon.
»Die Geige und ich«, sagte die Grünmantelfrau. »Ich sollte jetzt langsam los.«
»Kennen Sie ein kleines Mädchen, das immer ein grauschwarzes Hemd trägt?«
»Nein«, sagte sie, und es klang ehrlich. »Tut mir leid.« Damit klemmte sie sich das Klopapier unter den Arm und ging die Straße entlang.
Aber an der nächsten Kreuzung blieb sie stehen. Dort saß jemand auf einem Pappkarton, eine umgedrehte Mütze mit Münzen vor sich, und fiedelte eine kleine Melodie. Pepe.
Auf einem Pappschild vor ihm stand in großen Buchstaben:
BITTE UM EINE MILDE GABE FÜR EINEN HUNGERNDEN PHILOSOPHEN.
Pepe hielt etwas in der Hand, das eindeutig kein Strafzettelblock war. Es war eine Säge. In der anderen Hand hielt er Winds Geigenbogen. Er hatte ihn also noch einmal geliehen.
Und jetzt machte er eine Fiedelpause und wischte sich mit dem Uniform-Ärmel übers Gesicht.
»Sie spielen wunderschön«, hörte John-Marlon die Grünmantelfrau sagen.

»Gnädige Frau.« Pepe deutete eine Verbeugung an. Dann hob er den Bogen wieder, und es war doch ein Wunder, dachte John-Marlon, dass der bei der Sägerei nicht kaputtging. Was kaputtging, war jedoch nur die Luft; sie zerfiel zu lauter runden Tönen, die aufflogen wie Tauben. Sehnsuchtsvolle Tauben, ein wenig melancholisch. Die Grünmantelfrau stand einen Moment still und lauschte verträumt, dann warf sie ein Geldstück in die Mütze und ging weiter. Als sie außer Sichtweite war, steckte Pepe die Münze in die Brusttasche, ganz nahe bei seinem Herzen.
John-Marlon ließ ihn mit Münze, Säge und Uniform allein.
Und kroch endlich durch die Lücke in der Bretterwand.

Wind war mal wieder nicht zu Hause. John-Marlon setzte sich in den Schaukelstuhl. Der hatte sicher auch mal auf dem Sperrmüll gestanden.
In der Sonne oben auf der Dachterrasse lagen die Hälften der Kakaofrüchte auf einem Trockengestell aus Zweigen. John-Marlon streichelte zwei Katzen und fragte sich kurz, ob Wind die ebenfalls vom Sperrmüll hatte. Dann ging er zurück nach unten, öffnete einen Schrank, dessen Türen sehr schief in den Angeln hingen, fand eine Tüte mit Keksen und gab den Katzen ein paar. Erst als er die Kekstüte zurückstellte, fiel ihm auf, dass da zwischen den braunen Tüten mit Mehl und Zucker etwas Kleines, Zartes lag: ein rosafarbenes Blütenblatt.

Der Schatten aus den unterirdischen Gängen war hier gewesen.
John-Marlon legte das Blütenblatt in Winds Botanikbuch und ging los, um Wind zu suchen.
Als er bei den Kakaobäumen ankam, pflückte er eine der großen gelben Früchte. Sie ging erstaunlich leicht ab. Außerdem hingen ein paar durchsichtige Fäden daran, wie getrockneter Alleskleber.
Ehe er weiter darüber nachdenken konnte, schwebte eine Melodie durchs Unterholz heran: die gleiche Melodie, die Pepe auf der Säge gespielt hatte. Allerdings klang sie weicher. Reiner.
John-Marlon steckte die Kakaofrucht in die Tasche und ging der Melodie nach. Er sah jetzt mehr Farben, irgendwie wurde der Dschungel dschungeliger und die Baumriesen riesiger durch die Töne.
Schließlich fand er sich im Grasland wieder, in dem der Mammutbaum stand. Ganz hinten ragte ein Hals aus dem hohen Gras: ein graugrüner Hals mit einem breiten, hässlichen Kopf. John-Marlon hielt die Luft an.
Ein Dinosaurier.
In der dritten Klasse hatten die anderen alle Dino-Karten gesammelt, die in einem Schokoriegel in der Verpackung waren. John-Marlons Mutter hatte ihm diese Sorte Schokoriegel nur ein einziges Mal gekauft, weil sie zu teuer war, deshalb wusste er jetzt nicht, was für ein Dino dieser hier war und ob er Sachen wie zufällig vorbeikommende John-Marlons fraß.

Ehe er jedoch weglaufen konnte, erhob sich neben dem Dino noch eine Gestalt aus dem Gras: ein Mensch. Ein Mensch mit einer Geige.

Wind.

Die Juwelen des Bogens glitzerten. Pepe musste ihn zurückgebracht haben, während John-Marlon Katzen mit Keksen gefüttert hatte.

Wind ging mit der Geige auf den Dinosaurier zu, der der Melodie zu lauschen schien. Dann streckte sie die Hand aus und streichelte seinen Hals.

»Moooah-iiiiiie«, sagte der Saurier. Es klang, als quietschten die Gelenke einer Maschine.

Da erst drehte Wind sich um und strahlte John-Marlon an.

»Das ist mein neuer Freund«, erklärte sie. »Der Arme, er steckte vorgestern im Sumpf fest. Pepe hat mir geholfen, ihn rauszuziehen und wieder flottzukriegen«, sagte Wind. »Jetzt ist er uns auf ewig dankbar.«
John-Marlon ging ganz langsam näher. »Dinosaurier ... sind doch ausgestorben, oder?«, murmelte er.
»Sieht aber lebendig aus«, meinte Wind. Sie legte John-Marlons Hand behutsam auf die raue Schuppenhaut. Dann hob sie plötzlich lauschend den Kopf. »Esma weint.«
»Wie? Wo?« John-Marlon sah sich um.
»Sie sind gerade durch den Zaun gekommen«, erklärte Wind. »Du kannst sie nicht hören. Nur ich kann.«
»Sie werden zu deinem Bauwagenhaus gehen«, sagte John-Marlon nachdenklich. »Aber da finden sie nur ein neues Blütenblatt in einem Buch.«
»Blütenblatt?« Wind sah ihn fragend an, doch dann fragte sie nicht, sondern hob die Geige auf und begann wieder zu spielen. Die Töne stiegen in die Luft und schwebten wie Seifenblasen in Richtung des Zauns, und Esma und Goran hörten sie wohl, denn fünf Minuten später waren sie bei ihnen. Esma schlang ihre Arme um Wind und drückte ihr tränennasses Gesicht in das alte grauschwarze Hemd. Goran fragte etwas in einer anderen Sprache, und Alicia und Jojo, die auch aufgetaucht waren, fragten: »Was ist denn passiert?« Und: »Warum heult sie denn?«
Nur Wind fragte nichts. Sie sagte: »Ich wollte heute ein

Müllkunstwerk bauen. Irgendwie bin ich mit diesem Plan im Kopf aufgewacht. Ich glaube, ich werde einen Müll-Dinosaurier bauen, dann hat der kleine Erwin hier Gesellschaft.«

Sie deutete auf den Dinosaurier.

»Das ist nämlich Erwin. Willst du ihn streicheln, Esma?«

Esma nickte und legte die Hand auf die Haut des Dinosauriers. »Ich wi-will ein Sowas in die Schule«, sagte sie. »Dann ni-niemand mir traut zu ärger.« Sie zog die Nase hoch.

»A-aber wenn ich sage zu Goran, wer is nicht lieb, dann Goran haut dem.«

»Papa sagt, wenn ich noch einmal irgendwen in der Schule schlage, schickt er mich zurück zu unseren Großeltern. Nach Mazedonien. Für immer«, sagte Goran. »Ich schlag keinen mehr. War es wieder der dicke Felix?«

»Ich sag nix«, sagte Esma trotzig.

»Ich glaube«, meinte Wind, »es würde dem kleinen Erwin gefallen, wenn wir auf ihm reiten würden. Steigt auf, wir holen den Müll her und bauen unser Kunstwerk.«

Und da vergaßen alle die Schule und kletterten auf den Saurier. Alle bis auf John-Marlon. Die Saurierhaut sah ziemlich glatt aus, und John-Marlon war immer noch kein Ass im Klettern.

»Jemand muss den Dinosaurier wohl auch führen, oder?«, sagte Wind.

Sie fand eine rote Kordel in ihrer Tasche und band sie dem Saurier um den Hals, und John-Marlon führte ihn

durch den Dschungel. Leider hinterließ er eine Spur platter Pflanzen.
»Macht nichts«, sagte Wind. »Wächst wieder nach.«
Hinter dem Bauwagenhaus lag Winds Müllsammlung: eine rostige Badewanne mit Löwenfüßen, mehrere kaputte Toaster, die armlose Puppe, ein CD-Spieler, Kinderwagenteile …
»Cool«, sagte Jojo.
»Wieso bist du eigentlich hier?«, fragte Alicia. »Hast du dein Skateboard schon zu Schrott gefahren?«
»Nee«, sagte Jojo und begutachtete ein halbes Radio. »Aber so wahnsinnig interessant ist es nun auch nicht. Das hier ist besser.«
Goran seufzte. »Wir sollten einen Bagger haben statt einem Saurier. Damit könnten wir den Kram hier besser wegschaffen.«
»Okay«, sagte Wind. »Dann kann er von mir aus jetzt ein Bagger sein.«
Und da sah John-Marlon, dass Goran, Esma und Wind in einem Bagger saßen – einem ziemlich schrottigen Bagger, auch sozusagen fast ausgestorben. Doch sein Motor röhrte, jetzt erst hörte John-Marlon es, er *konnte fahren*, und eigentlich war das noch besser als ein Dinosaurier. John-Marlon half Jojo und Goran, den Müll samt Badewanne in die Baggerschaufel zu kippen, und Wind betätigte verschiedene Hebel. Die Schaufel hob sich. Sie kletterten alle wieder in den kleinen Erwin. Woher hatte Wind den Zündschlüssel? Hatte sie ihn erfunden, und

dann war er einfach da gewesen? Oder hatte jemand ihn einfach stecken lassen, als das Gelände aufgegeben worden war?

»Ka-kann ich le-lenken?«, rief Esma aufgeregt.

»Klar«, sagte Wind. Sie zog Esma auf ihren Schoß, und Esma packte das Lenkrad.

»John-Marlon?«, fragte Wind. »Machst du die Gänge rein? Am Schalthebel?«

»Von mir aus«, sagte John-Maron gleichgültig. Aber innen war ihm ganz heiß vor Glück. Der Hebel war schwer zu bedienen, doch es ging. Und so fuhren sie zurück zum Grasland: Goran gab Gas, John-Marlon schaltete, Alicia trat die Kupplung, wenn sie den Gang wechselten, und Esma lenkte.

»Wenn mein Vater uns sehen könnte!«, sagte John-Marlon.

»Wenn mein Vater uns sehen könnte«, sagte Goran, »würde er mich verhauen, weil es verboten ist, wenn Kinder Auto fahren.«

»Mein Vater würde sagen, es ist ja nicht so schlimm, wenn Alicia verunglückt«, sagte Alicia. »Solange Britta nicht im Bagger sitzt.«

»Mein Vater würde den Bagger kaufen und neu streichen und auf Erdgas umstellen«, sagte Jojo, der auf dem Dach lag und mit dem Kopf in die Kabine hing. »Aber heil wäre der Bagger nicht mehr richtig schön.«

Sie kippten die Badewanne und den übrigen Müll ins Grasland, und während alle aus dem Bagger sprangen, sagte

Wind leise: »Ich frage mich, was *mein* Vater machen würde. Den Bagger zerstören, vielleicht.«
»Du hast doch gar keinen Vater«, flüsterte John-Marlon.
»Hattest du mal einen?«
»Lange her«, sagte Wind.

Und dann bauten sie also ein Müllkunstwerk in Dinosaurierform. Der kleine Erwin half ihnen, die Dinge in die Höhe zu heben; sie betätigten den Schaufelarm etwas häufiger als notwendig, weil jeder mal an den Hebel wollte.
Wind hatte bei ihrem Müll auch eine ganze Rolle Maschendrahtzaun, damit konnte man den kleineren Müll umwickeln und Beine daraus formen, aus denen dann Kabel und Papierstücke herausguckten. Die zu großen Müllteile zerlegte Goran mit ein paar gezielten Tritten und sagte, er stelle sich dabei all die Leute in der Schule vor, die er gerne auch mal zerlegt hätte.
John-Marlon und Wind bastelten dem Dinosaurier einen langen Hals aus weggeworfenen Regenschirmen, und Alicia machte Augen aus den Hälften eines kaputten Fußballs. Esma setzte die armlose Puppe zwischen seine Blumentopf-Ohren.
»Di-die beschütz ihn«, sagte sie. »I-immer.«
Am Ende hievten sie die Badewanne auf den Rücken des Dinosauriers, der daraufhin in den Knien einknickte und sich setzte, sodass sein Wannenbauch auf dem Boden ruhte. »Schau an«, sagte Wind. »Er wird schon lebendig.«

Dann kletterte sie mit ihrer Geige und dem letzten Schirm in die Wanne, spannte den Schirm auf und spielte, gemütlich ausgestreckt in der Badewanne, eine kleine Melodie. Es war ein feierlicher Moment, eine Art Dinosaurier-Einweihung.
Doch gerade als alle klatschen wollten, segelten plötzlich rote Farbflecken vom windig blauen Sommerhimmel.
»Verdammt«, sagte Wind und setzte sich auf. »Ich hätte es mir denken können.«
»Was?«, flüsterte John-Marlon in das angespannte Schweigen.
»Dass es zu gefährlich ist, Dinge mit Dinosauriern zu spielen. Das rote. Das ist erst der Beginn. *Meteoritenschauer.*«
»Me-Meritenschauer?«, fragte Esma und drängte sich ängstlich an Goran.
»Die Sterne fallen herunter«, sagte Jojo feierlich. »Am helllichten Tag.«
»Los!«, befahl Wind. »Alle in die Badewanne! Das ist der einzige Schutz, den wir haben!«
Schon während sie es sagte, fielen mehr und mehr rote Farbflecken herab. Alicia hechtete als Erste zu Wind in die Wanne, dann krabbelte Esma hinein, Goran und Jojo folgten … und dann war die Badewanne voll.
»John-John-Marlon!«, rief Wind, als müsste sie gegen ein Weltall-Gewitter anrufen. Und im selben Moment, in dem sie rief, hörte John-Marlon den Donner und das Kreischen fliehender Vögel und Affen. Die Sterne fielen herunter, der Himmel brach ein. So waren die Dinosau-

rier ausgestorben. Und jetzt kam das galaktische Gewitter, um auch die letzten Dinosaurier zu holen.
»Komm in die Wanne!«, brüllte Wind.
»Da ist kein Platz mehr!«, schrie John-Marlon. Teile der Meteoriten schlugen neben ihm ein und verglühten zischend auf der Erde.
»Natürlich ist Platz!«, brüllte Wind. »Komm jetzt! Wir brauchen dich!«
Als sie das sagte, wusste er, dass er kommen musste. Wind konnte nicht sein ohne ihn. Irgendwer musste ihr helfen, das Geheimnis der rosafarbenen Blütenblätter herauszufinden. Irgendwer musste mit ihr über die ernsten Dinge sprechen, wenn der lustige Teil des Tages vorüber war.
Er wäre gerne mit einem wagemutigen Sprung in der Wanne gelandet, aber er kletterte nur sehr umständlich hinein, und dann saßen sie dicht an dicht und sahen furchtsam in den Himmel. Wind hielt den Regenschirm über sie.
»Es ist ein Spezialschirm!«, schrie sie. »Er hält auch Steinschlag und Feuer ab! Haltet euch fest, die Erde beeebt!«
Wirklich, die Badewanne begann jetzt wie wild hin und her zu schaukeln. John-Marlon bekam Alicias Ellbogen in die Seite und verlor seine Brille, aber Esma fing sie und setzte sie ihm wieder auf. Rot glühende Gesteinsbrocken prallten am Schirm ab.
»So, nun macht alle die Augen zu!«, rief Wind. »Wünscht euch, dass die Meteoriten sich verwandeln! Wünscht es

euch, so doll ihr könnt! Sie müssen etwas anderes werden, damit die Gefahr gebannt ist!«
»Kuchenstücke?«, schlug Jojo vor.
»Schmetterlinge?«, fragte Alicia.
»Blüten!«, rief John-Marlon. »Große rote Urwaldblüten!«
Da riefen alle: »Jaaa!«, weil große rote Urwaldblüten am besten passten, und auf einmal wurde es still. John-Marlon öffnete die Augen. Nur ein paar vereinzelte Funken schwebten noch sacht zur Erde herab.
Um Badewanne und Dinosaurier herum lagen Dutzende von großen roten Blüten im Gras.
»Es hat funktioniert!«, flüsterte Goran. »Wahnsinn!« Dann schüttelte er John-Marlon. »Deine Blütenidee! Sie hat funktioniert! Wir sind gerettet!«
Und weil es so schön war, wieder einmal gerettet zu sein, umarmte jeder jeden. Sie saßen immer noch so dicht beieinander, dass sie beinahe den gleichen Atem atmeten, und es war gut so.
Sie gehörten zusammen.
»E-es war so«, sagte Esma plötzlich leise. »Si-sie haben rausfinden, was unser Mutter tut. Für Arbeit. Dann sie-sie haben mir ä-ärger.«
»Was tut sie denn?«, fragte John-Marlon alarmiert.
»Sie putzt Klos«, sagte Goran und seufzte. »In einer Firma mit tausend Büros. Wir sollen das keinem sagen. Weil es keine gute Arbeit ist.«
»Also, meine Mutter putzt auch Klos«, sagte Jojo. »Nämlich das untere und das obere, in unserem Haus.«

»Si-sie sagen mir ›Klo-Esma‹«, flüsterte Esma. »Sie sagen, Esma Mama putzt Scheiße von ander Leut. Sie haben mir gewickelt in ganz viel Papier von Klos. Sie sagen, es nur ist eine lustige Spiel.«
»Woher wussten sie das mit deiner Mutter?«, fragte Alicia teilnahmsvoll.
»Ein Junge da ist gegangt auf Klos«, sagte Esma. »Aus meine Klasse. Sein Papa, er arbeitet in Büro da, und nach Schule der Junge immer besucht ihn.«
»Ich hau ihm eins in die Fresse«, knurrte Goran. Und dann: »Nein.« Er schloss die Augen und atmete tief durch. »Man muss höflich sein. Immer höflich und angepasst.« Er öffnete die Augen wieder. »So eine Scheiße.«
»Wenn Wind machen könnte, dass ein Erwin wirklich lebendig wird«, sagte John-Marlon, »dann könnten wir auf ihm zu Esmas Schule reiten und den Typen plattmachen. Ohne Goran.«
»Ja, platt«, sagte Esma zufrieden.
Wind stieg aus der Badewanne und streichelte den Regenschirmhals des Mülldinosauriers. »Wir sollten ihn den großen Erwin nennen«, sagte sie. »Hübsch ist er, so voller roter Blüten. Das sind die Blüten vom Flammenbaum, ich erkenne sie jetzt.« Sie stellte sich auf die Zehenspitzen und rief in Richtung der Ohren des großen Erwin: »Möchtest du ein bisschen lebendig werden?«
Der große Erwin beugte den Hals und grunzte. Dann stand er langsam auf und sah sich um.
»Huuunger«, grunzte der große Erwin.

»Möchtest du einen fiesen Typen aus Esmas Klasse fressen?«, fragte Alicia.
»Neee«, grunzte der Dinosaurier, dessen Stimme ein wenig an Winds Stimme erinnerte. »Cornflaaakes. Mit Keeetchup.«
»Dachte ich mir schon«, murmelte Wind. »Na, weißt du, Esma, die Erwins passen sowieso nicht durch die Lücke im Zaun. Und ich glaube, sie können nur hier drinnen so richtig lebendig sein. Aber wartet mal … Vielleicht habe ich eine Idee, was ihr machen könnt. Ich erzähle sie euch im Bauwagenhaus.«
»Ihr?«, fragte Jojo.
Wind nickte. »Ich kann außerhalb des Zauns keinem helfen.«
Damit kletterte sie auf den großen Erwin. John-Marlon und Jojo folgten ihr, und die Übrigen stiegen auf den kleinen Erwin, der auch wieder ein Saurier war.
»Moment«, murmelte Wind plötzlich und zog etwas hinter dem Ohr des großen Erwin hervor. »Dieses Stück Müll ist *nicht meins.* Das muss jemand bei meinem Haus verloren haben.«
Es war ein Taschentuch aus weißem Stoff, mit einer kleinen rosa Rosenstickerei. Wind roch daran.
»Das gleiche Parfum«, wisperte sie.
»Wie … an den Blütenblättern?«, flüsterte John-Marlon.
Sie nickte. »Los!«, sagte sie dann, lauter. »Zu Hause warten die Cornflakes!«
Und so ritten sie zurück zum Bauwagenhaus. Da der

große Erwin doch etwas schwach in den Knien schien, stiegen sie allerdings alle auf den kleinen Erwin um. Wind und John-Marlon saßen diesmal oben auf dem Dach, und damit er nicht abrutschte, schlang John-Marlon die Arme um Wind.
Er dachte daran, was seine Mutter glaubte: dass er sich dies alles nur ausdachte. Und wenn sie recht hatte? Wenn Wind deshalb draußen niemandem helfen konnte, weil sie dort gar nicht existierte? Aber in seinen Armen fühlte sie sich ganz echt und lebendig an.
Und vielleicht war es auch etwas anderes. Vielleicht würden die Leute draußen Wind in ein Heim sperren. Oder sie würden sie irgendwohin zurückbringen, wo sie einmal hingehört hatte.

»So, und jetzt passt auf«, sagte Wind. »Dieser Baum hilft dir, Esma. Gegen die Ärgerer.«
Dann hob sie das Buschmesser, das sie von irgendwoher geholt hatte, und setzte es feierlich an den Stamm des Baumes, vor dem sie standen. Er wuchs direkt neben dem Bauwagenhaus: ein eher unauffälliger Baum mit dunkelgrünen, glatt glänzenden Blättern.
Ein großer Tropfen Harz drang aus der Rinde, und Wind fing ihn auf einem Blatt auf und ließ ihn einen Moment antrocknen, aber er wurde nicht ganz hart.
»Sieht aus wie … Gummi«, meinte Alicia.
»Richtig«, sagte Wind. »Das ist ein Gummibaum. *Ficus elastica*. Klebt wie Klebstoff. Vorgestern habe ich mit dem Gummibaumgummi Bilder an meine Wände geklebt.«
Sie fing mehr Gummibaumgummi in einer kleinen Plastikdose auf, verschloss die Dose und ging voraus nach drinnen.

Die Bilder, die in Winds Bauwagenhaus hingen, waren selbst gemalt und zeigten alle den Urwald. Die Affen hatten etwas zu große Köpfe, und die Vögel sahen aus, als müssten sie vom Himmel fallen, weil sie zu fett für ihre Flügel waren. Die Bäume hatten blaue Stämme, und die Blumen waren so groß wie Sonnenschirme. Auf einem Bild flog ein Tiger mit einem Klumpfuß am Himmel herum.
»Du bist ja eine Künstlerin«, flüsterte John-Marlon.
Wind lächelte. »Magst du die Bilder? Vielleicht schenk ich dir irgendwann eins.«
John-Marlon nickte und spürte, wie er ein bisschen rot wurde.
»Was sollen wir denn mit dem Gummibaumkleber?«, fragte Goran. »Bilder an die Klos kleben?«
»Nein. Eine Tür verschließen«, sagte Wind.
Und dann erklärte sie ihnen ihre Idee, während sie Cornflakes mit Ketchup aßen. Jojo fütterte draußen die Dinosaurier, indem er auf dem Kopf stand und den Löffel zwischen den Zehen hielt.
»Von dem können meine Äffchen noch was lernen«, sagte Wind. »Aber nicht mehr heute. Es ist schon halb sechs.«
»Woher weißt du das?«, fragte Goran.
Wind lächelte. »Das sagt mir der Wald mit seinen Schatten. Ich meine, es ist ein Urwald, natürlich weiß er, wie viel Uhr es ist. Wir haben noch eine halbe Stunde, und die brauchen wir für einen Kraftzauber. Seid ihr bereit?«

Sie nickten alle, und Wind erklärte, sie müssten sich im Kreis auf den Boden setzen. Sie selbst stellte sich in die Mitte.

»Nun schließt die Augen«, flüsterte sie. »Den Zauber, den wir jetzt anwenden, habe ich von den Akuntsu-Indianern gelernt. Es gibt nur noch vier von ihnen. Manchmal verirren sie sich hierher, und dann kochen wir Maniokbrei und unterhalten uns über das Bogenschießen. Für den Fall, dass sie im Amazonas aussterben, habe ich ihnen angeboten, hier weiterzuleben. Stellt euch vor … Wir sitzen in einer Hütte aus Palmblättern. Und ich bin eure Schamanin. Ich werde nun einen Sud aus den Früchten des Heulsusen-Strauchs brauen, der Nektar aus seinen Blüten weint. Er hilft allen, die weinen müssen. Während ich in dem Sud rühre, müsst ihr summen. Mmmm …«

Es roch süßlich, und das Gesumme kitzelte im Gaumen. John-Marlon war schwindelig.

»Spürt ihr, wie ihr zu schweben anfangt?«, flüsterte Wind. »Ich trage jetzt den Sud mit den Blüten des Regenbaums auf eure Stirn auf. Auch der Regenbaum ist ein starker Zauberer. Es regnet immer unter seiner Krone … Nun regnet es Mut in eure Herzen.«

Da war etwas Puderquastiges an John-Marlons Stirn, dann etwas Klebriges, und dann sagte Wind: »Steht auf. Fasst euch an den Händen. Und jetzt … *Öffnet die Augen und tanzt!*«

John-Marlon machte die Augen auf. Da stand sie, Wind,

in der Mitte des Kreises, und schlug eine Trommel. Sie hatte eine Kette aus kleinen trockenen Früchten umgelegt, und mit der freien Hand warf sie rote Puderquasten-Blüten in die Luft.
»Dies ist der Kraftzauber der Akuntsu!«, rief sie. »Mut und Kraft, fließt in die Körper und Seelen dieser tapferen Tänzer!«
Sie hüpften und sprangen um Wind herum, immer rascher und wilder, und Jojo heulte wie ein Schakal. John-Marlon sah Winds Bauwagenhaus nicht mehr, sah nur den Wirbel aus roten Blüten und tanzenden Körpern und spürte den Rhythmus.
Dann verstummte die Trommel plötzlich, und Wind ließ sich auf den Boden fallen. Alle anderen fielen ebenfalls, und da lagen sie, keuchend und mit klebrigen Zeichen auf der Stirn.
»Jetzt habt ihr die Kraft«, wisperte Wind. »Und den Mut. Morgen werdet ihr Esma helfen. Gedankt sei den Göttern des Regenwaldes.«
»Gedankt sei den Göttern des Regenwaldes«, murmelten alle.
»Gleich sechs«, sagte Wind, streifte die Indianerkette ab und sprang auf. »Ihr müsst los.«

Und dann standen sie auf der Straße, Goran mit der Dose in der Hand.
»Wir schaffen das auch ohne Wind, oder?«, sagte Alicia, etwas kleinlaut.

»Vielleicht kann ich morgen nicht«, sagte Jojo. »Ich hab noch Ergotherapie.«
»Du kannst«, sagte John-Marlon streng. »Du hast die Kraft und den Mut.«
»Wir könnten Ärger kriegen. So richtig.«
»Wir haben die Kraft und den Mut«, wiederholte John-Marlon. »Und das Gummibaumharz.«
Dann rannte er nach Hause, um sich den Klebefleck auf seiner Stirn im Spiegel anzugucken.
Er war schwarzbraun und sah ein bisschen aus wie Zuckermasse, die jemand in einer Pfanne erhitzt und versehentlich angebrannt hatte.

Am nächsten Tag saß Esma vor ihrer Schule auf einem Stromkasten und baumelte mit den Beinen, als John-Marlon ankam. Sie trug ein blau-rot kariertes Sommerkleid, das irgendwann einmal irgendwo modern gewesen war, möglicherweise zu Zeiten von John-Marlons Großmutter in einem abgelegenen Bergdorf.
Esma lächelte John-Marlon an, aber auf ihrer Wange war ein Streifen, so als wäre dort eine Träne entlanggelaufen.
»Haben sie dich wieder geärgert?«, fragte John-Marlon.
Esma zuckte nur die Schultern, und dann kam Goran. Er hatte die Hände tief in die Taschen gesteckt und ging allein durch das Schulhoftor. Alle anderen gingen in Gruppen.

»Da!«, sagte Esma. »Jo-Jo-Jo!«
Da kam er, Jojo auf seinem Skateboard, und gleich darauf war auch Alicia bei ihnen. Esma lächelte jetzt richtig.
»I-ich fühle ganz Kraft«, sagte sie.
»Psst! Da! Das ist Felix!«, flüsterte Goran und zeigte auf einen Jungen, der gerade mit einer Traube von Freunden durch das Tor kam. »Der mit dem Klopapier!«
Felix war dünn und ein bisschen spillerig, was John-Marlon wunderte, und trug ein zu ordentliches blaues Hemd. Dazu eine weite Skaterhose, wahrscheinlich hatte er auf der bestanden, um cooler zu sein. Sie rutschte ihm beim Gehen fast hinunter, und der Gürtel hielt sie nur gerade so. An seinen Füßen klebten schwitzig aussehende teure Sportschuhe. Er sah aus wie jemand, dem seine Mutter sagt, was er anziehen muss, und der jeden Morgen deshalb mit ihr streitet, aber am Ende zu zwei Dritteln verliert. Und wenn er in derselben Klasse war wie Esma, musste er mindestens einmal sitzengeblieben sein.
Jetzt machte Felix den Mund auf und sagte mit einem breiten Grinsen: »Fressma-Esma hat heute die ganze Zigeunerfamilie dabei! Guck an. Ba-ba-brauchst du Bo-Bo-Bodyguards?«
John-Marlon sah, wie Goran die Fäuste ballte.
Die Jungs gingen kichernd vorbei, und dann bogen sie um die Ecke und waren fort.
»Na, dann los. Dem Klo-Felix nach!«, sagte Jojo.
»Ich hau ihm in die Fresse«, knurrte Goran. »Ich hau ihm so was von in die Fresse ...«

Esma sprang vom Stromkasten. »Nein«, sagte sie. »Wi-wir immer höflich. Wir jetzt machen höflich Gu-gummi-Verschließ.«
Sie kletterte hinten auf Alicias Gepäckträger, und John-Marlon wollte Goran hintendrauf nehmen, aber Goran sagte: »Geht nicht. Wir machen es umgekehrt«, und da war er ganz froh.
Felix stieg in einen blausilbernen BMW, und es war nicht ganz einfach, ihm zu folgen, aber Alicia rief: »Wir haben den Zauber der Akuntsu! Wir sind schneller als die Urwaldvögel!« Und da lachte Goran und trat in die Pedale wie ein Weltmeister, und Alicia wie eine Weltmeisterin, und Jojo schoss nur so den Bürgersteig entlang mit dem Skateboard.
Seine Eltern glaubten, er sei bei der Ergotherapie. Sie glaubten wohl häufiger, er sei bei der Ergotherapie – oder bei der LRS-Nachhilfegruppe oder einer anderen wunderbaren Einrichtung. Er hatte wirklich Glück, dass sie so moderne Eltern waren und ihn von der Schule aus alleine zu all diesen wunderbaren Einrichtungen gehen ließen.
»Da vorne!«, rief Goran schließlich, und dann hielten sie dort, wo auch der blausilberne BMW hielt: vor einem glänzend neuen Bürokomplex.
Drinnen gab es einen Aufzug und oben eine Kantine, die aber *Mitarbeiter-Restaurant* hieß.
Dort aß Felix an drei Tagen der Woche mit seinem Vater zu Mittag, das wussten Esma und Goran von ihrer Mutter.

»Daneben sind gleich die Klos«, sagte Goran. »Mama sagt, Felix' Vater schickt ihn immer hin. Der denkt wohl, der Felix vergisst sonst, aufs Klo zu gehen, und macht in die Hose.« Er lachte. »Manchmal geht er gar nicht, hat Mama gesagt. Er guckt nur eine Weile in den Spiegel. Oder er stopft ganz viel Papier in ein Klo. Oder klebt Kaugummi an die Wände.«
»Was für ein Herzchen«, sagte Alicia.
Sie stiegen in den Aufzug, und John-Marlon sagte: »Wenn Wind hier wäre, wäre es etwas anderes. Kein Aufzug. Vielleicht eine Mondrakete.«
Da schwiegen alle einen Moment und dachten daran, wie es gewesen wäre, wenn Wind da gewesen wäre, und es war ein wehmütiges Schweigen.
»Aber wir haben ja ihren Zauber«, sagte Jojo schließlich. Und da war der Fahrstuhl da, und sie stiegen aus.

Die Kantine sah sehr vornehm aus, mit vornehm unbequemen Stühlen und vornehm weißen Tellern. Es war ziemlich voll, sodass Felix sie nicht bemerkte. Man musste Schlange stehen, dann luden einem Leute mit vornehm weißen Mützen Essen auf, das nicht aussah, als schmecke es nach mehr als Vornehmheit.
Es gab keinen Ketchup und keine Würstchen und keine Pommes. Dafür Salat und Mineralwasser. John-Marlon dachte, dass Felix einem leidtun konnte.
Aber dann setzten er und sein Vater sich an einen Tisch, und der Vater legte Felix kurz die Hand auf den Arm und

lächelte. Da tat Felix John-Marlon nicht mehr leid. Er hätte einen Sack voll Salat gegessen, um so ein Lächeln von seinem Vater zu kriegen.

»John-Marlon!«, zischte Alicia. »Hör auf zu träumen! Wir müssen loslegen!«

Und da legten sie los.

Das Erste, worum sie sich kümmern mussten, waren die Schilder mit der kleinen Frau und dem kleinen Mann.

Aber vorher mussten sie an Gorans und Esmas Mutter vorbei. Sie saß auf einem Stuhl vor dem Vorraum der Klos und trug einen weißen Kittel und eine ziemlich starke Brille. Ehrlich gesagt sah sie ungefähr hundert Jahre älter aus als John-Marlons Mutter: ein bisschen krumm und buckelig, mit einem Dutt hinten am Kopf. Neben ihr auf einem Tischchen stand ein Teller mit Münzgeklimper.

Und dann passierte etwas Komisches.

Als sie nämlich Esma und Goran sah, stand sie auf und lächelte, und John-Marlon sah, wie die hundert Jahre und der Buckel von ihr abfielen. Sie umarmte Esma und saß auf einmal ganz gerade, und Esma umarmte sie zurück und löste den Dutt. Das lange schwarze Haar, das herausfloss, war wunderschön. Die ganze Mutter war jetzt wunderschön.

»Esma!«, sagte sie. »Goran!«

Und Esma ließ einen Wasserfall an ungestotterten Worten in einer anderen Sprache auf ihre Mutter los, während Jojo sich an ihr vorbeischlich und mit einem Schraubenzieher hantierte.

Schließlich drückte die Mutter Esma jedoch sanft von sich, rollte das Haar wieder ein und machte sich alt und buckelig. Sie musste ihre Rolle spielen, dachte John-Marlon. Vielleicht gehörte es dazu, hässlich zu sein, damit die Gäste der Kantine sich schöner fühlten.
Sie wedelte Esma und Goran mit den Händen weg: Sie durften wohl eigentlich nicht hier sein.
»Is ja gut, wir gehen«, sagte Goran.
»Ich wär denn mit dem Ummontieren fertig«, flüsterte Jojo hinter John-Marlon.
Zum Glück war in den letzten fünf Minuten niemand aufs Klo gegangen. Aber jetzt kam ein ganzer Schwung von Leuten. Goran verließ den Klo-Vorraum, die anderen traten beiseite und wuschen sich sehr ausführlich die Hände. Dagegen konnte Gorans Mutter nichts sagen, sie waren ja nicht ihre Kinder.
»Da!«, flüsterte Alicia, ohne sich vom Waschbecken abzuwenden. »Hinter uns. Ich seh ihn im Spiegel. Felix.«
Ja, da war er, der spillerige, gebügelte Felix, der einen Vater mit einem Lächeln besaß und auf dem Schulhof Leute in Klopapier wickelte und auslachte.
Er machte ein mauliges Gesicht, wohl weil sein Vater ihn aufs Klo geschickt hatte, und vor lauter Mauligkeit merkte er nicht, dass die Männer-Frauen-Schilder vertauscht worden waren. Er folgte einfach zwei Männern hinter die Tür mit dem Männer-Schild, und das war John-Marlons und Jojos Einsatz. Sie gingen ihm nach und dann jeder in eine Toilette, als fänden sie es ganz selbstver-

ständlich, dass die Männertoilette hier war und nicht drüben.
Als wäre es normal, dass es hier keine Urinale gab.
Falls Felix irritiert war, ließ er sich nichts anmerken, er betrat ebenfalls eine der Kabinen, und John-Marlon und Jojo kamen beide wieder heraus.
Schritt eins von Winds Plan hatte geklappt – sie hatten ihn in der Kabine.
John-Marlon holte mit zitternden Fingern den Klumpen Gummiharz aus der Dose und drückte ihn in die Ritzen des Drehriegels an Felix' Klotür, während Jojo eilig die Männer-Frauen-Schilder zurücktauschte.
Diesmal lenkte Alicia Gorans Mutter ab, John-Marlon hörte sie etwas von »wechseln« und »zwanzig Euro« sagen.
Sie hatten Glück. Felix trödelte. Ein Mann kam aus einem der Klos, und John-Marlon tat, als müsste er sich den Schuh neu binden, während er wartete. Als er so auf dem Boden kauerte, sah er etwas Wunderbares. Hinter Felix' Kabinentür baumelten nicht nur zwei Turnschuhfüße. Nein, da lagen auch eine weiße Skaterhose und sogar – war das zu glauben? – eine Unterhose. Felix saß wohl auf dem Klo und hatte die Hose einfach über die Schuhe hinunterrutschen lassen.
Ein schwerer Fehler.
John-Marlon war kein gemeiner Mensch, aber er konnte nicht widerstehen. Und Felix, sagte er sich, *war* ein gemeiner Mensch.

John-Marlon fand in der Ecke einen Besen. Damit kniete er sich hin und angelte blitzschnell Felix' kurze Hose, in der die Unterhose feststeckte.
»Hey!«, hörte er Felix verblüfft murmeln. »Wo ist ...?« Er ließ eine Weile verstreichen, vermutlich saß er auf dem Klo und fragte sich, was er jetzt tun sollte – und in dieser Weile kamen mehrere Frauen ins Klo. Den Schildern nach war es ja wieder eine Damentoilette.
John-Marlon hatte sich in den Vorraum zurückgezogen.
»Alles klar!«, flüsterte er Jojo und Alicia zu, und dann hörten sie, wie Felix an der Tür rüttelte. Leise, sehr leise. Er bekam sie nicht auf, so viel war klar. Aber er wollte auch kein Aufsehen erregen. Das hatten sie so geplant.
Das mit der Unterhose hatte niemand geplant. John-Marlon zeigte sie Alicia und Jojo unauffällig, aber Gorans Mutter war ohnehin jetzt damit beschäftigt, die Vorraum-Waschbecken zu putzen. Auch Esma war wieder bei ihnen, und als sie die Unterhose sah, schlug sie die Hand vor den Mund, machte große dunkle Murmelaugen und hatte offenbar Schwierigkeiten damit, nicht loszuprusten.
Das Rütteln war verstummt. Sie hatten geglaubt, Felix würde jetzt um Hilfe schreien. Doch er schrie nicht.
»Es ist ihm zu peinlich«, wisperte Alicia.
Und dann passierte etwas Unerwartetes. Die Kabinenzwischenwände wackelten, wie bei einem Erdbeben, und jetzt sah man oben eine Hand über eine Wand greifen. Noch eine Hand.

Sekunden später saß Felix oben auf der Trennwand der Kabinen. Er war nicht schlecht im Klettern.
Aber wenn er geglaubt hatte, dass es weniger peinlich sei, selbst aus der Kabine zu klettern, hatte er sich geirrt: Da saß er, in zweieinhalb Metern Höhe, mit nacktem Po, weithin sichtbar, denn die Tür zum Vorraum war offen. Eine der Frauen kreischte. Zwei kicherten.
Jojo nahm sein Handy aus der Tasche.
»Nein!«, schrie Felix, sein Gesicht krebsrot vor Scham und Wut. »Du darfst kein Foto machen!«
»Kann man mal erfahren«, fragte Jojo und steckte das Handy ein, »was du da tust, nackig in der Damentoilette?«
»Das ist nicht die Damen…«, begann Felix und sah die Frauen an, die unter ihm standen. »Und ich bin nicht nackig! Die Scheißtür geht nicht auf! Und jemand hat mir meine Hose geklaut! Das wart ihr, was? Verdammte Zigeuner!« Seine Stimme erreichte ungeahnte und wenig männliche Höhen. »Da guckt man einen Moment nicht hin, und die klauen einem sogar die Unterwäsche!«
»Na, na«, sagte eine der Frauen.
»Ich komm jetzt runter!«, brüllte Felix. »Und dann …!«
»Ich weiß nicht, was der hat«, sagte John-Marlon. »Ich kenne den gar nicht, du, Alicia?«
»Nö«, sagte Alicia. »Ich war hier nur auf dem Klo. Den will ich auch nicht kennen, glaub ich.«
»Ich komm jetzt runter!«, brüllte Felix noch einmal. Aber er kam nicht. Er traute sich nicht. Außen gab es keinen Klodeckel, er musste also springen.

Schritt vier von Winds Plan hatte darin bestanden, dass Esmas Mutter die Tür entklebte und öffnete, um Felix zu retten. Es hatte ja keiner wissen können, dass er auf die Wand klettern würde.
Die Mutter kam jetzt trotzdem. Sie guckte zu Felix hoch und sagte: »Du bist Junge, was immer Papier macht in Klo und kaputt, nein? Und jetzt klettern in Hoch? Warum?«
»Sie Arsch!«, schrie Felix. »Sie haben mich eingesperrt!«
Esmas Mutter schüttelte den Kopf. Sie holte eine Klappleiter, und der unten nackte Felix kletterte vor den Augen einer kleinen interessierten Menschenmenge hinunter.
Dann holte Gorans Mutter eine Münze aus der Tasche ihres Kittels und drehte den Riegel von außen auf. Das Klebeharz brach von selbst, sie hatte mehr Kraft als Felix. »Ich denke, den Tür war klemmt«, sagte sie.
Und John-Marlon sprang vor, tat, als sähe er sich den Riegel an, und pulte rasch den Rest Harz ab.
»Wo sind meine Sachen?«, fauchte Felix. »Ich erstatte Anzeige!«
Er hatte jetzt Tränen in den Augen. John-Marlon empfand ein klitzekleines bisschen Mitleid. Er hatte die Hose und die Unterhose in seine Schultasche gestopft, aber wenn er sie jetzt herausholte, flog natürlich auf, dass sie es gewesen waren …
Da tat Goran etwas Schlaues.
»Ich leih dir meine Hose«, sagte er. »Ich hab ja noch meine Unterhose.«

Und er schlüpfte aus seiner eigenen Sommerhose und gab sie Felix.
Die Frauen klatschten.
Felix stand mit Gorans Jeans in der Hand da und saß in der Klemme. Er wollte sich nicht von Goran helfen lassen, aber er wollte auch nicht nackt nach Hause gehen. So schlüpfte er schließlich doch in die Jeans, die ihm viel zu groß war, und zog den Gürtel so eng es ging.
Hinter den Frauen war jetzt sein Vater aufgetaucht, der das mit der Hose offenbar mitbekommen hatte. »Das ist aber nett«, sagte er. »Wir bringen sie dir morgen wieder. Wo wohnst du denn?«
»Wir sind in der gleichen Schule«, sagte Goran mit einem Achselzucken. »Er kann die Hose irgendwann mitbringen. Ich hab noch mehr Hosen.«
»Na?«, fragte Felix' Vater und stupste seinen Sohn an. »Wie wäre es mit Danke?«
»Dnkrr«, knurrte Felix.
Dann drängte er sich durch die Menge und hatte es ziemlich eilig, die Kantine zu verlassen.

»Hast du echt ein Foto gemacht?«, fragte Alicia eine halbe Stunde später.
»Das könnte man doch gut ins Netz stellen!«, rief Jojo und kroch voran durch die Lücke im Zaun.
»Morgen sag ich dem Klo-Felix, dass ich dich bitten werde, genau das zu tun«, meinte Goran grinsend, »wenn er Esma noch mal ärgert.«

Aber John-Marlon hatte ein dummes Gefühl bei der Sache. »Das ist superverboten«, murmelte er. »Und auch supergemein.«
»Deshalb hab ich ja eigentlich auch kein Foto gemacht«, sagte Jojo. »Aber das weiß der Klo-Felix nicht, oder?«
Und dann rannten sie den Pfad entlang zu Winds Bauwagenhaus. Esma rannte voraus, die dünnen Arme ausgebreitet, als könnte sie fliegen.

Wind war wieder einmal nicht zu Hause.
Jojo lief auf den Händen einmal um den wackeligen Tisch im Bauwagen herum, kam dann auf die Füße und hob etwas vom Boden auf. Eine kleine blaue Papageienfeder. Daran waren ein Zettel und ein roter Faden befestigt. Ein Nähfaden.
Sie flickt sogar ihre Kleider selbst, dachte John-Marlon.
»Ich bin«, las Jojo mühsam. »Ich bin … ich bin …«
Esma lachte. »Du-du redet wie ich!«
Alicia griff nach dem Zettel. »Du kannst sowieso nicht lesen«, sagte sie.
»Klar kann ich!«, fauchte Jojo, und John-Marlon sagte: »Alicia, lass ihn doch.«
Als wäre er Wind. Als wäre er der, der Streit schlichtete.
»Ich kann richtig gut lesen«, sagte Alicia und verschränkte die Arme. »Ich lese Britta immer vor, auch wenn sie natürlich noch nichts versteht. Früher hat Mama *mir* vorgelesen …«
»Ich bin am Ende!«, rief Jojo.

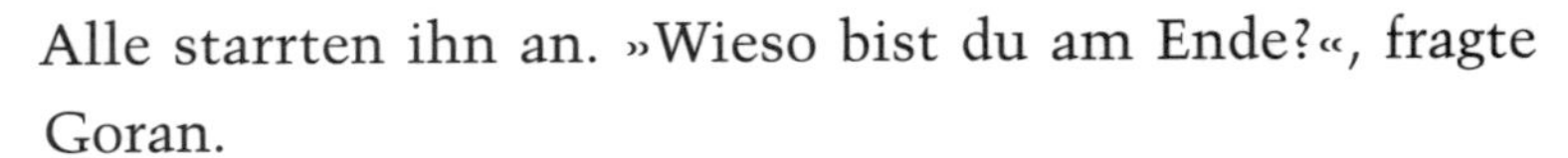

Alle starrten ihn an. »Wieso bist du am Ende?«, fragte Goran.
»Nicht ich, Wind!«, rief Jojo. »Das steht hier. Wind ist am Ende des Fadens! Wir müssen ihn nur aufrollen!«

An dem roten Faden hingen noch mehr winzige Papageienfedern, gelbe und weiße und wieder blaue. Goran rollte den Faden ein, Esma pflückte die Federn heraus, und Jojo turnte neben ihnen durchs Geäst wie ein Flughörnchen.
Der Faden führte mehrfach im Kreis, dann geradeaus, dann wieder kreuz und quer.
»Vielleicht war sie besoffen«, meinte Jojo.
»O-oder«, sagte Esma, »sie ha-hat was suchen.«

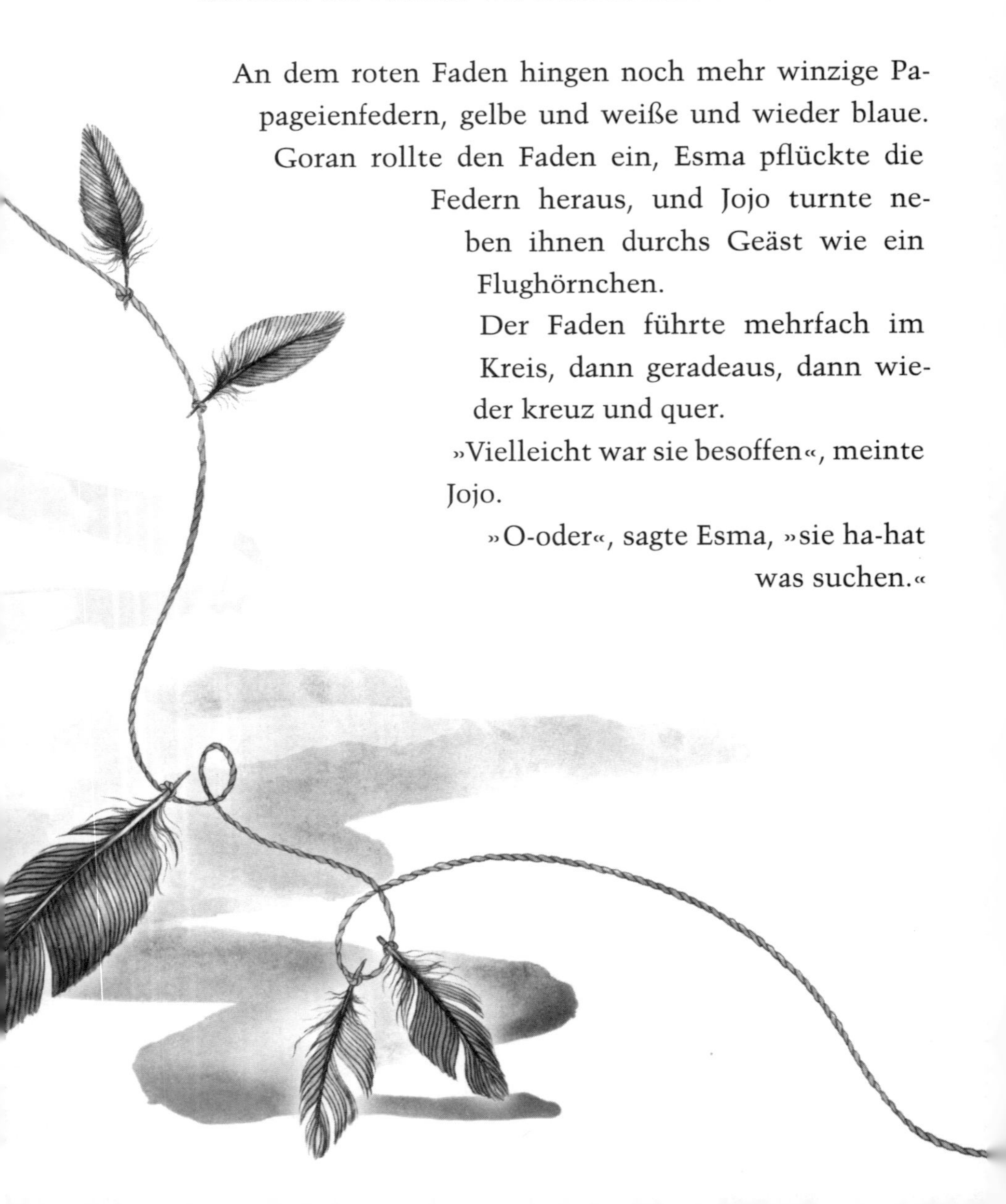

»Und wenn die Botschaft gar nicht von Wind stammt?«, fragte Goran.
»Sondern von jemandem, der uns in die Irre führen und gefangen nehmen will?«, flüsterte Alicia.
»Dann sollte Britta mal ihren Hintern hochkriegen und dich befreien«, sagte Jojo.
Dann verstummte er. Denn in diesem Moment sahen sie Wind. Sie saß zwischen Felsen und Gestrüpp, hielt den Kopf schräg und schien zu lauschen.
Sie schlichen leise näher, um sie nicht dabei zu stören, und knieten sich neben sie.
Und da begriff John-Marlon: Vor Wind klaffte eine runde Öffnung im Boden. Es war der Eingang zum Cenote. Die zusammengerollte Strickleiter lag neben Winds Knien.
»Stimmen!«, flüsterte sie. »Da unten! Ich bin ihnen gefolgt. Vorhin haben sie noch laut herumgeschrien.« Sie machte ein ernstes Gesicht. »Vielleicht sind das die Ahnengeister der Akuntsu.«
»Die Geister wohnen *im* Cenote?«, erkundigte sich John-Marlon. »Im Wasser?«
»Cenote?«, fragte Wind überrascht. »Dies sind die Reste eines Indio-Tempels für den Mondgott. Früher stand eine Pyramide hier.

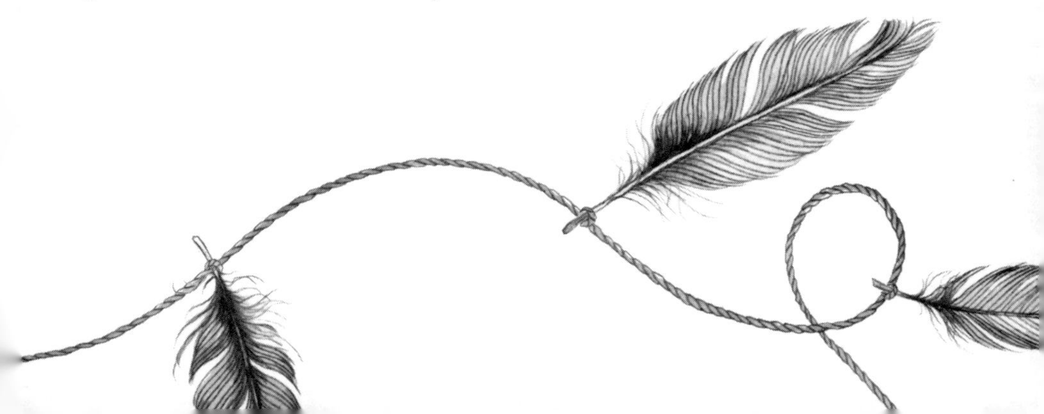

Der Dschungel hat die Ruinen überwuchert, aber das Labyrinth ihrer Kellerräume ist noch da. Hier unten irgendwo ist das Allerheiligste.« Sie lauschte wieder.
Und diesmal hörten sie es alle: ein fernes Murmeln. Menschliche Stimmen.
Wind ließ leise die Strickleiter durch das Loch gleiten.
»Willst du jetzt im Ernst da runter?«, wisperte Alicia.
Wind war schon bis zum Bauch in dem Loch verschwunden. »Muss ja keiner mitkommen«, flüsterte sie.

Kurz darauf standen sie alle in einem Gewölbe voller Gesteinsbrocken. Da war eine feuchte Pfütze, aber kein Wasserloch.
»Ich wünschte, wir könnten die Zeichen an den Wänden lesen«, seufzte Wind.
Wirklich, John-Marlon sah jetzt, dass da Zeichen waren: Schriftzeichen, wie solche aus Ägypten. Sie glichen Fabelwesen, halb Mensch, halb Tier. »Hier lang!«, flüsterte Wind. »Von da kommen die Stimmen.«
Sie folgten ihr in einen engen Gang, an dessen Wänden die Zeichen sich fortsetzten. Schatten huschten davon, wahrscheinlich Ahnengeister – oder Ratten. Esma hielt Gorans Hand, und Alicia tastete nach der Hand von John-Marlon. Wind machte ihre Taschenlampe nicht an, doch der Stein selbst schien ein wenig zu leuchten. Oder kam das Licht von dort, woher auch die Stimmen kamen?
Schließlich bogen sie um eine Ecke – und Wind blieb stehen. Vor ihnen, zur Rechten, klaffte eine Öffnung in der

grob behauenen Wand. Dahinter bewegten sich Schatten durchs Licht einer Fackel. Das musste das Allerheiligste der Indios sein.
Alicia rannte in John-Marlon hinein, so plötzlich hatten sie angehalten, und Jojo rannte in Alicia und Goran in Jojo und Esma in Goran.
»Noch nie habe ich einen so störrischen Menschen erlebt«, sagte eine tiefe Stimme. Sie klang gefährlich. »Natürlich wirst du tun, was wir wollen.«
»Es wird ganz leicht«, sagte eine andere Stimme, höher und jünger. »Ein Kinderspiel. Mit Kinderspielen kennst du dich doch aus.«
Sie hörten jemanden keuchen, der sich offenbar gegen etwas wehrte.
Wind holte einen Zettel und einen Bleistiftstummel aus der Tasche, schrieb etwas und zeigte es John-Marlon. *Menschenopfer!*, stand da. *Die Hohepriester bringen ihrem Mondgott ein Menschenopfer.*
John-Marlon gab den Zettel schaudernd an Alicia weiter. Sie mussten das Opfer retten.
Er sah schon vor sich, wie ein Priester in spiegelbesetztem, bunt besticktem Gewand ein riesiges Messer hob …
Konnte man die Hohepriester ablenken? Lärm machen, damit sie herauskamen, und dann wegrennen, sodass das Opfer Zeit hatte zu fliehen? Aber was, wenn die Hohepriester sich dann eines der Kinder schnappten, um es zu opfern?
Hoffentlich, dachte John-Marlon, war dies nur ein Aben-

teuer, das Wind sich ausdachte. Das Dumme war: Es fühlte sich zu wirklich an. Wind konnte Sturm und Meteoritenschauer rufen, aber ... Stimmen anderer Menschen?
»Wir geben dir zwei Wochen«, sagte eine dritte Stimme.
John-Marlon atmete auf. Zwei Wochen durfte das Opfer noch leben.
»Dann wollen wir sie haben. Wir zahlen ja.«
»Zum dritten Mal: Ich mach das nicht«, sagte eine vierte Stimme. »Vergesst es.«
Diese Stimme kannte John-Marlon. Wind starrte ihn mit weit aufgerissenen Augen an.
Pepe.
»Du machst das«, sagte die tiefe Stimme. »Du wirst sie für uns holen. Wir wissen eine Menge unschöne Sachen über dich, hm? Sachen, die wir weitererzählen könnten. Die Geschichte von dem armen einbeinigen Sägespieler, der bei der Gedächtniskirche so schlimme Kriegsgeschichten erzählt, zum Beispiel. Oder die Geschichte von dem charmanten jungen Mann, der vor der Philharmonie jede Woche zwei teure Konzertkarten verkauft, weil seine Freundin krank geworden ist. Nur schade, dass es die Plätze auf den Karten gar nicht gibt im Saal.«
»Ach was«, knurrte Pepe. »Das sind alles keine schlimmen Verbrechen. Ich mache Berlin bloß interessanter für die Touristen.«
»Trotzdem würde sich die Polizei dafür interessieren«, sagte die jüngere Stimme. Sie klang wie das behagliche Schnurren eines Tigers, der sich mit seinem Abendbrot

unterhält. »Deine Angebetete im grünen Mantel fände es sicher auch interessant, was für ein schmieriger kleiner Betrüger du bist.«

»Ihr sagt ihr nichts davon!«, rief Pepe wütend. »Ich werde euch …«

»Was denn?«, fragte einer. »Mit einer singenden Säge erschlagen?«

Sie lachten alle drei, und dann flüsterte der mit der tiefsten Stimme: »In zwei Wochen bringst du sie uns. Du bist dem Mädchen doch gefolgt. Du weißt, wohin sie geht.«

Dann hörten sie ein Poltern, einen Fluch, jemand schien zu fallen. Und dann näherten sich Schritte. John-Marlon presste sich dicht an die Wand und schloss die Augen. Die Hohepriester würden ihn und die anderen sehen. Gleich, gleich …

Sie sahen sie nicht.

Sie bogen zur anderen Seite ab, John-Marlon hörte, wie sich ihre Schritte entfernten. Er öffnete die Augen und sah in der Ferne drei Schatten verschwinden.

»Ich bin ihr gefolgt, ja«, sagte Pepe im Raum nebenan, und seine Stimme klang bitter. »Aber wisst ihr, wo sie hingeht? Nach sechs Uhr? Nur tiefer in den Urwald.«

Dann hörte es sich an, als würde er sich aufrappeln, die Priester mussten ihn zu Boden gestoßen haben. Und dann kam auch Pepe in den Gang. Er trug eine Taschenlampe, doch ihr Licht fiel nicht auf die Kinder. Er bog in die gleiche Richtung ab wie die Priester.

»Nie im Leben mach ich das«, murmelte er vor sich

hin. »Ich bin vielleicht kein Heiliger, aber das mach ich nicht.«

Als auch Pepes Schritte verhallt waren, knipste Wind ihre Taschenlampe an, und sie betraten wortlos das Allerheiligste der Indios.
Es war, erstaunlicherweise, voller Kisten. Kisten über Kisten, metallen glänzend und sorgfältig mit Schlössern versehen.
Goran versuchte erfolglos, eine hochzuheben. »Mann, was ist da denn drin?«, keuchte er. »Steine?«
»Der Tempelschatz der Inka«, wisperte Alicia. »Oder der Maya. Oder wie heißen deine Indianer?«
»Meine waren das nicht, meine sind nett«, sagte Wind.
John-Marlon fuhr mit der Hand über die Kisten. Auf manchen lag Staub, aber nicht viel. Sie sahen, alles in allem, ziemlich neu aus. Er suchte den ganzen Raum nach einem rosafarbenen Blütenblatt ab. Doch er fand keins.
»Da ist der Opferstein.« Jojo zeigte auf ein abgebrochenes Mauerstück. »Und hier ist die Rinne, wo das Blut abfließen konnte.«
Wind nickte, irgendwie geistesabwesend. Als hätte sie am liebsten gesagt: »Das ist ein Keller und sonst nichts.« Aber sie sagte nur: »Da soll ich wohl geopfert werden, was? Na, das werden wir doch mal sehen.«
»Wi-wir hingehen, wo Pepe geht?«, fragte Esma. »Da-das kann sein anderes Ausgang. Le-letzte Mal du hat gesucht anderes Ausgang.«

Wind nickte. Die Spuren von Pepes erdigen Schuhen führten sie bis zu einer Wand, an der der Gang endete. Aber er endete nicht wirklich. Die Wand war durchbrochen, jemand hatte eine ganze Menge Ziegel herausgenommen und von der anderen Seite ein Stück Stoff vor das Loch gehängt. Goran schob es beiseite – und sie blickten in einen betonierten Kellergang mit Leuchtstoffröhren und einem Sicherungskasten.

»Ein ganz normales Haus!«, sagte Goran. Er stieg als Erster durch das Loch. »Von hier aus könnte man glauben, die Decke hängt da nur an ihrem Nagel rum und es gibt dahinter gar kein Loch.«

Sie folgten ihm, einer nach dem anderen. Alle bis auf Wind.

»Geht lieber ohne mich«, sagte sie, ein wenig gequält. »Es ist fast sechs. Ihr könnt mir beim nächsten Mal erzählen, wo das hier hinführt.«

Dann drehte sie sich um und verschwand in die Richtung, aus der sie gekommen waren, zurück in den Urwald.

Der Kellergang führte zu einer Treppe, und oben kamen sie in einen breiten Flur voller Fahrräder und Briefkästen. Links gab es eine Treppe zu den Wohnungen, rechts eine angelehnte Tür mit einem Schild: LIEFERANTENEINGANG – LADEN.

Und hinter dieser Tür fanden sie Pepes Stimme wieder.

»Nein, alles in Ordnung«, sagte er gerade. »Vielleicht werde ich krank.«

»Du bist wirklich verdammt blass«, sagte eine zweite bekannte Stimme. Sie gehörte dem Mann mit dem Schnauzbart. John-Marlon sah durch den Türspalt. Sie mussten beim Hinterzimmer des Ladens herausgekommen sein.

Denn da stand er, der Schnauzbartmann, und räumte in einem Regal herum, während Pepe auf einem Sofa saß, vor sich auf einem kleinen Tisch eine Tasse Tee. Pepe sah ziemlich mitgenommen aus.

»Wie geht's Wind?«, fragte der Schnauzbartmann. »Braucht sie diese Woche wieder Anglermaden für ihre Fledermäuse?«

»Ich frag sie morgen«, sagte Pepe. Und dann seufzte er. »Irgendwann wird sie doch erwachsen werden müssen. Man kann nicht ewig ein Kind sein und in erfundenen Welten leben.«

»Warum nicht?«, fragte jemand Drittes und steckte seinen Kopf durch eine Tür an der anderen Seite des Zimmers. Klar: Das war die Tür zum Verkaufsraum.

Der Kopf gehörte einer kleinen alten Frau mit grauem Dutt. John-Marlon erinnerte sich auch an ihre Stimme: Sie war der Besucher, den der Schnauzbartmann vor ein paar Tagen gehabt hatte.

»Hayat!«, sagte der Schnauzbartmann.

»Jetzt, wo dein junger Freund ohnehin ein paar Dinge rausgefunden hat, kann ich ihm auch mal Guten Tag sagen«, sagte die alte Frau, die Hayat hieß.

»Guten Tag«, sagte Pepe.

»Und warum kann man nicht ewig in einer erfundenen Welt leben?«, fragte Hayat.
»Na ja, sie wird bald zwölf«, sagte Pepe. »Ich meine, ich rette sie gerne aus schäumenden Ozeanen oder unterirdischen Tropfsteinhöhlen. Aber es kann nicht immer so bleiben.«
»Ist zwölf das Ende der Kindheit?«, fragte Hayat.
Niemand antwortete.
Und Hayat sagte nach einer Weile ganz leise: »Sie übt jetzt nachts Geige. Wenn sie denkt, niemand hört es. Sie sehnt sich so sehr nach ihrer Mutter. Aber vermutlich weiß sie selbst, dass sie umsonst wartet.«
Dann ging sie, und eine Mutter mit drei kleinen Mädchen kam die Treppe von den Wohnungen herunter.
»Warum lauschen die Kinder da an der Tür zum Laden?«, fragte das größte kleine Mädchen. »Die wohnen doch gar nicht hier im Haus!«
Und da machten sie, dass sie wegkamen.

7

Calotropis gigantea
KRONENBLUME

»Es ist nicht mehr lange bis zu den Sommerferien«, sagte John-Marlons Mutter. »Hast du mal drüber nachgedacht, was du machen möchtest?«
Sie saß auf seiner Bettkante und sah müder aus als John-Marlon. Er war eigentlich noch sehr wach und hatte sich gerade einen Bildband über Urwaldpflanzen angesehen.
»Eine kleine Safari mit Löwen und Krokodilen wäre schön«, murmelte er. »Nein, im Ernst jetzt? Was *können* wir denn machen? Musst du nicht arbeiten?«
»Doch, aber vielleicht gibt es irgendein Ferienlager, in das du gerne möchtest. Fußballcamp oder Wikingerlager oder so? Du sollst doch schöne Ferien haben, auch wenn ich arbeiten muss. Du sollst … Abenteuer erleben. Vielleicht ein paar neue Freunde finden. Was man eben so tut in den Sommerferien.«
Sie sah verträumt aus. »Ich erinnere mich an Berge und ans Zelten unter den Sternen … Ich habe so viele nette Leute getroffen!«

Möglicherweise bildete sie sich das nur ein, dachte John-Marlon. Weil die Erinnerung ja bei Erwachsenen alles schöner macht.
»Ich bin damals mit einer Freundin hingefahren«, sagte seine Mutter. »Was ist denn mit Fin aus deiner Klasse? Der neben dir sitzt? Mit dem verstehst du dich doch?«
»Abgesehen davon, dass er sagt, ich wäre ein Idiot, verstehen wir uns prima«, knurrte John-Marlon und blätterte von den Bananenstauden weiter zu Baumorchideen. »Aber du musst nicht denken, dass ich keine Freunde hätte. Ich habe eine Menge Freunde. Alicia und Jojo und Goran und Esma und ... Wind. Wir erleben Abenteuer im Urwald. Weißt du nicht mehr, das habe ich dir doch erzählt!«
»Ach, das«, sagte seine Mutter. »Ja, das war schön.«
»Es ist immer noch schön! Es ist doch nicht vorbei! Du denkst ... es ist ausgedacht, aber ...«
Er wusste, er durfte ihr nicht die Wahrheit sagen. Aber sie fühlte sich schlecht, weil sie glaubte, er hätte keine Freunde, und sie wollte ihn in einem verdammten Ferienlager anmelden, und er musste die Wahrheit sagen. »Aber das ist es nicht. Es stimmt. Alles. Wind. Das Mädchen, das in dem Urwald lebt. Sie ... sie lebt alleine, macht alles selber, aber sie kann das, sie ist wirklich stark.« Er atmete tief durch.
So. Jetzt wusste sie es.
»Das ist wunderbar«, flüsterte sie und ließ sich neben ihn aufs Bett fallen. »Ausgedachte Freunde sind die bes-

ten. Aber irgendwann wirst du erwachsen werden. Man kann nicht ewig in erfundenen Welten leben.«

Dann schloss sie die Augen, erschöpft.

»Und warum nicht?«, wisperte John-Marlon. »Warum kann man sich den ganzen Tag kaputt arbeiten und nie genug Geld verdienen und immer müde sein, aber man kann nicht in erfundenen Welten leben?« Doch als er seine Mutter ansah, war sie einfach neben ihm eingeschlafen.

Am nächsten Tag klemmte die Latte in der Bretterwand. John-Marlon bekam sie einfach nicht zur Seite geschoben. Er musste dringend mit Wind darüber reden, was sie in den unterirdischen Gängen gehört hatten, und nun konnte er sie nicht erreichen.

Die Latte klemmte auch am nächsten und am übernächsten Tag. Als wäre sie auf einmal festgenagelt.

Im Gemischtwarenladen fand John-Marlon nur den Mann mit dem Schnauzbart. Im Hinterzimmer schien niemand zu sein, dessen Gespräche man belauschen konnte, und auch Pepe war wie vom Erdboden verschluckt.

John-Marlon träumte von Wind. Jede Nacht.

Er träumte auch von den Hohepriestern des Indio-Tempels, träumte die Worte nach, die sie gesagt hatten: »In zwei Wochen bringst du sie uns.« Wohin sollten sie Wind bringen? In die graue Welt der Häuser und Straßen

und Termine? In die Welt der Erwachsenen? Das würde sie nicht überleben, er war sich sicher.
Und dann fuhr er hoch, mitten in der Nacht. Sie hatten nicht gesagt »In zwei Wochen bringst du uns Wind«. Sie hatten gesagt »bringst du *sie* uns«.
Vielleicht war *sie* gar nicht Wind.
Es konnte jeder sein. Oder jede Sache.
Die Bananenstaude. *Die* alte Teekanne. *Die* kaputte Babypuppe.
Nur was wollte eine Gruppe knurriger Hohepriester mit einer kaputten Puppe?

Dann war wieder ein Vater-Tag. Der Dienstag der vorletzten Schulwoche vor den Ferien.
Und John-Marlons Vater sagte: »Hast du drüber nachgedacht, was du in den Sommerferien machen möchtest?«
Sie saßen im gleichen Eiscafé wie an dem Tag, an dem er das lose Brett gefunden hatte. Das war komisch, denn damals hatte er über seinen Vater nachgedacht und das Brett gefunden, und jetzt dachte er über das Brett nach und fand nur seinen Vater, wenn er sich umsah.
Er schloss die Augen und stellte sich vor, sein Vater wäre fort und stattdessen säße Wind mit ihm hier. Sie löffelte ihr Eis mit einem langen Löffel, ausziehbar wie ein Teleskop. Auf ihrer einen Schulter saß ein Papagei, auf der anderen ein kleiner Affe, und Wind sah durch den Teleskop-Löffel, der plötzlich ein Fernglas war, und sagte: »Du bist ja ganz weit weg.«

»Ich bin hier«, flüsterte John-Marlon. »Du musst nur das Teleskop umdrehen! Ich bin ganz nah bei dir, und das ist der einzige Platz, an dem ich sein will ...«

»Wie bitte?«, fragte John-Marlons Vater.

John-Marlon machte die Augen auf und merkte, dass er laut gesprochen hatte.

»Bei mir ist der einzige Platz, an dem du sein willst, ja?«, fragte sein Vater und lächelte. Dann beugte er sich über den Tisch und legte eine Hand auf John-Marlons Hand. »Ich möchte auch bei dir sein. Es ist nur, die Firma ... weißt du ... Heute ist wieder so ein blöder Tag. Länger als eine Stunde kann ich nicht.«

»Schon okay«, murmelte John-Marlon.

»Aber in den Sommerferien, da machen wir was zusammen«, sagte sein Vater. »Darüber wollte ich gerade mit dir reden. Wir könnten surfen. Am Meer. Südfrankreich. Wäre das was?«

John-Marlon riss die Augen auf. »Südfrankreich?«

Sein Vater nickte. »Jep«, sagte er und nickte, und das hieß vermutlich »Ja« und dass er versuchte, cool zu sein. Er war leider cooler als John-Marlon.

»Surfen«, sagte John-Marlon. »Kann ich schon. Im Internet.«

Sein Vater lachte nicht. »Wird Zeit, dass du lernst, Wellen und Wind zu trotzen«, verkündete er und gab John-Marlon einen aufmunternden Knuff. John-Marlon zuckte zusammen und schob seine Brille zurecht.

»Was mache ich denn mit *der* beim Surfen?«

»Na, die nimmst du ab?«
»Aber ich kann nichts *sehen* ohne Brille«, sagte John-Marlon.
»Das Wasser wirst du doch vom Himmel unterscheiden können?«, fragte sein Vater. John-Marlon sagte lieber nicht, dass er sich da nicht so sicher war, immerhin waren das Wasser und der Himmel beide blau und die Brille ziemlich stark.
»Ich habe ein Ferienhaus«, sagte sein Vater stolz, »das ist nur fünf Minuten vom Strand entfernt.«
»Du ... hast ein Ferienhaus gemietet? Nur für uns beide?«
Auf einmal wurden John-Marlons Augen feucht hinter seiner Brille. Er stand auf, ging um den Tisch herum und umarmte seinen Vater. Er roch gut. Nach nichts Bestimmtem, nur nach Vater. John-Marlon hatte das schon vergessen, denn er hatte ihn sehr lange nicht mehr umarmt.
»Schön, dass du dich freust«, sagte sein Vater. »Ich bin sicher, du wirst dich auch super mit Inga verstehen.«
»Mit ... wem?« John-Marlon ließ seinen Vater los. Vielleicht war Inga ein Hund. Eine Sekunde lang schaffte er es, das zu glauben. Ein Hund, den man mit dem Ferienhaus zusammen bekam.
»Inga ist die Tochter von Nathalie, ich habe doch erzählt, dass sie eine Tochter hat. Nathalie gehört das Haus. Sonst könnten wir es uns nicht leisten«, sagte John-Marlons Vater, trank seinen Kaffee aus und sah im Handy die Uhrzeit nach.

»Wer ist Nathalie«, sagte John-Marlon. Es klang gar nicht nach Frage, es klang nur dumpf.
»Habe ich dir nicht von ihr erzählt?«, sagte sein Vater. »Also, Nathalie ist eine ganz Liebe. Du wirst sie mögen. Warte, wir sind doch neulich zu dritt gejoggt ...«
»Das war wohl Inga, mit der ihr zu dritt gejoggt seid«, sagte John-Marlon. »Die kann es auch besser. Wetten? Und die kann auch surfen.«
»Ja. Aber ... du lernst es doch auch. Es werden wunderbare Ferien, wir können wandern und Beach Volleyball spielen, wir werden jede Menge Spaß ...«
» ... dabei haben, mir zuzusehen, wie ich gegen Wände renne, weil ich meine Brille nicht finde«, sagte John-Marlon. Er spürte, wie Tränen hinter seinen Augen aufstiegen, und das war sehr ärgerlich, denn er wollte jetzt wirklich nicht heulen.
»Ich muss jetzt los«, sagte sein Vater. »Wir reden nächstes Mal ausführlicher. Es wird spitze, du wirst sehen. Nächsten Mittwoch ist schon der letzte Schultag! Ich komme natürlich zu eurem Schulfest. Zum Elternfußball. Ich unterstütze euch. Wir beide, John-Marlon, wir sind doch ein gutes Team!« Er machte eine Faust und wollte sie gegen John-Marlons Faust stoßen, wie coole Väter und Söhne das tun, aber John-Marlon hatte keine Faust gemacht, und die Faust seines Vaters suchte blöde in der leeren Luft herum.
»Na dann«, sagte er schließlich, legte eine Handvoll Münzen auf den Tisch und stand auf. »Ich muss.«

John-Marlon sah ihm nach, wie er die Straße entlangging, mit großen, starken Surferschritten. Fußballerschritten. Joggerschritten.
Er hob den unangetasteten Eisbecher hoch und malte sich aus, wie es wäre, damit zu werfen. Wie die bunten Kugeln auf dem Asphalt zerplatzen und das Glas splittern würde, wie die Leute aufsehen und sein Vater sich umdrehen würde. Aber natürlich stellte er den Becher ganz gesittet wieder hin. Es hatte keinen Zweck.

John-Marlon rannte den ganzen Weg bis zu der Stelle, wo die lose Latte nicht mehr lose war.
Dort saß Alicia auf dem Boden und spielte mit einer Hand voll staubiger Kieselsteine. Vielleicht waren die Steine gezähmte Käfer, die Kunststücke konnten. Oder sie waren magisch, und wenn man sie auf die richtige Art warf, klemmte die Latte nicht mehr.
»Du bist auch nicht reingekommen, was?«, fragte John-Marlon außer Atem.
Alicia schüttelte nur den Kopf und legte die Steine in eine Reihe. Es waren sechs, fünf ganz normale graue und ein schwarzer mit einer schönen glatten Oberfläche.
Dann holte sie ein Stückchen Papier aus der Hosentasche und legte es daneben.
ICH MUSS NACHDENKEN, stand darauf.
»Ist das von ihr?«
Alicia nickte. »Es war außen an die Latte gesteckt, mit einer Nadel.«

John-Marlon ließ sich neben Alicia auf den Boden plumpsen. »Na, dann ist ja wenigstens alles okay«, sagte er, doch es klang gar nicht okay.
»Sie will uns nicht sehen«, sagte Alicia. Dann nahm sie den schönen, runden schwarzen Stein in die Hand und sah ihn an. Ohne ihn waren die anderen Steine noch gewöhnlicher.
»John-Marlon, meinst du, es geht ihr gut? Diese komischen Hohepriester, die wollen, dass Pepe sie zu ihnen bringt, wer sind die?«
»Keine Ahnung«, sagte John-Marlon. »Aber *sie ihnen bringen* kann auch etwas anderes heißen. Eine andere Sache.« Er schwieg eine Weile, dann sagte er: »Wind … sie hat mal gesagt, wenn dieser Sommer vorbei ist, wird sie fort sein.«
»Wohin will sie denn?«, fragte Alicia mit großen Augen.
»Das Problem ist«, sagte John-Marlon nachdenklich, »ich glaube, sie will gar nicht hin.«

Eine halbe Stunde später stellte der Schnauzbartmann zwei Limcas auf die Theke.
»Du entwickelst dich ja zum Stammkunden«, sagte er zu John-Marlon. John-Marlon spürte, wie er rot wurde, doch dann holte er tief Luft und fragte: »Wie geht es Wind?«
»Hm, in letzter Zeit ist es ziemlich windstill, sollte man meinen«, sagte der Schnauzbartmann. »Wozu braucht ihr Wind? Wollt ihr einen Drachen steigen lassen?«
Da lachte John-Marlon beinahe, da man mit Wind ver-

mutlich einen richtigen Drachen hätte steigen lassen können, einen, der Feuer spie.
»Sie wissen, was ich meine«, sagte John-Marlon. »Sie haben ihr eine Schubkarre geliehen. Für ihre Müllsammlung. Und sie besorgen ihr Fledermausfutter.«
»Und wenn ich wüsste, was du meinst«, sagte der Schnauzbartmann, sehr leise, »wäre es dann klug von mir, es laut zu sagen? Manche Arten von Zauber zerbrechen, wenn man zu laut über sie spricht. Das Wetter« – er sprach jetzt wieder lauter –, »das Wetter ist eine Weile ja recht stabil gewesen, aber in der nächsten Zeit soll es Turbulenzen geben. Mit dem Beginn der Sommerferien ändert sich angeblich die ganze Großwetterlage. Möglicherweise werden wir dann eine Orkan-Warnung haben. Und so ein Orkan knickt ganze Urwälder. Es könnte sein, dass nichts mehr so sein wird, wie es war.«
»Wie meinen Sie das?«, fragte Alicia und machte mit ihrem Strohhalm Blasen in der Limca.
»Er meint eben den Wetterbericht, was sonst«, sagte John-Marlon. »Haben Sie eigentlich ein Klo im Hinterzimmer? Ich muss mal, ziemlich dringend.«
Der Schnauzbartmann schien eine Weile darüber nachzudenken, ob er ein Klo hatte. Schließlich nickte er und zeigte hinter sich auf die Tür. »Aber sei leise. Jemand schläft dort.«
»Auf dem Klo?«
»Im Hinterzimmer«, sagte der Schnauzbartmann. »Jetzt muss ich mich um Kunden kümmern.«

Tatsächlich kamen ein paar Leute herein, und John-Marlon ging um den Tresen herum, während Alicia im Laden stehen blieb.
Im Hinterzimmer lag jemand auf dem Sofa, verborgen unter einer rot-gelben Decke mit orientalischem Muster. John-Marlon fühlte, wie sein Herz schneller schlug. *Wind*, dachte er.
Vielleicht musste sie fliehen, weil Pepe doch *sie* zu diesen Männern bringen sollte, und der Schnauzbartmann hat Pepe rausgeworfen und beschützt Wind.
John-Marlon ging aufs Klo, damit man vielleicht das Spülen hörte und er nicht gelogen hatte, und dann betrat er das Hinterzimmer ein zweites Mal.
»Guten Tag«, sagte jemand, und er zuckte zusammen. Auf einem Stuhl saß die alte Frau, Hayat. Er hatte sie bisher einfach nicht bemerkt. Sie war braungrau angezogen, verschmolz wie ein Chamäleon mit der Tapete und strickte.
»Gu-gu-guten Tag«, stotterte John-Marlon.
So also fühlte man sich, wenn man Esma war. Irgendwie dumm und hilflos und auch ziemlich ärgerlich, weil man ja wusste, was man sagen wollte.
Die alte Frau lächelte und legte einen Finger an die Lippen. John-Marlon nickte. Er ging auf Zehenspitzen hinüber und schlug die Decke ein winziges Stück zurück. Das schlafende Gesicht, in das er blickte, gehörte nicht Wind.
Es gehörte Pepe. John-Marlon biss sich auf die Unter-

lippe, um einen Schreckenslaut zu unterdrücken. Ein großer Bluterguss zierte Pepes linke Wange, seine Lippen waren seitlich von dunklem Schorf bedeckt, und an der Stirn hatte er eine Platzwunde, die jemand bereits gesäubert hatte.

»Was …?«, flüsterte John-Marlon.

»Er hat sich wohl mit den verkehrten Leuten angelegt«, wisperte Hayat. Sie hielt das Ding, das sie strickte, hoch, um es zu betrachten. Es sah aus wie ein halb fertiger Pullover. Er war nicht beige, sondern grün. Urwaldgrün, mit einem Streifen aus kleinen Blättern in der Mitte.

»Lass ihn schlafen.«

»Warum sind Sie hier?«, flüsterte John-Marlon. »Um auf ihn aufzupassen?«

»Vielleicht«, antwortete die alte Frau kaum hörbar, »warte ich auf jemanden.«

Auf den Schnauzbartmann, dachte John-Marlon. Oder die Hohepriester.

»Ich dachte, Wind müsste vielleicht Angst vor Pepe haben«, wisperte er. »Weil diese Priester gesagt haben, er sollte sie ihnen bringen …«

»Vor Pepe«, sagte Hayat mit einem Lächeln, während sie weiterstrickte, »muss niemand Angst haben bis auf Pepe selbst. Der sollte sich vor seiner eigenen Dummheit fürchten. Er lässt sich immer in die falschen Geschichten verwickeln. Aber für Wind würde er alles tun. Er hat das Sägespielen von ihr gelernt. Er liebt sie sehr.«

»Sie kennen Wind also«, flüsterte John-Marlon. »Bitte …

Wer ist sie? Warum muss sie am Ende des Sommers gehen?«

»Schsch, schsch«, wisperte Hayat. »Frag nicht so viel, John-Marlon. Ihr habt vielleicht nicht mehr viel Zeit. Nutzt sie aus, statt zu fragen.«

»Aber Wind lässt uns ja nicht rein! Auf den Zettel hat sie geschrieben, sie muss nachdenken!«

»Dann müsst ihr einen anderen Weg wählen«, sagte Hayat. »Haltet sie davon ab, sich in ihren Grübeleien zu verpuppen wie ein Urwaldschmetterling. Heute Abend wird sie Zeit für euch haben.«

Damit begann sie wieder zu stricken.

Pepe auf dem Sofa stöhnte ein bisschen und schlief dann weiter. Und John-Marlon ging auf Zehenspitzen zurück in den Laden.

»Wir müssen also außen herum«, sagte Alicia, als sie wieder auf der Straße standen und John-Marlon ihr alles erzählt hatte. »Durch den Tempel.«

»Wer weiß, ob es heute ein Tempel ist«, meinte John-Marlon. »Vielleicht kann man gar nicht durch. Vielleicht gibt es kein Loch mehr in der Wand.«

So wie es keinen Mammutbaum gibt und keine Ozeankreuzer in der Stadt und keine Dinosaurier. Er sagte das nicht, doch sie dachten es beide, er spürte es.

Alicia schüttelte energisch den Kopf. »Es *muss* das Loch geben. Wir sind auf der anderen Seite rausgekommen. In der wirklichen Wirklichkeit.«

John-Marlon nickte. Er hatte geahnt, dass sie diesen Weg nehmen mussten.
Da winkte jemand von ferne mit beiden Armen, und das war Jojo. Neben ihm standen Goran und Esma vor der nicht losen Latte im Zaun.
John-Marlon winkte ebenfalls, winkte sie her.
Er würde nicht alleine mit Alicia durch das Loch in der Kellerwand gehen, sie alle würden gehen. Es war gut, Freunde zu haben.
Für einen Moment wünschte er sich, seine Mutter könnte ihn sehen. Sie alle fünf sehen, wie sie bei irgendwem klingelten, um in einen Hausflur gelassen zu werden, und dann die Kellertreppe eines Berliner Mietshauses hinunterstiegen, um in ein unterirdisches Labyrinth einzudringen. Wie man auch ohne Feriencamp Abenteuer erleben konnte. Er stellte sich seine Mutter als kleines Mädchen vor, ungefähr so groß wie Esma. Er würde sie an der Hand nehmen und sagen: »Komm, es ist nur *ein bisschen* gefährlich, gerade so sehr, dass es spannend bleibt.«
Aber vielleicht war es gefährlicher, als es hätte sein dürfen.
Die alte Picknickdecke hing noch an derselben Stelle, ganz hinten im Keller. Und als Goran sie anhob, war noch immer das Loch in der Wand dahinter – der Weg zum Keller des Nachbarhauses, das vor langer Zeit abgerissen worden war.
Ja, ohne Wind war es nur ein alter Keller, ohne Fackeln, ohne Schriftzeichen an den Wänden, ohne den Geruch

nach Urwaldfrüchten und Opfergaben. Aber auch ohne Lichtschalter.

»Wi-wir brauchen Ta-Taschenlamm«, sagte Esma.

»Es geht geradeaus und dann nach links und dann nach rechts«, sagte Jojo.

»Das hast du dir gemerkt bei dem ganzen Gehampel, das du immer veranstaltest?«, fragte Alicia.

»Ich kann denken *und* hampeln«, antwortete Jojo. »Manche Leute können weder noch.«

Alicia schnaubte.

Sie tasteten sich hintereinander an den kalten Wänden entlang durch absolute Schwärze, und eine Weile sagte niemand mehr etwas.

Einmal glaubte John-Marlon, dass etwas über seinen Fuß huschte, aber er war nicht sicher.

»Ich glaube, wir sind schon viel zu weit gegangen«, sagte er schließlich.

»Irgendwie war da gar keine Abbiegung«, sagte Jojo kleinlaut.

»Je-jemand hat den A-Abbiege geklaut«, sagte Esma.

»Vielleicht verändert sich das Labyrinth«, flüsterte John-Marlon unbehaglich. »Vielleicht … lebt es.«

»Es gehorcht dem obersten Hohepriester«, sagte Goran.

»Klar, die haben in den Kisten ihr ganzes Indianergold versteckt, und damit es keiner findet, befehlen sie dem Labyrinth-Tier, sich ab und zu zu verändern.«

»Aber dafür müssen sie ihm Menschenopfer darbringen«, sagte John-Marlon.

Das hörte sich gut an. Als Geschichte. Doch schon während er es sagte, hörte es sich nicht mehr gut an. Nicht einmal absurd oder lächerlich. Es hörte sich nur gruselig an. Und ihm wurde kalt.

»Nee«, sagte Esma. »Ti-Tier ich glaub nicht. A-aber ich hör was. Hier ist einer.«

Sie lauschten angestrengt, und da hörte John-Marlon es auch: Hinter ihnen, in der Ferne, gingen Schritte durch den Gang. Er war sich nicht sicher, ob es die Schritte von einer oder von mehreren Personen waren. In jedem Fall kamen sie näher.

»Ich schlage vor, wir rennen«, flüsterte Alicia.

Und sie rannten, aber das war nicht so leicht, da sie ja nichts sehen konnten. John-Marlon stolperte und fiel. Er landete schmerzhaft auf den Händen und dem Gesicht, tastete um sich – und begriff, worüber er gestolpert war.

»Hier sind Gleise!«, keuchte John-Marlon, atemlos vor Überraschung. »Wir sind in einem Eisenbahntunnel!«

Er hörte die anderen zurückkommen, und dann sagte Alicia direkt neben seinem Ohr:

»Tatsächlich. Fährt ein Zug unter Winds Urwald durch?«

»Ein Zug kann genauso durchfahren wie ein Kreuzfahrtschiff«, sagte Jojo.

John-Marlon hatte seine Hand auf das Metall der Schienen gelegt, und da spürte er etwas Beunruhigendes. Ein Zittern.

Goran spürte es auch, denn er sagte: »Wenn Gleise zittern, dann heißt das doch …«

»Ko-kommt Zug«, sagte Esma.
»Durch den Tunnel«, sagte Alicia.
»Ach, du Scheiße«, sagte Jojo.
Im selben Moment sahen sie das Licht des Zuges. Es war noch weit entfernt, aber es näherte sich rasch. Nein: Es näherte sich rasend schnell.
»We-weg hier!«, schrie Esma. Sie zerrte Goran mit sich, und dann rannten sie alle wieder, schneller diesmal, da sie im Licht des Zuges mehr sahen.
Es nützte ihnen nichts, zu rennen. Der Zug würde sie einholen, und er würde sie zermalmen, John-Marlon wusste es. Da war nicht genug Platz im Tunnel, um sich an die Wand zu drücken. Das Blut sang in seinen Ohren, nie war er schneller gerannt. Wenn dieser Tunnel nur aufhören würde, wenn sie nur das Freie erreichten, um zur Seite zu springen!
Der Zug stieß einen gellenden Warnpfiff aus. Der Lokomotivführer hatte sie gesehen. Doch zum Bremsen war es ganz bestimmt zu spät.
Da fiel direkt vor ihnen etwas aus der Decke.
Ein Seil! Ein Seil, das zur Decke des Tunnels führte! Jojo war bereits dabei, hinaufzuklettern. Goran hob Esma hoch, die den Rest selbst kletterte. Alicia folgte – der Zug kam näher und näher. Doch er schien jetzt in Zeitlupe näher zu kommen, wie in einem Film, sein Pfeifen zog sich in die Länge, Bremsen kreischten ohrenbetäubend … John-Marlon packte das Seil und zog sich ein Stück hinauf, doch dann kam er nicht weiter.

Er hing blöde herum wie ein Uhrpendel, und gleich, gleich würde der Zug ihn erfassen, gegen ihn prallen, ihn zerquetschen … Sein Vater würde ohne John-Marlon surfen gehen. Fin in der Schule hätte niemanden mehr, den er ärgern konnte. Und John-Marlons Mutter würde ihre Frühstücke und Abendbrote allein an einem einsamen Küchentisch essen.
Da ruckte das Seil. John-Marlon fühlte sich sehr schnell in die Höhe gezogen, es war wie in einem Fahrstuhl.
Sekunden später raste der Zug unter ihm vorbei, unangenehm nah.
Dann lag John-Marlon rücklings im Gras.
In der Ferne, irgendwo unter ihm, wurde das Rattern des Zuges leiser. War fort.
John-Marlon hörte nur den Wind, der über eine große, ebene Fläche pfiff. Er pfiff ganz anders als der Zug.
»Wind«, sagte er.
»Ja«, sagte Wind, und John-Marlon drehte den Kopf.
Sie saß mit dem Seil neben einem Loch im Boden und lächelte, und das Feuermal über ihrer Augenbraue war röter und schöner als je zuvor.
»Wieso warst du plötzlich da?«, fragte John-Marlon, heiser von der ausgestandenen Angst. »Wieso war das Seil da?«
Aber das Loch im Boden kam ihm bekannt vor. Es sah dem Loch verdächtig ähnlich, durch das sie aus dem Cenote geklettert waren. Es war auch das gleiche Seil.
»Ich dachte, es ist auf die Dauer langweilig, wenn im-

mer Pepe uns rettet«, sagte Wind. »Deshalb habe ich mal euch gerettet. Stört es dich?«
»Nein, nein«, sagte John-Marlon. »Ich bin ganz froh, so unplatt weiterzuleben.«
Wind lachte, sie lachten alle, albern vor Erleichterung.
»Und dir geht's gut ja?«, fragte Jojo. »Hast du genug nachgedacht?«
»Man kann nie genug nachdenken«, antwortete Wind. »Aber als ich eben merkte, dass man euch retten muss, da habe ich mir gesagt, dass die ganze Nachdenkerei nichts ändert. Also können wir genauso gut noch ein bisschen Spaß haben.« Sie sah zum Himmel empor, an dem die Sonne schon tief stand. »Nicht mehr lange bis sechs Uhr ... Egal. Heute ist ein Ausnahmetag. Heute habe ich Zeit. Die ganze Nacht. Wir können ein Lagerfeuer machen und Kartoffeln in der Glut garen. Und die Sterne angucken.«
John-Marlon sah sich um. »Wo sind wir denn?«, fragte er unsicher.
»In der Wüste«, antwortete Wind, »umgeben von unendlichen, weichen gelben Sanddünen.« Da sah er es. Er sah das Goldgelb der Dünen, das Violett ihrer länger werdenden Schatten, das Farbenspiel des Lichts auf dem Sand.
»Und warum verläuft die Eisenbahn unterirdisch?«
»Oh, damit die Tiere oben ungestört spazieren gehen können. Schlangen, Wüstenfüchse und so weiter. Immerhin waren sie zuerst da, es ist also ihre Wüste.«
Sie griff in den Rucksack, den sie bei sich hatte, und

beförderte einen Arm voll bunter Baumwolltücher ans Licht. »Besser, ihr nehmt die hier, gegen die Sonne. Ich zeige euch, wie man einen Turban wickelt.« Sie gab Alicia ein gelbes und John-Marlon ein hellblaues Tuch, Goran bekam Grün, Esma Rot und Jojo Quietsch-Orange. Wind selbst nahm das einzige weiße. Dann waren sie eine Weile damit beschäftigt, sich die Tücher um die Köpfe zu schlingen und zu kichern, und schließlich sahen sie aus wie bunte Spielfiguren in einem riesigen Spiel.
»Schön«, sagte Wind. »Lasst uns reiten.«
»Reiten? Wohin? Worauf?«, fragte John-Marlon.
»Ist das wichtig?«, fragte Wind zurück. »Los, ihr Kamele! Hinsetzen!«
Die Kamele gehorchten mit mauligen Gesichtern, was bei Kamelen vielleicht normal war. John-Marlon hatte sie bisher gar nicht bemerkt. Sie waren hübsch geschmückt mit Ledersätteln und handgewebten Teppichen in bunten Beduinenfarben: vier ausgewachsene Tiere und ein jüngeres, das ein bisschen hampelig war wie Jojo. Er turnte auf seinem Rücken und machte einen Kopfstand darauf, und alle verdrehten die Augen.
Goran und Esma teilten sich das größte Kamel, und auch die anderen stiegen auf, woraufhin die Kamele sich erhoben: erst mit den Vorder- und danach mit den Hinterbeinen. Es war ein elendes Geschaukel.
»Man kann seekrank werden, wenn man auf einem Kamel reitet, also guckt immer schön zum Horizont«, sagte Wind. »Das hilft.«

So zogen sie los – eine kleine Karawane in der malerischen Unendlichkeit aus Farben, Sand und Himmel.
Der Horizont war unglaublich weit weg, in ganz Berlin gab es keine so weiten Horizonte. Aber sie waren ja auch nicht mehr in Berlin.
Wind lenkte ihr Kamel neben ihn. »Es heißt Oskar«, sagte sie. »Deins ist Alfred.«
»Ah«, sagte John-Marlon und tätschelte ein Stück Kamel unterhalb des Sattels.
»Ich habe noch ein rosa Blütenblatt gefunden«, sagte Wind. »Ich saß im Schaukelstuhl vor meinem Haus und habe nachgedacht, und da ist es einfach auf meiner Nasenspitze gelandet.«
»Worüber hast du nachgedacht?«, fragte John-Marlon. »Über die Hohepriester?«
»Ja. Darüber, was Pepe für sie tun muss. Es ist nur noch eine Woche bis zu den Ferien. Ich glaube, dann ist es so weit. Dann gibt es ein Menschenopfer. Mich.«
»*Was?*« John-Marlon starrte sie an.
»Nicht so, wie du denkst«, sagte Wind. »Kein Blut für die Blutrinne. Ich werde nur verschwinden. Verstehst du?«
»Nein.«
»Das brauchst du auch nicht«, sagte Wind. »Jedenfalls fiel dieses Blütenblatt auf meine Nase, und weißt du, auf einmal hatte ich keine Angst mehr. Es war, als wollte das Blütenblatt mir sagen, dass es okay ist. Und da habe ich aufgehört nachzudenken.«
Sie holte die Geige aus Oskars Satteltasche, fand darin

auch eine streunende Katze und legte sie dekorativ auf ihren Schoß. Dann legte sie die Geige ans Kinn und begann zu spielen. Die Wüstensonne ließ die Diamanten auf dem Holz des Geigenbogens hell funkeln, und Wind spielte eine wilde Melodie, sodass die Kamele zu traben begannen, als tanzten sie. John-Marlon musste sich festklammern, um nicht abgeworfen zu werden, es war unglaublich, wie Wind dabei auch noch Geige spielen konnte.

Die Kamele tanzten eine lange, flache Düne hinauf und blieben oben stehen. Vor ihnen ging es steil in die Tiefe. Wind nahm die Geige herunter.

»Das«, sagte sie und verstaute sie, »ist die größte Rodelbahn der Welt. Schaut mal, da! Der Wüstenfuchs!«

Sie zeigte auf ein kleines Tierchen, das ein paar Meter entfernt von ihnen an der Abbruchkante des Sandes saß. Es hatte riesengroße Ohren, und erst dachte John-Marlon, es wäre eine weitere Katze, aber natürlich war es ein Wüstenfuchs. Er drehte die Riesenohren nach links und nach rechts – und sprang dann mit einem wagemutigen Satz über die Kante.

Dann stieß er ein kleines Jaulen aus, das ungefähr klang wie »Juhuuuu« – und rutschte hinunter.

»Na, dann mal los!«, sagte Wind und kletterte von Oskar. Die anderen kletterten ebenfalls von den Kamelen.

»Eins, zwei …«, begann Wind.

Und wenn ich mich nicht traue?, dachte John-Marlon. Wenn es ist wie das Springen vom Fünf-Meter-Brett? Es

ist nur Sand … Andererseits ist es beim Fünf-Meter-Brett nur Wasser …
Jojo nahm Anlauf und warf sich die Düne hinunter, mit einem lauten Wüstenfuchs-Juchzen. Esma setzte sich auf den Po und rutschte hinterher. Goran schmiss sich auf den Bauch, um so zu schlittern, und Alicia sagte: »Das würde sogar Britta Spaß machen«, und seufzte. »Ich könnte sie auf den Schoß nehmen, und Mama würde ein Foto von uns machen.« Dann seufzte sie noch einmal. »Früher bin ich immer mit Mama und Papa Schlitten gefahren. Da musste sie noch nicht auf Britta aufpassen.«
Sie holte tief Luft und trat über die Kante. Der Schritt wurde drei Meter lang.
»Yippiiiiieh!«, schrie Alicia und riss die Arme hoch.
»Jetzt sind wir dran«, sagte Wind. »Kannst du die Katze halten? Katzen rutschen nicht so gerne. Ich nehme den Rucksack und die Geige.«
John-Marlon nickte und nahm die Katze auf den Arm. Dann fasste Wind seine freie Hand.
»John-Marlon«, sagte sie. »Ehe wir runterrutschen …«
»Ja?«
»Wenn ich nicht mehr da sein werde«, sagte Wind. »Versprich mir, dass du auf die anderen aufpasst.«
»Ich? Ich bin doch der, der immer am meisten Angst hat. Der auf seine Brille aufpassen muss. Der nicht so schnell laufen kann.«
»Du bist der, der den Eisenbahntunnel gemacht hat.«
»Ich dachte, das warst du.«

»Ich war doch gar nicht bei euch. Den Zug und die Schienen, die hast du gemacht«, sagte Wind. »Du kannst die Abenteuer finden. Deshalb musst du mir versprechen, dass du aufpasst. Darauf, dass die anderen sich nicht in ihrem normalen Leben verlieren. Versprich es mir.«
Da nickte John-Marlon.
Und dann schlitterten sie zusammen in die Tiefe.

Für einen winzigen Moment sah John-Marlon etwas anderes als die Sanddüne.
Er sah einen Erdberg von unvollendeten Bauarbeiten auf einem brach liegenden Grundstück. Er sah Staub statt Sand und Dreck statt violetten Schatten. Er sah Sträucher und Bäume, wo die Unendlichkeit der Wüste hätte sein sollen, und dahinter, in der Ferne, hohe graue Häuser. Aber es dauerte nur sehr kurz, dann war er wieder in der Wüste.
Als sie am Fuß der Düne ankamen, begann die Sonne gerade, riesengroß und blutorangenrot hinter den Horizont zu sinken. »Zeit«, sagte Wind, »für ein Feuer.«
»Und woher kriegen wir Holz?«, fragte Jojo.
»Wir könnten diese Bretter nehmen«, meinte Wind. Wirklich, aus dem Wüstensand ragten eine ganze Menge alter Latten.
»Ein Schiffswrack«, sagte John-Marlon.
»Wahrscheinlich«, sagte Wind. »Guckt mal, das sind die Reste des Steuerrads! Und da, ein Stück Tau. Brennt sicher gut.«

»Ein stolzer Ozeankreuzer ist hier verendet«, sagte Jojo feierlich. »Frieden seiner Asche.«
»Asche?«, fragte Alicia. Doch Jojo war schon dabei, über einen alten Balken zu balancieren, eine lange Latte als Balancierstange in der Hand.
Sie halfen alle, einen Haufen Latten zusammenzutragen, und als sie damit fertig waren, ging die Sonne unter. Wo das Licht versank, war es, als brannte der Sand, und der Himmel strahlte noch einen Moment violett und orange, ehe er sich tiefdunkelblau verfärbte.
Als sie das Feuer mit Winds Streichhölzern entfachten, stiegen goldene Funken in den Nachthimmel. Es war wunderschön.
Nach einer Weile fischte Wind mit einem Brett ein bisschen Glut aus dem Feuer und schaufelte sie in eine Sandmulde, in die sie die Kartoffeln aus ihrem Rucksack legte. Sie hatte auch ein paar ihrer alten Blechteller mitgenommen, und während die Kartoffeln garten, rieb Wind die Teller mit Sand ab, bis sie glänzten.
»Silber und Gold«, erklärte sie zufrieden. »Von anderen Tellern isst eine Wüstenprinzessin nicht.«
»Bi-bist du ein Prinzessin?«, fragte Esma mit großen Augen.
»Natürlich«, sagte Wind. »Habe ich das nie erwähnt? Die Beduinen der Wüste laden mich deshalb gerne zum Essen ein, zu Reis und Lamm mit Rosinen, und dann gibt es riesige Nachtische aus Datteln und Gebäck, von dem der Zucker trieft …«

John-Marlon merkte auf einmal, wie hungrig er war. Er hörte neben sich Jojos Magen knurren. Und er dachte, dass Wind all dies erzählte, weil sie in Wirklichkeit nie genug zu essen hatte. Was man nicht hatte, musste man erfinden.

»Am Ende schenken sie mir dann meistens noch eine Ziege«, sagte sie. »Zum Selberschlachten, sozusagen als Marschgepäck. Ich lasse die Ziegen natürlich immer frei. Sie mögen den Urwald nicht, deshalb schicke ich sie durch das Loch im Zaun. Ich weiß nicht, wie viele Beduinen-Ziegen inzwischen durch Berlins Straßen streunen.«

Sie wühlte schon wieder in ihrem Rucksack. »Hier, das ist auch von den Beduinen.« Sie warf eine Tüte Rosinen hinter sich, eine angebrochene Packung eingeschweißte Datteln und zwei Kokosnüsse. »Aah! Und ein Büschel frische Pfefferminze vom Fensterbrett im Bauwagen. Na also.«

Wenig später dampfte auf den goldenen und silbernen Tellern eine Mischung aus halb verkohlten Kartoffeln, Rosinen, Datteln und Kokosmilch, geschmückt mit Pfefferminzblättchen, die Goran sorgfältig in kleine Stückchen gezupft hatte.

Es schmeckte so seltsam, wie es aussah, aber Wind sagte, das sei beduinisch, und bei diesem Volk sollte man froh sein, wenn man keine handgeknüpften Teppiche essen musste.

»Wenn du eine Prinzessin bist, ist dein Vater ein

König«, sagte Alicia. »Und deine Mutter eine Königin. Wo sind sie?«
Eine kleine Stille entstand, und sie sahen Wind alle erwartungsvoll an. Sie würde sich etwas ausdenken, bestimmt: einen Palast und einen Fluch oder eine Reise ... oder einen anderen guten Grund, warum ihre Eltern sie im Urwald zurückgelassen hatten.
Doch Wind sah nur ins Feuer und schwieg. Dann nahm sie die Geige und begann wieder zu spielen, eine langsame Melodie, die beinahe traurig klang. Dennoch war sie schön. John-Marlon ließ sich nach hinten in den noch warmen Sand fallen und sah zu den Sternen auf, die über der Wüste standen wie Diamanten.
»Hübsch, was?«, flüsterte Jojo neben ihm.
»Ja«, sagte John-Marlon. »Du kannst ja auch still liegen?«
»Klar«, sagte Jojo. »Nur nicht, wenn ich muss.«
Auf einmal verstummte Winds Melodie.
»Was ist los?«, fragte Alicia.
»Psst!«, machte Wind. »Hört ihr die Töne?«
Da waren noch andere Töne in der Luft, es stimmte. Sie klangen ähnlich wie die Geigentöne und doch anders. Rauer. Es waren die Töne einer singenden Säge. John-Marlon setzte sich auf. Es war niemand da.
»Das kommt vom Brunnen«, sagte Wind und legte die Geige hin.
Sie folgten ihr bis an den Rand des Feuerscheins, und da klaffte ein Loch im Boden, eingefasst von alten Steinen.
»Das ist ein Brunnen?«, fragte Goran verblüfft.

Wind nickte. »Ein geheimer. Die Karamellkarawanen rasten hier.«
»Du meinst die Kamelkarawanen«, sagte Alicia.
»Ich meine genau, was ich sage«, meinte Wind. »Karamellkarawanen transportieren Karamellbonbons. Sie werden immer wieder von Banditen überfallen. Sieht so aus, als hätten sich da unten welche versteckt.«
Sie knieten sich hin und lauschten.
»Jetzt nimm die blöde Säge runter und rede Klartext«, sagte jemand, gedämpft und weit unter ihnen. »Hast du sie oder nicht?«
»Nein«, sagte Pepe.
»Das sind die Hohepriester!«, wisperte Goran.
»Quatsch«, flüsterte Alicia. »Wüstenbanditen, hast du doch gehört.«
»Pssst!«, machte Esma.
»Man erfährt, du traust dich nicht«, sagte eine zweite Stimme. »Aber unsere Geduld ist am Ende.«
»Und weißt du, was man noch so erfährt?«, sagte eine dritte Stimme. »Sie bauen hier demnächst. Ein Parkhaus. Das heißt für uns, wir müssen das ganze Zeug rausholen. Du hast es die ganze Zeit über gewusst, was? Und Miete kassiert für das Versteck, das du uns gezeigt hast. Du miese kleine Kröte!«
»Was war dein Plan?«, fragte eine zweite Stimme. »Dass sie unser Lager finden, wenn sie bauen? Dachtest du, die Polizei zahlt dir noch 'ne Prämie? Die werden gar nichts finden.«

»Außer vielleicht dich«, sagte die erste Stimme. »Mausetot. Wenn du dich nicht mit der Lieferung beeilst. Du hast also keine Zeit, hier auf einer Säge herumzufiedeln.«
»Ich kann fiedeln, wo ich möchte, ich bin ein freier Mensch«, sagte Pepe trotzig. »Au! Lass mich los, verdammt!«
»Das hättest du gerne«, sagte die tiefere der Stimmen. »Jungs? Verpasst ihm eine Abreibung.«
»Wenn wir ihm helfen wollen«, wisperte Wind, »müssen wir runter in den Brunnen!«
Da war ein eingerolltes Seil neben dem Brunnen, befestigt an einem eisernen Ring.
Unten stieß Pepe ein Wimmern aus.
»Wir können gegen die doch nichts tun!«, flüsterte Alicia. »Wir sind Kinder! Kinder können nichts tun!«
»So, können sie nicht?«, flüsterte Wind zurück. »Macht die Augen zu. Stellt euch einen Tiger vor. Einen großen, gefährlichen Tiger. Wir kennen uns, der Tiger und ich. Wir sind befreundet, seitdem ich ihn krank gefunden und gesund gepflegt habe …«
»Was hatte er denn?«, fragte Jojo.
»Scharlach«, antwortete Wind. »Aber das ist jetzt unwichtig. Seht ihr seine scharfen weißen Zähne? Seine stechenden grünen Augen? Schön, und jetzt stellt euch vor, dass er unsichtbar ist. Das ist er nämlich. Immer schon. Deshalb war das Gesundpflegen ziemlich schwierig, man wusste ja nie, wo man den Löffel mit der Medizin reinstecken musste … Wir nehmen den Tiger mit

runter in den Brunnen. Aber wenn er fauchen soll, müsst ihr alle mitfauchen. Sonst tut er es nicht.«
Sie öffneten alle die Augen und nickten.
Dann seilte Wind sich als Erste ab. Sie blieb unten am Seil hängen und winkte kurz. Jojo kletterte ihr nach, Alicia, Goran und Esma folgten, sodass das Seil schließlich voll Kinder hing wie eine Weinrebe voller reifer Trauben. Nur John-Marlon saß oben am Brunnenrand und beugte sich darüber, das reichte wohl auch.
»Nicht!«, wimmerte Pepe noch einmal. Und da begann Wind zu fauchen. Die anderen fielen mit ein, und das Echo tat den Rest: Es vervielfältigte das Gefauche der Kinder und des unsichtbaren Tigers zu tausend Stimmen, es machte die Töne unwirklich, unheimlich, geisterhaft.
»Was zur Hölle ist das?«, fragte einer von denen unten.
»Ein Tier«, sagte ein anderer.
»Mehrere Tiere«, sagte ein Dritter.
»Ratten sind das nicht«, sagte der Erste.
»Lass uns gehen«, sagte der Zweite. »Wer weiß, was sich hier alles rumtreibt. Tollwütige Hunde oder Katzen oder was.«
»Wir haben sowieso noch genug zu tun. Die Kisten und alles«, sagte die dritte Stimme. »Lassen wir den kleinen Möchtegernganoven alleine, damit er sich endlich um unsere Bestellung kümmern kann.«
Damit entfernten sich unter der Erde eilige Schritte.
Die Kinder kletterten wieder hinauf, nur Wind blieb unten.

»Pepe!«, hörten sie sie flüstern.
»Was …?«, begann Pepe.
»Das war nur mein unsichtbarer Tiger«, erklärte Wind leise. »Er schleicht jetzt deinen Freunden nach.«
»Das sollte er lieber lassen«, sagte Pepe. »An denen beißt er sich nur seine unsichtbaren Zähne aus.«
»Ich nehme die Säge, du den Geigenbogen«, sagte Wind. »Du kannst ihn in deinen Gürtel klemmen, dann hast du die Hände frei. Kommst du am Seil rauf?«
»Ich bin nur erwachsen, nicht behindert«, knurrte Pepe. Und dann, mit einem Seufzen: »Danke.«

Als sie aus dem Brunnen auftauchten, trug Wind die Säge im Mund. Vielleicht, dachte John-Marlon, würde er sie so in Erinnerung behalten: Wie sie aus der Erde stieg, eine Säge zwischen den Zähnen, das Haar zerzauster denn je, den Schein des nahen Feuers im Gesicht.
Ihr Hemd war so zerrissen wie immer, aber sie war eine Prinzessin, keiner konnte das bezweifeln. Und wie eine Prinzessin nahm sie Pepe an der Hand und führte ihn zum Feuer.
Er sah ziemlich mitgenommen aus, schlimmer noch als auf dem Sofa im Hinterzimmer, wo er wohl besser geblieben wäre.
»Wo genau sind wir?«, fragte er und wischte etwas Blut von seiner Lippe.
»I-in Wüste«, erklärte Esma und ließ Sand durch ihre Finger rieseln. »Da-das ist Sand.«

»Danke, das sehe ich«, sagte Pepe und setzte sich neben das Feuer.
Wind reichte ihm einen Teller mit Essen.
In der Ferne heulte etwas, das sich anhörte wie eine Sirene von der Feuerwehr oder der Polizei, ein Großstadtgeräusch.
»Hört ihr«, sagte Wind. »Die Schakale jaulen den Mond an.« Sie zeigte nach oben, und dort stand ein großer weißer Vollmond über der Wüste und vergoss sein Licht wie Vanillesoße. Eine Weile lauschten sie nur den Schakalen und sahen Pepe beim Essen zu, und schließlich fragte Goran: »Was wollen diese Typen?«
»Das ist meine Sache«, sagte Pepe.
»Oh nein«, sagte Goran und legte einen Arm um Wind, als müsste er sie beschützen. »Sie haben gesagt, du sollst *sie zu ihnen bringen*. Warum wollen sie Wind haben?«
»Wind?«, fragte Pepe. Dann begriff er. »Nein! Es geht nicht um Wind. Es geht um …« Er schüttelte den Kopf. »Egal. Ich mache es sowieso nicht.«
»Wenn wir wüssten, was sie wollen, könnten wir dir helfen«, sagte Wind sanft.
»Wir können den unsichtbaren Tiger wieder rufen«, meinte Alicia.
»Oder wir nehmen den kleinen und den großen Erwin«, sagte Jojo. »Wenn ich den kleinen Erwin fahre, sollen sie mal sehen. Ich schaufle sie einfach weg. Ich fahre sie zu Bananenmus. Ich …«
»Wa-was ist in Kisten?«, fragte Esma. »Go-Gold und Edelschein?«

Zu John-Marlons Überraschung nickte Pepe. »Da liegst du gar nicht so falsch. Sie brauchten einen Platz, um die Kisten zu lagern. Und ich habe ihnen den Keller gezeigt. Für eine kleine Miete.« Er ballte die Faust und hieb in den Sand. »Und dann habe ich einen blöden Fehler gemacht. Ich habe versucht, ihnen etwas zu verkaufen, was ich gefunden hatte. Jetzt wollen sie den Rest. Das, was ich gefunden habe, war nur ein Teil …« Er verstummte.
»Ein Teil von was?«, fragte Alicia, aber Pepe schüttelte nur den Kopf.
»Haben die Banditen etwas mit dem zu tun, der die rosa Blütenblätter verliert?«, fragte John-Marlon.
»Blütenblätter?«, fragte Pepe verwirrt.
»Vergiss es«, sagte John-Marlon.
Wind holte eine Tube und ein paar große Urwaldblätter aus ihrem Rucksack, stand auf und trat zu Pepe. »Zieh mal das T-Shirt aus«, sagte sie. Pepe gehorchte.
Sein Oberkörper war voller blauer Flecke, und an der Schulter hatte er eine große Schürfwunde, als hätte ihn jemand gegen eine raue Wand gestoßen.
»Deine Freunde sind ja nicht gerade zimperlich«, meinte Wind. Sie sahen schweigend zu, wie sie eine Paste auf die Blätter drückte und sie auf Pepes Wunden klebte. Pepe jaulte ab und zu wie die Schakale. »Du bist – au – auch nicht gerade zimperlich! Aah, verdammt! Es brennt! Was ist das überhaupt?«
»Zahnpasta«, antwortete Wind ungerührt. »Desinfiziert und kühlt. Machen alle Beduinen so.«

»Woher haben die denn Zahnpasta?«, knurrte Pepe.
»Dachtest du, in der Wüste gibt es keine Großstädte?«, fragte Wind und klebte die übrigen Blätter in Pepes Gesicht. »Abu Dhabi? Dubai? Die haben da Flughäfen, also werden sie wohl auch Supermärkte haben. Und warum soll ein Beduine nicht mal mit seinen Kamelen im Supermarkt einkaufen?«
John-Marlon fragte sich, woher sie die Namen der Städte kannte. Brachte sie sich selbst in der Schule auch Geografie bei?
Pepe strich behutsam über ein Blatt auf seiner Stirn.
»*Calotropis gigantea*«, erklärte Wind. »Kronenblume. Aus den Fasern der Stängel kann man Angelsehne machen, damit habe ich im Urwald mal einen Wal gefangen.«
»Ich werde deinen Urwald vermissen«, sagte Pepe leise. »All diese Pflanzen mit den geheimnisvollen Namen. Ihr habt gehört, was hier demnächst passiert?«
»Sie bauen ein Parkhaus«, sagte Wind.
»Aber das werden sie nicht!«, rief Alicia. »Wir hetzen ihnen den Tiger und die Erwins auf den Hals!«
»Alicia«, sagte Wind sanft. »Nach dem Sommer wird der Urwald verschwinden, dagegen gibt es kein Mittel. John-Marlon weiß das schon eine ganze Weile.«
»Wo wirst *du* dann sein?«, fragte Goran mit einer ganz ungoranhaften Verzweiflung in der Stimme. »Wenn da überall Beton ist und Autos stehen? Du kannst doch nicht zwischen den Autos wohnen!«
Doch ehe Wind etwas sagen konnte, geschah etwas Über-

raschendes. Nämlich kam jemand durch die Dunkelheit. Zuerst war es nur eine kleine Gestalt in der Mondlichtwüste, dann kam sie näher, und sie sahen das Mondlicht auf ihren grünen Mantel scheinen. Die Gestalt trug eine schwarze Tasche auf dem Rücken.
»Na, so was!«, sagte sie, als sie an das verglühende Feuer trat. »Hier sind ja eine ganze Menge Leute!«
Pepe sprang auf. »Wie-wie kommen Sie hierher?«, stotterte er verlegen.
Esma grinste.
»Ich wollte mal wieder Kaffee kaufen«, antwortete die Mantelfrau. »Wir hatten gerade eine späte Probe, meine Kollegin und ich. Es ist nicht mehr lange bis zur Aufnahme. Also, Kaffee ... Da habe ich nach Ihnen gefragt.« Sie betrachtete interessiert Pepes malerische Blattverbände. »Der Mann im Laden meinte, es wäre vielleicht gut, wenn ich mal nach Ihnen sehen würde. Und dass ich Sie im Keller finde. Aber da unten waren zwei Männer damit beschäftigt, Kisten zu schleppen. Ich habe mich hinter eine Tür gestellt, weil ich ihnen nicht begegnen wollte. Und dann ... ja, dann habe ich gesehen, wie ein dritter Mann mit einer Kiste *aus der Wand* kam. Am Ende des Kellerflurs. Ich habe noch nie einen Mann *aus* einer Wand kommen sehen. Ich war, Verzeihung, neugierig. Also habe ich gewartet, bis sie weg waren, und bin durch das Loch gestiegen. Zum Glück hatte ich eine Taschenlampe. Und schließlich bin ich in einem alten Kelleraufgang rausgekommen, mit Fledermäusen.«

»Oh«, sagte John-Marlon. »Haben Sie sich sehr erschreckt?«
»Die Fledermäuse? Ich hoffe nicht«, sagte die Mantelfrau besorgt.
»Haben Sie den unterirdischen Expresszug genommen?«, fragte Wind. »John-Marlon hat ihn erfunden.«
»Das … ist möglich«, sagte die Mantelfrau etwas verwirrt. »Er war wohl so bequem, dass ich ihn gar nicht bemerkt habe.«
»Scha-schade«, meinte Esma. »Ich wollte wissen, wi-wie innen aussieht Zug.«
Die Mantelfrau schien nachzudenken. »Ich glaube, jetzt erinnere ich mich wieder. Es gab weiche rote Polster. Und Samtvorhänge mit goldenen Troddeln. Und sie haben Tee serviert, in bunten Gläsern.«
»Schön«, flüsterte John-Marlon.
»Und was ist mit Ihnen passiert?«, fragte die Mantelfrau Pepe.
»Unwichtig«, murmelte Pepe. »Ich bin in den Händen einer guten Beduinenärztin. Soll ich Sie zurück zu Ihrer Probe begleiten, damit Sie den Weg finden?«
»Ach, dafür ist es jetzt sowieso zu spät«, meinte die Mantelfrau. »Ich habe meine Kollegin schon angerufen, aus dem … Expresszug. Wir proben morgen weiter. Wenn Wind nichts dagegen hat, würde ich mich gerne einen Moment ans Feuer setzen.«
Wind sah sie seltsam an. »Hat Pepe Ihnen erzählt, wie ich heiße?«

»Nein«, sagte die Mantelfrau. »Das sieht man doch.« Sie lächelte und holte eine Klarinette aus ihrer schwarzen Tasche. »Möglicherweise hilft ein bisschen Musik gegen die Verletzungen?«
Pepe grinste und hob die Säge auf. »Möglicherweise.«
Als Wind ihre Geige ans Kinn legte, wurden die Augen der Mantelfrau groß. »Du spielst auch? Und auf *dieser* Geige!«
»Ja«, sagte Pepe, irgendwie gequält. »Auf dieser Geige.«
Und dann spielten sie zu dritt. Die Klarinettentöne flossen in die Wüstennacht wie klares Wasser, die Säge sang, und die Geige malte bunte Farben.
John-Marlon fragte sich, ob er der Einzige war, der das Blütenblatt bemerkte. Ein zartes, zerbrechliches rosa Blütenblatt. Es lag im Sand, genau neben Winds linkem Fuß.
Es duftete höchstwahrscheinlich nach Rosenparfum. Aber die Mantelfrau, die neben John-Marlon saß, trug ein anderes Parfum.

8

Plumeria alba
TEMPELBAUM

Als John-Marlon aufwachte, war der Himmel zartrot wie ein verliebtes Mädchen in einem Bilderbuch. Nach und nach verwandelte sich das Rot in Rosa, dann in Orange und schließlich in Hellblau.

Er sah sich um. Die anderen schliefen noch.

Neben ihm lag Wind, zusammengerollt wie eine Katze. Sie lag unter einer alten braunen Decke, und auch John-Marlon war zugedeckt, genau wie alle anderen. Er war sich ziemlich sicher, dass Wind diese Decken nicht in ihrem Rucksack gehabt hatte. Er kannte sie, es waren die mit den Löchern, die gewöhnlich im Bauwagenhaus herumlagen. Jemand musste sie nachts geholt und über die Schläfer gebreitet haben.

John-Marlon setzte sich auf. Der Weg zum Bauwagenhaus war nicht besonders weit gewesen: Die Schläfer lagen zwischen Brennnesseln und zerzaustem Gras. Die Sanddünen waren fort. Auch Pepe und die Mantelfrau waren verschwunden.

Eine Weile sah John-Marlon Wind beim Träumen zu. Ihre Lippen murmelten Worte.
»Der letzte Tag … Ich habe sie nicht gestohlen! Ich muss darauf spielen, damit sie es sieht. Sie muss kommen …«
Dann verstand er nichts mehr.
Und erst jetzt fiel ihm auf, dass etwas an Winds Decke anders war: Sie war, im Gegensatz zu den anderen Decken, voller rosa Blütenblätter.
»Wind!«, flüsterte John-Marlon und berührte sie leicht an der Schulter. »Wach auf!«
Wind blinzelte verwirrt. »Ist es schon so weit?«, murmelte sie.
»Was? Was ist so weit?«, fragte John-Marlon.
»Ach … nichts.« Wind schüttelte den Kopf. »Ich habe nur geträumt.«
Dann sah sie die rosa Blütenblätter auf ihrer Decke an. Und dann sah sie John-Marlon an.
Sie wussten beide, was der andere dachte:
Diese Blätter waren eine Botschaft:
Ich war hier. Ich habe euch zugedeckt. Euch alle. Aber nur Wind werde ich mitnehmen.
Bald.
Wind schüttelte sich. Und dann umarmte sie John-Marlon kurz und fest. Als suchte sie seine Wärme. »Ich will nicht gehen«, wisperte sie. »John-Marlon, ich will nicht gehen.«
»Ich will auch nicht, dass du gehst«, flüsterte John-Marlon. »Wohin überhaupt? Weißt du das?«

Aber da wachte Esma auf und sagte: »I-ich hab Hu-hunger«, und Wind sagte: »Dann lass uns frühstücken.«
Der Moment, in dem sie sich an John-Marlon geklammert hatte, war vorüber. Jetzt stand sie neben ihm, band ihr Haar mit einem Grashalm zurück und sah unternehmungslustiger aus denn je.
»Bei mir zu Hause gibt es Kakao«, verkündete sie. »Aus unseren eigenen Kakaobohnen. Ich habe sie ausgelöst und geröstet, als ihr nicht da wart. Und in meiner alten Kaffeemühle gemahlen. Los, raus aus den Federn!« Sie zog Jojo, Alicia und Goran die Decken weg. »Zeit für die beste heiße Schokolade der Welt!«
»Woher kommen die rosa Blüten da auf dem Boden?«, fragte Alicia gähnend.
»Müssen nachts hergeweht sein«, sagte Wind. »Wollen wir mit dem kleinen Erwin zum Frühstück fahren?«

Sie kletterten alle auf den kleinen Erwin, und damit die Decken mitkamen, knoteten sie sie zu einem langen Dinosaurier-Schwanz und befestigten den an Erwin.
»Kann ich fahren?«, fragte John-Marlon.
»Ja, mach ruhig«, meinte Jojo gähnend. »Ich bin zu müde, um die Gänge zu finden.«
»Ich auch«, sagte Goran.
Alicia nickte, und Esma war sowieso zu klein, um den halb verklemmten Schalthebel zu bedienen.
»Weißt du noch, wie es geht?«, fragte Wind.
John-Marlon nickte. Der Zündschlüssel steckte im

Schloss, er brauchte ihn nur umzudrehen – und mit einem Ruck fuhr der kleine Erwin an, sodass alle durcheinandergeschüttelt wurden.
»Wer hat eigentlich das Benzin in den kleinen Erwin gefüllt?«, fragte John-Marlon, während er mit der Schaltung kämpfte.
»Pepe«, meinte Wind und zuckte die Schultern. »Er kam mit einem Kanister an. – Jetzt den dritten Gang! Kupplung durchtreten nicht vergessen!«
John-Marlon fühlte sich stolz und warm, wie durchglüht von Sonnenschein oder Sternenglanz. Er musste weder Fußball spielen noch schnell rennen, denn er konnte Bagger fahren. Die Urwaldbäume schienen sich vor ihm zu verneigen, und die Tiere verraschelten sich im Unterholz, um ihm Platz zu machen.
»Schnelleeeer!«, rief Wind plötzlich. »Sie sind hinter uns her!«
»Wer?«, fragte John-Marlon und gab Gas.
»Die Uhrmacher!«, brüllte Wind. »Die stehlen den Urwald! Stückchenweise! Um Uhren daraus zu machen!«
»Ich hab noch Wüstensand in der Tasche!«, brüllte Jojo. »Den sollen sie zu spüren kriegen!« Und er kletterte aufs Dach des kleinen Erwin und schleuderte ihren Verfolgern Hände voller Sand entgegen. Esma klammerte sich an Goran, doch ihre Augen leuchteten, und Wind rief: »Uns kriegen die nie! Faaahr, John-Marlooon!«
Und John-Marlon fuhr.
Er fuhr durch wild aufspritzende Urwaldbäche und

Schlammlöcher, wich einem Nilpferd aus – »Vorsicht, ein Nilpfeeerd!«, schrie Wind – und ratterte über eine holperige Hängebrücke – »Vorsicht, eine Brücke über einer Schluuucht!«, schrie Wind –, er umrundete steile Felsen und unterquerte einen über den Weg gestürzten Riesenbaum, und dann, endlich, sagte Wind: »Gott sei Dank. Wir sind da. Jojo? Was ist mit unseren Verfolgern?«

»Weg«, sagte Jojo. »Alle weg. Was so ein bisschen Sand doch alles ausrichten kann.«

Und er nickte, zufrieden mit sich selbst, und kletterte vom Dach des kleinen Erwin. John-Marlon drehte den Zündschlüssel herum, zog gewissenhaft die Handbremse und kletterte mit zitternden Beinen ebenfalls auf den Boden. Dann wischte er sich den Schweiß von der Stirn, rückte seine Brille zurecht und überreichte den Schlüssel Wind.

»Da-das war ka-klasse!«, sagte Esma.

Goran klopfte John-Marlon auf die Schulter. »Eine echte Rennfahrt.«

»Ach, das war gar nichts«, wehrte John-Marlon verlegen ab. »Gehen wir rein, frühstücken.«

Sie rührten alle abwechselnd in der Milch für den Frühstückskakao, und dann kochte die Milch über und tropfte in die Gasflammen des kleinen Herdes, und es roch herrlich angebrannt.

Das Kakaopulver war beinahe ebenholzschwarz. Wind bewahrte es in einer alten, leicht angerosteten Keksdose auf. Sie kippten eine ganze Menge Zucker zusätzlich in die Milch, denn so, erklärte Wind, mache man echten Kakao. Und weil alle wieder rühren wollten, gab es ein ziemliches Gedränge. Es war nur gut, dass Wind zum Rühren einen Schürhaken benutzte, denn der war lang genug, um nicht im Topf zu versinken. Mehrere Katzen hoben neugierig ihre Nasen, um etwas von der Milch abzubekommen.

»Woher kriegst du die eigentlich, die Milch?«, fragte Alicia.

»Ich melke selbst«, antwortete Wind, während sie den Kakao mit einem Schuh in lauter unterschiedliche kaputte Tassen schöpfte.

»Was für Tiere denn?«

»Kommt darauf an, wer gerade da ist«, sagte Wind. »Gestern war es ein Warzenschwein.«
Alicia machte ein angeekeltes Gesicht, und Wind lachte und sagte: »Aber danach habe ich auf einer Urwaldstraße noch eine streunende indische Kuh getroffen, die gab mehr her.«
Dann kletterten sie alle auf die Dachterrasse mit dem Dach aus Blättern und tranken den Kakao. Man schmeckte genau, wie liebevoll Wind diese Kakaopflanzen gepflegt hatte.
Wind pflückte eine Blüte von einem nahen Ast: eine weiße Blüte mit fünf dicken Blütenblättern, die im Kreis herum wuchsen wie Windmühlenblätter.
»Letzten Winter habe ich diesem Tempelbaum hier auch manchmal heißen Kakao gekocht«, sagte sie. »*Plumeria alba.* Der friert dauernd, weil er aus Indien kommt. Genau wie die südamerikanischen Meerkatzen, denen ich zu Weihnachten Pullover gestrickt habe. Im nächsten Winter könnten wir …« Sie brach ab. »Es ist gleich halb acht. Ihr solltet zur Schule, oder?«
Und da fiel es John-Marlon ein.
Seine Mutter wusste nicht, wo er war.
Er war die ganze Nacht weg gewesen, und sie wusste nicht, wo er war. Er hatte sie nicht angerufen. Er hätte sie gar nicht anrufen können, sein Handy lag zu Hause.
Aber natürlich kann man sich zum Anrufen auch ein Handy leihen.
Er sah die anderen an. Auf einmal war ihm ganz schlecht.

»Wissen eure Eltern …?«, begann er.
Goran nickte. »Klar. Ich hab denen gestern Abend geschrieben, dass wir bei einem Freund übernachten. Einem deutschen Freund aus der Schule. Da haben die nichts dagegen.«
»Ich hab meinen Eltern geschrieben, ich bin bei Max aus meiner Mathe-Fördergruppe«, sagte Jojo. »Hab ich gemacht, als wir auf den Kamelen waren.«
»Meine Eltern hatten gestern Abend beide einen Auftritt«, sagte Alicia. »Und Mama wollte unbedingt einen Babysitter für Britta haben, nicht nur mich. Der Babysitter wusste bestimmt nur, dass er das Baby sitten soll. Von mir haben die garantiert gar nicht gesprochen, also hat mich auch keiner vermisst.«
»Shit«, flüsterte John-Marlon. »Ich muss gehen. Sofort. Meine Mutter hat sich bestimmt furchtbare Sorgen gemacht …«

Wind begleitete sie noch bis zum Zaun, wo die Latte jetzt wieder so lose war wie immer.
»Nächste Woche fangen eure Sommerferien an«, sagte Wind.
»Mittwoch ist der letzte Schultag«, sagte Jojo und machte einen vorfreudigen Luftsprung. »Abschlussfest und alles.«
»Tja, dann«, sagte Wind.
Sie hatte noch nie so »Tja, dann« gesagt. Sie hatte noch nie so gezögert. Sie hatte sie auch noch nie zum Zaun begleitet.

»Was denkst du?«, fragte John-Marlon. Er wollte dringend gehen, rennen am besten, zu seiner Mutter. Aber Winds Nachdenklichkeit hielt ihn zurück.
»Ich denke, dass wir eigentlich noch mal mit einem regenbogenfarbenen Heißluftballon fliegen sollten«, sagte sie. »Und in der Krone des höchsten Urwaldriesen Tischtennis spielen. Auf Wildpferden durch die Prärie reiten. Und mitten im Urwald einen Jahrmarkt mit einem Kettenkarussell finden. Und … Wir haben so viele Sachen noch überhaupt nicht gemacht!«
Ihr Gesicht sah seltsam aus. Als hätte sie Schmerzen. Als zerrisse es sie innerlich.
»Wir können das doch alles noch machen!«, sagte Alicia.
»Natürlich«, sagte Jojo.
Da griff Wind in ihre Tasche, holte eine Handvoll weißer Tempelbaumblüten heraus und ließ sie zu Boden schweben wie Schneeflocken. »Ja«, sagte sie. »Das alles wird passieren. Die Ballonfahrt und der Wildpferderitt und die Karussellfahrt. Bald.«
Ohne mich.
Sie sagte das nicht, aber John-Marlon hörte es trotzdem. Er hob eine Blüte auf und steckte sie ein, und da taten alle anderen dasselbe. Es war wie ein Ritual, von dem keiner wusste, was es bedeutete.
»Sie bauen ein Parkhaus«, sagte John-Marlon leise. »Wir haben nicht drüber gesprochen, aber es lässt sich nicht verhindern, oder? Sie werden es bauen.«
»Ach was«, sagte Wind, genauso leise. »Geht jetzt. Sie

warten doch alle auf euch, da draußen.« Und sie drehte sich um, um wieder in ihrem Urwald zu verschwinden.

John-Marlon kroch als Erster durch das Loch im Zaun.
Und rannte.
So schnell er konnte. Nach Hause.

Zehn Minuten vor acht. Er klingelte Sturm.
Die Stimme seiner Mutter in der Gegensprechanlage klang heiser. »Ja?«
»Ich bin's«, sagte John-Marlon. »Ich wollte nur schon mal klingeln, ich hab ja den Schlüssel, ich hatte, glaub ich, vergessen, dir zu sagen, dass ich woanders übernachtet habe.«
»John-Marlon!«, rief seine Mutter. »Wo warst du? Wir haben überall nach dir gesucht und –«
Mehr hörte John-Marlon nicht, er war jetzt schon im Haus, raste die Treppe hinauf und stand gleich darauf schwer atmend oben vor der Tür. Die schon offen war. Seine Mutter nahm ihn fest in die Arme.
»Ich war bei einem Freund«, sagte John-Marlon, was man aber nicht gut hörte, da seine Mutter sein Gesicht an ihren Pullover presste, es klang mehr wie »Chwrmpffnd.«
Schließlich zog sie ihn in die Küche, wo sie ihn auf einen Stuhl drückte. Dann stemmte sie die Arme in die Seiten und funkelte ihn mit verheulten, blitzenden Augen an wie ein verwirrter Löwe, der nicht weiß, ob er nun beißen oder schnurren soll.

»Mach das nie wieder!«, sagte sie. »Hörst du? Nie, nie wieder. Die Polizei sucht dich. Papa sucht dich. Oma und Opa Berlin suchen dich, und Oma Polen sitzt zu Hause und betet, dass dir nichts passiert ist. Ich habe sämtliche Schulfreunde von dir angerufen …«

»Also niemanden«, sagte John-Marlon.

»Also alle in deiner Klasse«, sagte seine Mutter. »Deine Lehrerin hat mir die Nummern gegeben. Ich dachte, vielleicht bist du bei einem von ihnen. *Wo warst du?*«

»Ich habe in der Wüste übernachtet«, sagte John-Marlon. »An einem Lagerfeuer. Es war sehr gemütlich und gar nicht gefährlich. Also, wenn man von dem unsichtbaren Tiger und den Banditen im Brunnen absieht, aber der Tiger war ja unserer, und die Banditen haben wir verjagt, und ich bin eine wahnsinnig steile Sanddüne hinuntergerutscht. Weißt du, es ging einfach alles so schnell. Wir sind in den Keller, und dann war da der Zug, ein Expresszug, innen mit roten Polstern und Tee, und fast hätte er uns erwischt. Die Frau mit dem grünen Mantel saß darin. Nein, ich glaube, sie hat einen späteren genommen. Ich habe an dich gedacht. Ich habe gedacht, wie dir das alles gefallen würde, wenn du dabei wärst. Als Kind.«

Da kam seine Mutter um den Tisch herum, kniete sich vor ihn, nahm sein Gesicht in beide Hände und sagte ernst: »Wir müssen reden, John-Marlon. Über alles. Darüber, wo du wirklich warst. Diese Geschichten sind wunderbar, und die Freunde, die du dir ausdenkst, auch. Aber ich muss wissen, was passiert ist. Und was über-

haupt los ist mit dir im Moment. Und jetzt muss ich die Polizei anrufen, damit sie aufhört, nach dir zu suchen, und deinen Vater und Oma und Opa Berlin und Oma Polen und deine Lehrerin.«
»Und den Papst und den Präsidenten«, sagte John-Marlon, weil er dachte, dass Jojo oder Wind das gesagt hätten.
»Wie?«
»Nichts«, murmelte John-Marlon, »ruf ruhig alle an. Ich geh los zur Schule.«
»Heute nicht«, sagte seine Mutter entschieden. »Ich nehme mir frei, und wir reden.«

Aber sie redeten nicht.
Denn nachdem John-Marlons Mutter die Polizei und die Omas und Opas informiert hatte, schrie sie am Telefon John-Marlons Vater an, und das dauerte. John-Marlon verzog sich in sein kleines Zimmer mit der Schräge, kauerte sich aufs Bett und zog die Decke bis ans Kinn, obwohl es Sommer war und auch nicht Nacht. Er hörte, wie seine Mutter in der Wohnung auf und ab lief und schrie und zwischendurch ins Telefon lauschte, da schrie vermutlich sein Vater.
»Es ist doch immer das Gleiche!«, schrie sie. »Dienstag ist *euer* Tag, und dann hast du plötzlich eine Sitzung oder eine Verabredung oder ... Er kann nicht einfach verschwinden, während er mit dir zusammen sein sollte! Er hätte tot sein können! Überfahren! Entführt! Ermordet! Berlin ist eine Großstadt, falls es dir noch nicht aufge-

fallen ist! Was? *Jetzt?* Ist dir die Firma wichtiger als dein Sohn? Er ist völlig verwirrt, er erzählt seit Wochen komische Sachen … Vielleicht sollten wir eine Psychologen … In den Ferien … Surfen? Und *das* soll dann helfen? Mit wem? Na prima. Damit John-Marlon sich dann als fünftes Rad am Wagen fühlt. Weißt du, was du mich kannst?« Und sie knallte das Telefon auf den Boden, sodass John-Marlon genau hörte, wie die Batterien rausflogen. Dann hörte er sie weinen. Sie weinte ganz alleine in der Küche, und er wollte so gerne zu ihr gehen und sie trösten, aber er wusste nicht, ob es richtig war.

Er war schuld daran, dass sie weinte. Wenn er sportlicher und cooler gewesen wäre, wäre sein Vater an den Dienstagen bei ihm geblieben, auch gestern. Dann wäre nichts von alledem passiert. Und wie hatte er einfach vergessen können, abends nach Hause zu gehen? »Ich bin ein schlechter Mensch«, sagte John-Marlon zur Schrägwand. »Ich nütze keinem was.«

»Nein«, sagte seine Mutter, und er merkte erst jetzt, dass sie hereingekommen war.

»Doch«, sagte John-Marlon, legte sich auf den Bauch und vergrub das Gesicht in der Matratze. Er spürte, wie seine Mutter sein Haar streichelte, und da musste er auf einmal heulen. »Es tut mir leid«, sagte er, matratzengedämpft, sodass es klang wie »S-tt-mrlp.«

»Ich hab dich lieb«, sagte seine Mutter. »John-Marlon. Du bist der wunderbarste Mensch, den ich kenne. Bitte. Erzähl mir jetzt, wo du wirklich warst.«

»Aber das habe ich. Ich war bei Wind.«
»John-Marlon. Wind ist ausgedacht. Hat irgendwer dich überredet, mit ihm mitzugehen? Ein Erwachsener?«
»Nein. Ich würde nie mit einem Erwachsenen mitgehen, das weißt du doch.« Er sah auf. »Höchstens vielleicht mit Pepe oder der Mantelfrau. Aber es ist ja umgekehrt. Pepe geht mit uns mit. Meistens.«
»*Wer? Ist? Pepe?*« Sie sah jetzt so ernst aus wie fast noch nie in John-Marlons ganzem Leben.
»Nur ein kleines Licht, würden die Wüstenbanditen sagen. Er fälscht sich selbst als Parkmieze. Und er hat eine Million Jobs, die alle nicht ganz erlaubt sind, aber er ist eigentlich nett. Er kann auf einer Säge spielen. Und er hat uns schon ziemlich oft gerettet. Gestern war es allerdings umgekehrt, da haben wir ihn gerettet. Aus dem Brunnen. Diese Banditen haben ihn ganz schön zugerichtet. Sie wollen, dass Pepe ihnen irgendwas liefert, was er nicht liefern will. Und sie sagen, es wird ein Parkhaus gebaut. Auf dem Urwald. Wind … Sie hat heute Morgen so geredet, als wäre es ein Abschied«, wisperte John-Marlon. »Und da waren alle diese Blütenblätter. Ihr Verfolger kommt sie holen. Bald.«
Er schlang die Arme um seine Mutter, und sie hielt ihn, während er weinte, und ließ die Tränen in ihren Pullover laufen.
»Vielleicht ist es besser, du schläfst jetzt«, flüsterte sie. »Ruh dich aus. Und wenn du aufwachst, erzählst du mir die wahre Geschichte. Auch wenn sie nicht so schön

ist, nicht mit Wüste und Rettungen, ja? John-Marlon, du kommst nächstes Jahr in die sechste Klasse. Du musst irgendwie zurückfinden, zu uns, in die Realität.«

»Aber … ich kann es beweisen!« Er holte die Blüte des Tempelbaums aus der Tasche und legte sie auf die Bettdecke. »Hier. *Plumeria alba*. Wächst nur in Indien und in Winds Urwald. Sie macht im Winter heiße Schokolade für den Baum.«

Seine Mutter legte ihm den Finger auf die Lippen. »Schsch, schsch. Du solltest jetzt wirklich ein bisschen schlafen. Es war etwas zu viel Aufregung für uns alle.«

Sie löste John-Marlons Arme von sich und legte ihn sanft zurück in die Kissen.

»Ist gut«, sagte John-Marlon.

Aber er war nicht müde. Als sie ging, lag er mit offenen Augen da und starrte an die Decke. Und begriff, langsam und schmerzhaft, dass sie ihm niemals glauben würde. Weil sie irgendwann damit aufgehört hatte, ein Kind zu sein. Sie hatte alle erfundenen Welten verlassen. Wie trist und grau musste es sein, dachte er, in der Welt, die ihr blieb.

John-Marlon ging den Rest der Woche nicht zur Schule. Seine Mutter schleppte ihn zum Kinderarzt, der nett und einfühlsam mit ihm sprach und ihn zu einem anderen Arzt schickte, der nett und einfühlsam ein Brettspiel mit ihm spielte. Dann sagte er, er hätte erst in einem Jahr einen freien Therapieplatz.

»Wieso denn Therapieplatz?«, fragte John-Marlon. »Ich bin doch nicht Jojo und muss zur Ergotherapie? Ich kann doch rechnen und schreiben, und ich hample auch nicht die ganze Zeit rum. Ich bin nur in Sport schlecht, braucht man da neuerdings auch eine Therapie? Läuft man davon schneller?«

Der Arzt lachte. »Die Therapie wäre eher für den Kopf als für die Beine«, sagte er.

»Falls Sie das denken, ich spinne nicht oder so«, sagte John-Marlon sauer. »Und ich bin auch nicht arm und vereinsamt. Ich habe Freunde. Jede Menge.«

»Ich würde sie gerne kennenlernen«, sagte seine Mutter.

»Wo wohnen sie denn?«, fragte der Arzt.

»Das weiß ich nicht«, sagte John-Marlon. »Wir haben uns doch immer im Dschungel getroffen.«

»Und wie kommt man hin? In den Dschungel?«

»Ich glaube, das darf ich nicht sagen«, meinte John-Marlon, denn langsam reichte es ihm. »Ich hätte gar nichts verraten sollen. Schön blöd, dass ich's getan habe. Jetzt denkt ihr, ich hätte sie nicht mehr alle.«

Er verkroch sich den Rest des Tages wieder in seiner Dachzimmerhöhle, in der sich leider die Sommerhitze sammelte wie in einem Ofen. Er wünschte, er hätte ein Ritual gekannt, um Wind herbeizuzaubern. Irgendeinen Indio-Tanz. Damit sie kam und seiner Mutter alles erklärte. Doch magische Rituale konnte nur Wind durchführen, und auch nur in ihrem Urwald.

Und dorthin ließ ihn seine Mutter nicht mehr gehen.

Sie ließ ihn überhaupt nicht mehr alleine aus dem Haus. Was um alles in der Welt, glaubte sie, war in der Wüstennacht geschehen? Es war zum Verzweifeln.

Am Montag ging er wieder zur Schule. Seine Mutter brachte ihn hin.
Fin fragte ihn tausendmal, was los gewesen wäre. Alle wollten das wissen. Immerhin hatte John-Marlons Mutter alle angerufen, als sie gedacht hatte, er wäre vielleicht bei einem Freund. Und offenbar hatte die Klassenlehrerin ein ernstes Gespräch mit ihnen geführt – darüber, dass eigentlich keiner John-Marlons Freund war.
Sie guckten alle gleichzeitig argwöhnisch und mitleidig, so als hätte John-Marlon eine tödliche Krankheit.
»Ich war einfach nur mit ein paar Kumpels zusammen«, sagte er in der Pause zu Fin.
»Was denn für Kumpels?«, fragte Fin, und alle anderen machten ihre Ohren elefantengroß, um die Antwort zu hören.
»Jojo und Goran und Esma …«
»Klingt nach Zigeunern«, bemerkte Felix.
» … und Alicia und Wind.«
»Wind?«, echoten die anderen.
»Ja. Sie heißt eben so.«
»Wie heißt sie denn mit Nachnamen?«, fragte Fin. »Hose?«
Alle lachten.
»Wenn ihr sie sehen würdet, würdet ihr nicht mehr la-

chen«, sagte John-Marlon. »Wind ist cooler als ihr alle zusammen. Ihr …« Er ging einen Schritt zurück, weil die anderen in ihrer Neugier so unangenehm nahe standen. Blöderweise stand er jetzt mit dem Rücken an der Schulhofmauer. »Ihr erfüllt nur alle den ganzen Tag Erwartungen! Wind macht, was sie will. Und sie kann Geige spielen wie der Teufel und zähmt Fledermäuse und schöpft den Kakao mit einem Schuh aus dem Topf, wenn es ihr passt.«

Er verschränkte die Arme. Die anderen starrten ihn an.

»Vielleicht sind manche Sachen ausgedacht«, fuhr John-Marlon fort. Es war, als hielte er eine kleine Rede, und er fand sich gar nicht schlecht. »Die Wüste und das Meer, auf dem wir den Sturm überlebt haben. Und der Indio-Tempel mit dem Allerheiligsten unter der Erde. Aber Wind gibt es. Und ihr Bauwagenhaus auch. Überhaupt kann man wunderbar in erfundenen Welten leben. Es ist, wie wenn man Computer spielt. Das ist ja auch nicht echt.«

Die anderen starrten immer noch, schweigend. *Jetzt*, dachte John-Marlon. *Jetzt klatschen sie.* Fin hob ganz langsam die Hand – und nahm John-Marlon die Brille aus dem Gesicht.

»Du solltest dir mal 'ne neue besorgen«, sagte er laut. »Durch die hier scheint man ja nur Unsinn zu sehen.«

Da lachten alle wieder, und Fin hob die Brille hoch, sodass John-Marlon nicht drankam, obwohl er hochhüpfte, und er spürte, wie ihm dumme, heiße Tränen in die Augen stiegen.

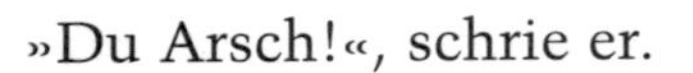

»Du Arsch!«, schrie er.
»Gib die her!«
Er sah die Lehrerin über den Hof kommen. Er sah, wie sie losrannte, um ihn zu retten.
Er wollte nicht gerettet werden.
Er war doch der, der sich um die anderen kümmern sollte, wenn Wind nicht mehr da war. Der, der den Expresszug im Tunnel erfunden hatte. Der, dem Wind am meisten vertraute.
»Sie hat mir auch Auto fahren beigebracht!«, rief John-Marlon. »Ich kann's beweisen!«
Und da hörten die anderen auf zu lachen. Fin ließ den Arm sinken.
»Eeecht?«, fragte Fin gedehnt. »Na, dann wollen wir das demnächst mal sehen, was?«
Alle nickten, und dann war die Lehrerin da, und Fin gab John-Marlon etwas eilig seine Brille zurück.
»Beweis es«, zischte er leise.
Da legte die Lehrerin John-Marlon eine Hand auf die Schulter und führte ihn mit sich durch die Menge.
»Sie müssen mich nicht retten«, sagte John-Marlon. »Keiner tut mir was.«
»Es ist trotzdem besser, du kommst jetzt mit rein«, sagte sie. »Die Pause ist sowieso vorbei.«

Und dann geschah etwas Wunderbares. Nie hätte John-Marlon gedacht, dass er das Glück einmal so sehr auf

seiner Seite haben würde. Als er nach dem Unterricht über den Schulhof ging, stand sein Vater auf dem Hof und strahlte.
»Aber es ist Montag«, sagte John-Marlon verwundert. »Nicht Dienstag. Dienstag ist Vatertag. Du hast montags keine Zeit.«
»Heute habe ich Zeit«, sagte sein Vater. »Und ich wollte kurz mit deiner Lehrerin reden.«
»Ach so«, knurrte John-Marlon. »Deshalb. Aber ich sag es dir gleich: Ich bin nicht verrückt, und man muss mich nicht retten.«
»Ich wollte einfach nur so mit ihr reden«, sagte sein Vater ausweichend. »Wartest du hier auf mich? Danach gehen wir zum Pizza-Dings, und wir können über die Sommerferien reden.« Er zwinkerte. »Ich hab die Surf-Ausrüstung für dich schon besorgt.« Er hob die Faust, um sie gegen John-Marlons Faust zu klicken, und diesmal machte John-Marlon mit, obwohl er es ein bisschen lächerlich fand. Er spürte, dass eine Menge Leute ihn ansahen.
»Kannst dich ja schon mal ins Auto setzen und Radio hören«, sagte sein Vater und warf ihm den Autoschlüssel zu. John-Marlon fing ihn nicht, er musste ihn aufheben, und er hörte jemanden lachten.
Er hatte keine Lust, sich in ein stickiges Auto zu setzen. Stattdessen lehnte er sich draußen an die Schulmauer und dachte an kühle Urwaldseen und den Schatten grüner Baumriesen und seufzte. Die Sonne glänzte auf den

heißen Kühlerhauben der Eltern-Autos, die in einer langen Schlange vor der Schule standen.
Fast genau vor dem Schultor stand der Wagen seines Vaters. Im Parkverbot. Es sah angeberisch aus, wie er da stand, dieser rote, frisch geputzte Porsche, den sein Vater so liebte und den er sich eigentlich gar nicht leisten konnte. Er war noch immer nicht abbezahlt.
Und dann sah John-Marlon zwei Dinge gleichzeitig: Er sah, dass jemand um die Ecke kam und auf die wartenden Autos zusteuerte, jemand in Parkmiezen-Uniform. Pepe. Er hielt einen Stift und einen Block mit Strafzetteln in der Hand.
Das Zweite, was John-Marlon sah, war Fin. Fin stand mit ein paar anderen zusammen und wartete offenbar auf einen Abholer. Er und die anderen tuschelten und guckten zu John-Marlon herüber.
Einen Moment lang dachte er an Esma und den Typen aus ihrer Schule.
Und wie sie es dem gezeigt hatten, in der realen Welt, ganz ohne Magie. Wenn man nur mutig genug war, ging es. Wenn man aufhörte, Erwartungen zu erfüllen.
Fin erwartete von John-Marlon, dass er zu feige war, um etwas Verbotenes zu tun.
Sein Vater erwartete von John-Marlon, dass er brav war und auf ihn wartete.
Dass er sich immer mit allem abfand.
John-Marlon holte tief Luft. In ihm gab es eine kleine pulsierende Blase aus Wut und Kampfgeist. Sie wurde

größer und größer … Seine Schritte trugen ihn zu dem gut geputzten roten Porsche. Und dann platzte die Blase, und er öffnete die Tür.
Die Fahrertür.
Und steckte den Schlüssel ins Zündschloss.
Er sah zu Fin und den anderen hinüber. Ja, sie guckten.
»Wind«, flüsterte John-Marlon. »Ich mach's. Es kann nicht schwerer sein als beim kleinen Erwin.«
Er sah die Straße entlang. Im Moment war kein anderes Auto unterwegs. Und noch hatte keiner von den Erwachsenen etwas gemerkt, sie waren alle zu sehr damit beschäftigt, Schulranzen zu verstauen, keinen Hitzschlag zu bekommen, Schlüssel zu suchen. Nur Pepe hatte den Kopf gewandt.
John-Marlon grinste ihm zu. Dann drehte er den Schlüssel herum und ließ den Wagen an.
Er würde aus der verbotenen Parklücke fahren, ein Stück die Straße entlang, und dann ein paar Autos weiter wieder einparken. Da war eine andere Lücke, eine erlaubte. Sein Vater konnte ihm dankbar sein, dass er keinen Strafzettel bekam.
Und Fin hätte seinen Beweis.
Es war perfekt, wirklich.
Noch einmal rückte John-Marlon seine Brille zurecht. Leider konnte er im Rückspiegel nichts sehen, aber er wollte ja nicht rückwärtsfahren.
Er trat die Kupplung durch, legte den ersten Gang ein – es war viel leichter als bei der eingerosteten Schaltung

des kleinen Erwin, es flutschte sozusagen. Dummerweise kam John-Marlon schlecht an die Pedale, er musste sehr weit im Sitz nach unten rutschen, sodass er noch schlechter sah. Na ja, irgendwas ist immer.

John-Marlon kurbelte das Lenkrad herum – und gab Gas. Der Wagen schoss aus der Parklücke, und John-Marlon schaffte es gerade so, den zweiten Gang einzulegen. Da! Da war schon die Parklücke! Er musste lenken und irgendwie auch bremsen, er spürte Schweißtrofen auf seiner Stirn. Ja, so ungefähr, in die Parklücke hinein … Es roch komisch. Verbrannt. Verdammt, die Handbremse! Er hatte die Handbremse gar nicht gelöst! Er fummelte mit der Bremse *und* der Schaltung herum, Himmel, wie machten die Leute das alles gleichzeitig? Da hupte jemand, der ausparkte. Jemand, der ihm in die Quere kommen würde. Er hatte die Übersicht über Richtungen und Autos verloren, er sah zu wenig, jetzt stotterte der Motor, und am besten war es wohl, er bliebe einfach stehen – also bremste John-Marlon. Er musste jedoch etwas verwechselt haben, denn der Wagen machte einen Satz nach vorn, holperte auf den Bürgersteig – und dann fuhr der rote Porsche mit einem Krachen und Scheppern und Klirren gegen die Schulmauer.

John-Marlon sah, wie die Kühlerhaube sich einfaltete, ähnlich einer großen roten Ziehharmonika. Wie die Autoschnauze sich verkürzte. Wie sich etwas riesiges Weißes vor ihm entfaltete. Es gab einen ohrenbetäubenden Knall, der das Klirren der Frontscheibe übertönte.

Der Airbag.
Er fand sich eingequetscht zwischen dem Sitz und weißem Gummi, die Luft war voll von Talkumpuder wie von Schnee, und John-Marlons Gesicht fühlte sich an, als hätte er mehrere Ohrfeigen bekommen.
Raus. Er musste hier raus.
Es war alles schiefgegangen.
Er schaffte es, sich zwischen Airbag und Sitzpolster hervorzuwinden, die verklemmte Tür zu öffnen – und stand auf der Straße.
Er spürte, dass seine Nase blutete.
Die übrige Welt stand völlig eingefroren da, niemand rührte sich – weder Fin und seine Freunde noch Pepe. Sogar das Auto, das John-Marlon beinahe in die Quere gekommen wäre, stand jetzt still.
Vielleicht war die Zeit stehen geblieben.
Er sah den Porsche an. Den Stolz seines Vaters. Rot, metallisch glänzend, frisch geputzt.
Eingefaltet wie ein Fächer.
Das war's, dachte John-Marlon.
Er hatte alles zerstört.
Er würde nicht mit seinem Vater in den Urlaub fahren. Aber er konnte auch nicht zurück nach Hause. Er konnte seiner Mutter unmöglich beichten, dass er den Wagen seines Vaters zu Schrott gefahren hatte. Und er konnte nie wieder seiner Lehrerin in die Augen sehen. Man musste ihn nicht retten? Haha.
Er konnte auch nie mehr einen Raum betreten, in dem

Fin und die anderen sich befanden. Sie würden ihn nicht einmal ansehen vor lauter Verachtung.
Er war zu nichts zu gebrauchen. Zu gar nichts.
Nicht zum Fußballspielen, nicht zum Surfen, nicht zum Joggen. Noch nicht mal zum Autofahren.
Er konnte nur eines: sich Dinge ausdenken wie Züge und Tunnel und Abenteuer. In einer erfundenen Welt.

Er rannte.
Machte einen Umweg, schlug Haken, damit niemand ihm folgen konnte, rannte weiter.
Die leuchtend bunten Plakate für Konzerte, Kino, wunderbare Ferienereignisse strahlten ihm entgegen. Aber er würde ihre Welt verlassen. Er schob die lose Latte beiseite.
Dann stand er keuchend im wohltuenden grünen Schatten der Bäume.
Er hinterließ eine rote Tropfenspur aus Nasenbluten, als er den Pfad entlangging.
»Wind«, sagte er laut, für den Fall, dass sie ihn hörte, auf ihre unerklärliche Art. »Wind, ich komme zu dir. Egal, wohin du nach sechs Uhr gehst. Egal, wohin du nach diesem Sommer gehst. Ich gehe mit. Ich kann nie wieder zurück.«

Aber als John-Marlon beim Bauwagenhaus ankam, war niemand dort. Der Tempelbaum streute seine weißen, süß duftenden Blüten leise auf die Dachterrasse.

Auf dem Schaukelstuhl lagen sauber gefaltet Winds Kleider: das uralte graue Hemd mit den schwarzen Streifen und die zerrissene Jeans.
Darauf, beschwert mit einer rostigen alten Schraube, lag ein Blatt Papier.
Ich bin fort, stand darauf. *Sucht mich nicht. Ihr könnt mich nicht finden.*
Es war eine wunderschöne Zeit mit euch.
Und auf irgendeine Weise werde ich immer bei euch sein.
Denkt daran, die Katzen zu füttern, bis sie das Parkhaus bauen.
Ade.
Wind.

9

Vanilla planifolia
ECHTE VANILLE

Die Nacht legte sich sanft über den Urwald, erst war sie himbeerrot mit Tinte, dann Blau mit einem Schuss Milch und schließlich tiefdunkel wie Samt, auf dem die Sterne glitzerten wie Diamanten auf einem Geigenbogen. John-Marlon sah das alles von einer Birke aus, in die er geklettert war. Die Birke stand ungefähr dort, wo einmal der Mammutbaum gestanden hatte, und sie war der höchste Baum des Urwalds. John-Marlon war ganz alleine hinaufgeklettert, keuchend und vermutlich unelegant. Jetzt saß er in einer Astgabel und fühlte sich seltsam.

Einerseits fühlte er sich schrecklich, denn er konnte nie wieder nach Hause zurück, *und* Wind war fort. Er war ganz allein.

Andererseits fühlte er sich merkwürdig erhaben. Er war ein Teil der Nacht im Urwald, und die Nacht im Urwald war großartig, wunderschön, abenteuerlich und wild.

Sie würde werden, was sie wollte – eine Wüstennacht

oder eine Ozeannacht, eine Sturmnacht oder eine Nacht voller Meteoritenschauer.
Je länger er so da saß, desto mehr fühlte sich John-Marlon erhaben und desto weniger schrecklich. Der Wind schaukelte die Zweige, ihm war ein wenig schwindelig, ein wenig wie betrunken.
Schließlich stand er auf, hielt sich am Birkenstamm fest und rief in die Nacht: »Ich! Bin! Hier!« Ein paar Urwaldtierchen flatterten auf, Fledermäuse vielleicht oder Vögel – oder ein paar kleine Drachen. »Ich bin hier, und ich bin frei! Keiner kann mir irgendwas befehlen!«
Eigentlich rief er nicht wirklich. Es war ein Flüster-Rufen. Denn wenn jemand jenseits des Zauns ihn hörte, war es natürlich vorbei mit der Freiheit.
»Ich bin jetzt wie du, Wind«, flüsterte er. »Ich darf mich nicht fangen lassen.«
In diesem Moment fiel eine Sternschnuppe vom Himmel, ein weißer Streifen im Samtschwarz, und John-Marlon kniff die Augen zu und wünschte. Aber weil er so eilig wünschen musste, war sein Wunsch nur ein Wort. »Wind –«
Er wusste selbst nicht genau, was er damit meinte: Ob er sich wünschte, so selbstständig zu werden wie Wind oder dass es Wind gut ging oder dass Wind wiederkam. Sternschnuppen, fand er, sollten wirklich eine Vorwarnung schicken, damit man seine Wünsche anständig überdenken konnte.
»Wind … Wind …«, echote die Nacht.

Und dann kam Wind auf.
»Moment«, sagte John-Marlon.
Die Brise wurde stärker, sie bog die Zweige der Büsche und legte das lange Gras auf den Boden, die Sterne verschwanden hinter dicken Wolken, die der Wind gleich wieder zerfetzte; das Mondlicht fiel hindurch wie Taschentuchfussel. Auf einmal fror John-Marlon. Der Wind trug Regen in seinem Atem. Vielleicht wollte er ein Sturm werden wie der auf dem Ozean, damals.
John-Marlon kletterte vom Baum und lief im wippenden, wirren Spiel aus Mondlicht und Wolkenschatten zurück durch den Dschungel. Als er ankam, regnete es richtig, und die Böen pfiffen ihm nur so um die Ohren.
»So habe ich das mit dem Wind doch nicht gemeint!«, rief er ärgerlich. »Und von Regen habe ich überhaupt nichts gesagt!«
Er zog den Schaukelstuhl herein und warf die Tür des Bauwagens zu, aber jetzt stand er im Dunkeln. Und da war etwas, in der Dunkelheit.
Da war ein Atmen. Da waren Blicke.
Dann sah er sie: Er sah die *Augen*. Sie spiegelten das wenige Licht wider, das sich doch hereinstahl, vervielfältigten es und glühten ihn golden an. Drei Paar Augen.
»Ich … ich … wer ist da?«, flüsterte John-Marlon.
Draußen heulte der Wind.
»Wer seid ihr?«, wisperte John-Marlon, kaum mehr hörbar jetzt.
Er hörte etwas wie ein Schnurren, und da fiel es ihm ein.

Der unsichtbare Tiger. Es mussten mehrere sein, mehrere unsichtbare Tiger, aber in der Dunkelheit waren ihre Augen sichtbar.
»Wind hat einen von euch gezähmt«, sagte er, etwas lauter. »Du, gezähmter Tiger! Du musst den anderen erklären, wie es ist, gezähmt zu sein. Man frisst keine Menschen. Sie … sie sind auch fusselig, mit den Kleidern und allem.«
Die Augen schlossen sich kurz, es war wie ein Nicken, doch gleich darauf spürte John-Marlon etwas Warmes, Pelziges, das sich gegen ihn drückte: riesige Körper, schnurrend, aber sprungbereit. Seine Hände waren feucht vor Nervosität.
Er griff in die Hosentasche, obwohl er wusste, dass darin nicht zufällig eine Waffe gegen Tiger steckte, aber es schadete ja nichts, nachzusehen … Und da fand er das Blütenblatt des Tempelbaums. Vielleicht war es magisch. Es *musste* magisch sein.
Er zerquetschte es in seiner Hand, bis er den Saft spürte. »Kraft der Blütenmagie verwandle ich euch«, sagte John-Marlon. »In … etwas kleines Harmloses. Teelöffel? Handtuchhalter? Radiergummis?«
Die pelzige Berührung verschwand.
John-Marlon atmete auf.
Er brauchte Licht. Er musste sehen, in was er die Tiger verwandelt hatte. Er tastete sich vorwärts, fasste in einen Kaktus und fand auf dem Ofen eine Streichholzschachtel und eine alte Flasche mit einer Kerze darauf.

Erst nachdem er die Kerze angezündet hatte, drehte er sich um.
Auf dem bunten Flickenteppich zu seinen Füßen saßen drei streunende Katzen.
»Katzen!«, flüsterte John-Marlon und lachte. »Ich habe euch in Katzen verwandelt! Na, ein Glück für euch.« Er bückte sich, um eine der Katzen zu streicheln, die ihm nun nur noch bis zur Hälfte des Schienbeins reichte. »Wart ihr immer nachts Tiger?«, fragte er. »Und wir wussten es nur nicht?« Dann sah er sich um. »Sagt mal … ich darf doch sicher in Winds Bett schlafen?«
»Morrauuuu«, antworteten die Katzen. John-Marlon verstand erst eine halbe Stunde später, was sie meinten. Nämlich nachdem er das gesamte Bauwagenhaus abgesucht hatte.
Es gab kein Bett. Es war ihm einfach nie aufgefallen, aber da *war kein Bett*, nicht einmal eine kaputte Matratze. Wind hatte nie hier geschlafen.
Wohin geht Wind nach sechs Uhr?
Noch tiefer in den Urwald …
John-Marlon schauderte.
Auf dem kleinen Tischchen lag aufgeschlagen Winds Botanikbuch, sie hatte sich offenbar als Letztes die Seite über die Vanille durchgelesen, und tatsächlich roch es auch nach Vanille. Ein paar frisch geerntete dunkelbraune Schoten lagen auf dem Buch neben einer gelben Blüte. Vielleicht hatte sie geplant, etwas damit zu backen, und war dann nicht mehr dazu gekommen.

John-Marlon seufzte und baute sich ein Lager aus alten Decken, Decken waren immerhin genug da. Er rollte sich zu einer Kugel zusammen. Die Brille behielt er auf. Wenn er sie neben sich legte, dachte er, wäre sie vielleicht am nächsten Morgen irgendwie verschwunden.
Er fragte sich, ob er von jetzt an immer so schlafen würde, ohne Bett, aber dafür mit Brille. Angezogen, fluchtbereit: falls etwas geschah, falls jemand kam, falls er fliehen musste. Er dachte sehr lange nicht an seine Mutter, damit er sie nicht vermisste. Und dann weinte er ein bisschen, weil es so anstrengend war, sie nicht zu vermissen.
Als er schon beinahe schlief, merkte John-Marlon, dass die Katzen auf ihm lagen – wie lebende Wärmflaschen. So war er nicht ganz allein.
Aber wo hatte Wind geschlafen?
»Ich werde sie finden«, flüsterte er. »Sie muss irgendwo eine Spur hinterlassen haben, die tiefer in den Urwald führt. Auf eine andere … Ebene des Urwalds.«
Dann glitt er hinab in einen bodenlosen, blättergrünen Traum, der nach Bananen und Vanille roch und nach Vögeln und Affen klang. Einmal fuhr ein roter Porsche durchs Unterholz, aber John-Marlon sah nicht hin.

Mitten in seinem Traum fand John-Marlon sich in Winds Bauwagenhaus wieder. Es war noch immer Nacht oder früher Morgen, dunkelblaues Licht lag auf allem wie Staub. Er stand mitten im Raum, sah die unwirklichen Gegenstände an, die blaue Teekanne, den blauen Schau-

kelstuhl, die schiefe blaue Tür des blauen Schranks ...
Dann merkte er, dass draußen jemand sprach. Er verstand keine Worte, aber die Stimmen klangen erwachsen. Das Erste, was er dachte, war: Meine Eltern. Sie haben es irgendwie in diesen Traum geschafft und sind jetzt hier, um mit mir zu reden. Um mir zu sagen, dass ich Mist gebaut habe und zurückkommen muss und wie teuer dieses Auto war. Er tappte leise zum Fenster. Draußen im blauen Urwald standen zwei blaue Leute, die ganz eindeutig nicht seine Eltern waren.
Der eine war Pepe.
Der andere war älter und kräftiger, ein Bulle von einem Mann. Er sagte jetzt etwas, und John-Marlon erkannte die Stimme: Das dort war einer der Wüstenbanditen, einer der Hohepriester, einer von denen, die die Kisten aus dem Labyrinth weggeschafft hatten.
John-Marlon wurde kalt.
Er wollte diesen Mann nicht in seinem Traum haben.
Er und Pepe gingen jetzt langsam fort, in den Urwald hinein. John-Marlon wollte nichts lieber als sie vergessen, aber er wusste, dass das nicht ging. Er musste wissen, was sie vorhatten. Denn möglicherweise hatte es etwas mit Wind zu tun.
Er öffnete die Tür ganz leise und folgte den beiden.
Und als er dicht hinter ihnen durchs Unterholz schlich, verstand er auch, was sie sagten.
»... das lieber vernünftig geregelt mit dir«, sagte der ältere Mann, freundlich, aber mit einem gefährlichen Un-

terton in der Stimme. »Sie ist drei oder vier Millionen wert. Damit hättest du ausgesorgt. Und wir wären auch für eine Weile ganz gut dran.«
»Ihr müsst aus Berlin weg, wenn ihr sie habt«, sagte Pepe. »Und ich genauso.«
»Die Welt ist voller schöner Orte.« Der Mann lachte leise.
»Aber ich mag Berlin«, sagte Pepe. »Ich will nicht weg. Und ich habe diese Frau kennengelernt.«
»Die Welt ist voller schöner Frauen.«
Der Ältere legte Pepe eine schwere Hand auf die Schulter. »Wann?«, fragte er.
»Ich … ich … ich kümmere mich, das habe ich doch gesagt«, stotterte Pepe. »Noch ein paar Tage Geduld.«
»Wenn das Mädchen erst mal weg ist, ist es zu spät«, sagte der andere. »Beeil dich. Ich weiß, du willst die Kleine schützen. Aber ich warne dich: Die anderen sind gieriger als ich. Sie sehen nur das Geld. Wenn du nicht liefern kannst, werden sie die Sache selbst in die Hand nehmen. Und das könnte unangenehm werden für das Kind.«
»Du meinst, sie werden sie zwingen, ihnen zu verraten …?«
Der andere nickte. »Sie sind nicht zimperlich.«
Pepe war stehen geblieben und drehte sich halb um, und John-Marlon verschmolz mit einem Baumstamm. Aber Pepe hatte ihn nicht bemerkt, er sah nur die Bäume und Sträucher an, das ganze wilde Gewucher.

»Ist es nicht schön hier?«, fragte er. »Es ist ein Dschungel, weißt du? Wind hat Krokodile hier und Papageien, Tiger und einen Wasserfall. Hörst du die Affen? Sie machen im Schlaf Geräusche, wie Menschen.«
Der andere schüttelte den Kopf. »Affen, mitten in Berlin. Und Papageien. Hast du was genommen?«
»Nein. Es ist das Mädchen. Wenn sie Dinge erzählt, glaubt man sie. Du würdest ihr auch glauben. Gott, ich habe so lange mit ihr hier im Urwald Dinge erlebt. Drei Jahre. Ich wusste immer, dass es irgendwann enden würde …« Er zuckte die Schultern. »Ich wünschte, sie würden kein Parkhaus bauen. Dann könnte ich ab und zu herkommen und mich erinnern.«
»Sie fangen übermorgen an abzuholzen«, sagte der andere. »Besser, du verabschiedest dich von deinem Dschungel. Und von all den anderen Kindereien. Parkwächteruniformen. Portemonnaies zurückgeben. Den einbeinigen Musiker spielen. Das sind doch lauter Kinderstreiche. Du bist nicht mal ein Kleinganove, du bist ein Clown, Pepe. Es gibt andere Jobs. Richtige. Kannst du mit einer Waffe umgehen? Du könntest eine Menge lernen bei uns. Zeit, erwachsen zu werden.«
Und dann verschwand er durch das dunklere Blau der Schatten, vermutlich in Richtung des unterirdischen Labyrinths. John-Marlon hoffte, dass er sich darin verlief und vom Expresszug überfahren wurde und außerdem in den Cenote fiel, aber er ahnte, dass der Mann nichts von alldem sehen würde.

John-Marlon wollte umdrehen und zurück zum Bauwagenhaus gehen, doch da passierte noch etwas Erstaunliches. Nämlich kam hinter einem anderen Baum jemand hervor.
Wind, dachte John-Marlon.
Sein Herz machte einen Sprung.
Aber dann sah er, dass es nicht Wind war. Es war die Frau im grünen Mantel.
»Pepe«, sagte sie. »Entschuldigung, ich bin dir nachgegangen. Ich habe eben etwas Schokolade gekauft, Nervennahrung, wir haben die ganze Nacht durchgeprobt. Meine Freundin ist nervös, wegen übermorgen.«
»Ist übermorgen eure Studioaufnahme?«
»Nein. Sie … trifft übermorgen jemand Wichtiges. Ich habe also Schokolade gekauft, und dann habe ich gesehen, wie du durch den Zaun gekrochen bist …«
Seit wann, dachte John-Marlon, duzten Pepe und die Mantelfrau sich eigentlich?
»Seit wann duzen wir uns eigentlich?«, fragte Pepe.
»Oh, ich höre gerne wieder damit auf, wenn es Sie stört«, sagte die Mantelfrau, und man hörte, dass sie ein bisschen sauer wurde. »Sie waren es, der gesagt hat, es wäre schön, mich wiederzusehen. Ich denke, ich gehe besser.«
»Halt, warte!« Pepe hielt sie am Arm fest. »Was genau hast du eben gehört?«
»Das geht Sie gar nichts an.«
»Nun sei nicht eingeschnappt, ich bin eben auch ner-

vös«, sagte Pepe. Und dann murmelte er, leiser: »Mein Gott, drei oder vier Millionen. Sie ist drei oder vier Millionen wert. Ich hätte sie einfach nehmen können. Sie lag da im Sand …«

»Pepe«, sagte die Mantelfrau ernst. *»Wovon redest du?«*

»Die Geige«, flüsterte Pepe. »Winds Geige.«

Einen Moment herrschte Schweigen im nächtlichen Dschungel. John-Marlon hörte vor Überraschung auf zu atmen.

»Verstehst du, ich Idiot dachte, der Bogen wäre was wert«, fuhr Pepe fort. »Nur der Bogen! Wegen der Edelsteine! Ich dachte, sie hat das Ding zwischen alten Möbeln gefunden, wen stört es, wenn ich es weiterverkaufe?«

»Du wolltest Winds Geigenbogen verkaufen? Den Bogen von einem kleinen Mädchen, das *nichts hat*?«

»Ja. Nein. Ich dachte, ich besorge ihr einen anderen Bogen. Einen ohne Diamanten. Die Diamanten braucht sie nicht, um Geige zu spielen. Aber die Typen, denen ich das Ding angeboten habe, kennen sich aus. Der Bogen gehört zu einer weltberühmten Geige. Einer aus der Liste der zehn wertvollsten Geigen überhaupt. Sie haben mir den Bogen zurückgegeben und wollen, dass ich ihnen das ganze Instrument besorge. Dass ich sie Wind wegnehme.«

»Weißt du, wo sie ist?«

Pepe seufzte. »Wind? Tiefer im Urwald. Das ist es, was der Gemischtwarenhändler dir sagen würde.« Noch ein Seufzen. »Aber diesmal kommt sie nicht zurück.«

»Das klingt … schrecklich traurig«, wisperte die Mantelfrau. Und dann holte sie tief Luft. Als wollte sie etwas Wichtiges sagen. »Ich weiß …«, begann sie. Und brach ab.

»Was?«, fragte Pepe.

Die Mantelfrau schüttelte den Kopf. »Ich muss zurück. Schokolade hilft nur dann gegen Nervosität, wenn man sie auch bei dem abliefert, der nervös ist.«

Damit drehte sie sich um und ging davon, in Richtung Zaun.

Pepe folgte ihr, langsamer. John-Marlon wartete, bis auch er fort war. Schließlich schlich er zurück, und um ihn raschelte der Wald, und tausend Nachttiere wisperten und knurrten. Er zwang sich, sich nicht umzudrehen, obwohl er das Gefühl hatte, irgendetwas verfolge ihn. Dummerweise war das Bauwagenhaus nicht dort, wo er es vermutet hatte. Entweder war es gestohlen worden, oder er hatte sich verlaufen. Und dann hörte er über sich das Rauschen von Flügeln. Er hob den Kopf.

Über ihm, hoch oben zwischen den Kronen der Urwaldbäume, schwebte ein Drache. Die dünne, ledrige Haut seiner Flügel glänzte bläulich, und die Schuppen an seinem langen Hals schillerten. John-Marlon taumelte ein paar Schritte zurück. Es war zu spät, sich zu verstecken, der Drache hatte ihn gesehen und vielleicht war er nur deshalb hier: Beim Überfliegen der Bäume hatte er ein leckeres Beutetier entdeckt, ein kleines, menschliches Ding, das einen guten Nacht-Imbiss abgab.

John-Marlon stolperte über eine Wurzel und landete auf dem weichen Dschungelboden.
»Ich verwandle dich …«, murmelte er. Doch das magische Blütenblatt in seiner Tasche war zerkrümelt und verbraucht.
Der Drache kam langsam auf allen vieren näher. Sein Gesicht sah ein wenig aus wie ein Hundegesicht, mit langer Schnauze und weichem Fell. John-Marlon konnte sich nicht rühren, er war eingefroren vor Angst.
Da machte der Drache ein Geräusch, ein Zwischending zwischen Knurren und Rülpsen, als wollte er etwas sagen. Vielleicht wünschte er nur sich selber Guten Appetit.
»Wi… wie?«, fragte John-Marlon mit zitternder Stimme.
Der Drache knurpste wieder und öffnete dann das Maul sehr weit. John-Marlon sah seine hellblau glitzernden Messerzähne. Er sah die lange, blauviolette Zunge. Und dann kam diese Zunge auf ihn zu –
Und leckte ihn ab. Von oben bis unten. Es war sehr nass und schleimig.
Dann nahm der Drache John-Marlons Pulloverkragen zwischen die Zähne und setzte ihn auf seinen Drachenrücken. Er hatte ihn gar nicht fressen wollen, er wollte, dass John-Marlon auf ihm ritt.
»Moment!«, sagte John-Marlon. »Ich … ich habe einen Porsche zu Schrott gefahren, es könnte doch sein, dass ich auch einen Drachen ruiniere!«
Aber der Drache hörte nicht zu, er war damit beschäftigt, zwischen den Bäumen aufzusteigen, ohne gegen sie

zu flattern. Endlich durchbrach er das Dach ihrer Blätterkronen und stieg steil empor, während John-Marlon sich an seinen Schuppen festkrallte.
Und jetzt waren sie über der Stadt.
Zum ersten Mal sah John-Marlon Berlin von oben. Er war noch nie auf dem Fernsehturm gewesen, da waren nur Touristen, und der Drache stieg noch viel höher, so hoch, dass Berlin nur noch ein großer, verschmierter Lichtfleck war. Irgendwie unwichtig. Vielleicht wollte der Drache John-Marlon zeigen, dass es mehr gab. Hinter der blaudunstigen Erdkrümmung lag alles, was man sich vorstellen konnte. Wenn er erwachsen wäre, dachte John-Marlon, würde er dorthin gehen, hinter diese Krümmung, und eine Menge Länder sehen und eine Menge Dinge erleben.
Sein Leben war mit dem Ende des Porsches nicht vorbei. Es fing gerade erst an.
Und dann stieß der Drache wieder hinab. John-Marlon schrie und krallte sich krampfhaft fest, sie krachten durch die Baumkronen, Blätter stoben beiseite, und der Drache landete, etwas unbeholfen, auf Winds Dachterrasse. John-Marlon kugelte von seinem Rücken.
»Da… danke«, keuchte er.
Aber als er sich aufrappelte, um dem Drachen den Rücken zu klopfen oder im Bauwagen nach Drachenleckerli zu suchen, merkte er, dass er in seinem Deckenlager lag. Er blinzelte.
Kein Drache weit und breit. Natürlich, er hatte geträumt.

Er hatte das Bauwagenhaus gar nicht verlassen. Oder doch? Hatte er es verlassen und war wiedergekommen und hatte dann weitergeschlafen?
Draußen begann gerade das morgendliche Konzert der Vögel, und drei hungrige Katzen machten sich Hoffnung auf Frühstück.
»Noch haben wir Essen«, sagte John-Marlon und öffnete den alten Schrank. »Wir können … Kartoffelchips mit Kakaopulver, Vanillemark und Bananen frühstücken. Aber bald sind die Sachen aus. Dann schlage ich vor, dass ihr mir zeigt, wie man Mäuse fängt.«

Den ganzen Vormittag lang versuchte John-Marlon, tiefer in den Urwald hineinzukommen. Er kroch in die dichtesten Gebüsche, kletterte auf die höchsten Bäume, ging jedem noch so kleinen Pfad nach und stand lange Zeit vor dem Wasserfall, der an manchen Tagen nur ein Rohr war.
Nirgends fühlte er sich wirklich »tiefer im Urwald«.
Am Ende stattete John-Marlon den schlafenden Fledermäusen einen Besuch ab. Er sagte sich, dass er keine Angst hatte, allein die Treppe hinabzusteigen. Wind hatte ihre Taschenlampe auf einem der Regale liegen lassen, leider in einer Gießkanne, wo sie feststeckte, und so trat John-Marlon mit einer leuchtenden Gießkanne ins Labyrinth der Gänge.
Er fand weder den Cenote noch das Allerheiligste der Indios. Stattdessen waren die Gänge an diesem Tag ein

großer unterirdischer Bahnhof. Ein verlassener U-Bahnhof. Die altmodischen Metallschilder blieben ungesehen, niemand schien in einen Zug steigen zu wollen, und John-Marlon fand auch keine Gleise, war aber ziemlich sicher, dass es irgendwo welche gab. Vielleicht fuhr einer der Züge tiefer in den Urwald?

Schließlich entdeckte er einen Seitenraum, über dessen Zugang »Sperrgepäck, zur Verladung« stand.

In den Schatten der Ecken glaubte John-Marlon einige komisch geformte Dinge wahrzunehmen wie Regenschirme, eine Stehlampe und einen kleinen Ofen.

Und dann entdeckte er die Kiste. Sie stand hinter einem Haufen loser Mauersteine und war mit einem Schloss versehen.

»Die letzte Kiste von Pepes Freunden«, wisperte John-Marlon. »Oder Feinden. Sie haben eine vergessen.«

Und er beschloss, ein andermal weiter nach einem Zug zu suchen, der tiefer in den Urwald führte. Er musste wissen, was in der Kiste war.

Sie war nicht groß, aber verflixt schwer.

Keuchend schleppte er sie durch die zugigen Bahnhofstunnel mit den verlassenen Bänken und Anzeigetafeln, plötzlich voller Angst, dass auf einmal ein Schwall merkwürdiger Fahrgäste an ihm vorbeieilen und ihn über den Haufen rennen könnte.

Es kam jedoch niemand.

Und endlich hatte John-Marlon die Kiste die Treppe hinaufgehievt, und noch endlicher kam er mit ihr bei

Winds Bauwagenhaus an. Er atmete auf. Hier war es warm und weniger unheimlich.
Der Schürhaken eignete sich hervorragend, um die Kiste aufzuhebeln. Er legte sich mit seinem ganzen Gewicht dagegen, und der Deckel verbog, aber es ging.
In der Kiste lag, sorgsam zwischen Plastikblasenpapier und zerknüllter Zeitung, massenweise Schmuck.
Wirklicher Schmuck mit wirklichen Steinen darin. Kein Glas. Er sah es sofort.
Und egal wie oft er die Augen schloss und wieder öffnete, egal wie oft er versuchte, seine Phantasie abzuschalten: Es blieb dabei. Dies war kein Müll. Keine von Wind vorbereitete Überraschung.
Pepes Nicht-Freunde hatten kistenweise Schmuck auf dem verlassenen Grundstück gelagert.
Vermutlich, dachte John-Marlon, gehörte der Schmuck nicht ihnen.
Vermutlich waren sie ziemlich echte, wirkliche Verbrecher.
In dem Moment, als er das dachte, näherten sich draußen Schritte. John-Marlon wollte die Kiste zuschlagen, aber das ging nicht, er hatte ja den Deckel zerstört. Er setzte sich darauf, damit man nicht sah, was darin war. Was immer geschah, er durfte einfach nicht aufstehen.
Er spürte, wie er zitterte.
Die Schritte waren jetzt ganz nah.
Die Tür zum Bauwagen öffnete sich. John-Marlon schloss die Augen.

Einen Moment lang stand der Verbrecher, der die Tür geöffnet hatte, ganz still. Es gab kein Geräusch bis auf das Vogelzwitschern und Windblätterrascheln draußen.
»Was … machst du da?«, fragte Goran.
John-Marlon machte die Augen auf. Hinter Goran standen Esma und Alicia und Jojo.
»Ich … äh … sitze auf einer Kiste«, antwortete John-Marlon.
Goran fragte nicht, was in der Kiste war oder warum John-Marlon darauf saß. Er fragte: »Wo ist Wind?«
»Tiefer im Urwald«, sagte John-Marlon. »Ich habe sie gesucht, aber ich habe nur diese Kiste gefunden, die die Banditen vergessen haben. In einem Bahnhof unter der Erde, und davor bin ich mit einem Drachen geflogen, was vielleicht bloß geträumt war, und *da*vor habe ich einen Porsche zu Schrott gefahren, deshalb kann ich nie wieder nach Hause.«
Er lauschte kurz seinen eigenen Worten nach. Es war die Art von Worten, die ihm in den letzten Tagen immerzu freundliches Nicken von Ärzten und Erwachsenen eingebracht hatten.
Goran nickte nicht freundlich.
Er sagte »Krass« und ließ sich in den Schaukelstuhl fallen. Die anderen setzten sich auf den Boden, und dann erzählte John-Marlon alles noch einmal ausführlich.
Am Ende sagte Esma: »I-ich will auch hier wohnen.«
»Hat dieser Felix dich wieder geärgert?«, fragte Alicia.
Goran schüttelte den Kopf. »Der traut sich nicht mehr.

Aber ein Mädchen aus Esmas Klasse hat alle zum Geburtstag eingeladen, alle, nur Esma nicht.«
»Die-die machen ein Schatz-Gesuche«, sagte Esma mit feuchten Augen. »In ein Park.«
»Esma«, sagte John-Marlon und schluckte. »Ich glaube, du brauchst keine Schatzsuche in einem Park. Ich habe … aus Versehen … einen Schatz gefunden.«
Er stand auf, und ein Raunen und Murmeln lief durch das Bauwagenhaus.
»Die vergessenen Juwelen der Räuber«, wisperte Alicia ehrfürchtig. Dann kniete sie sich neben die Kiste und begann, den Schmuck auszupacken, Kette um Kette, Armband um Armband.
»Nicht!«, flüsterte John-Marlon. »Wir sollten das lieber nicht anfassen.«
»Glaubst du, es beißt?« Alicia lachte. Sie legte sich eine Kette mit einem grünen Smaragdanhänger um, steckte sich einen passenden Smaragdring an den Finger und drehte sich vor einer großen Spiegelscherbe, die an der Wand lehnte. »Na? Stehen mir die?«
»Sehr hübsch«, sagte John-Marlon. »Aber …«
Doch es war zu spät. Esma kniete bereits neben der Kiste und wickelte mit einem kleinen Juchzen Kästchen und Schatullen aus, und Jojo behängte sich kichernd von oben bis unten mit Schmuck. Er klemmte sogar blau glitzernde Klemm-Ohrringe an seine Ohrläppchen. »Wie sehe ich aus?«
»Wie ein Weihnachtsbaum«, sagte Goran.

Er griff in die Kiste und begann, seine Schwester zu schmücken. Dann nahm er einen alten schwarzen Zylinder, der auf dem Regal neben Winds kaputten Teetassen lag, und schlang ein paar Ketten darum, ehe er ihn sich auf den Kopf setzte.
»Das ist ja alles ganz prima!«, meinte John-Marlon. »Nur müssen wir das Zeug zurückbringen! Passt auf damit! Wenn was kaputtgeht! Das gehört doch irgendwem! Irgendwem haben die das geklaut!«
»Spielverderber«, sagte Jojo und hängte John-Marlon einen großen Diamantanhänger um. »Mach mit, wir sind jetzt die bessere Gesellschaft.«
»Ja, das hier ist ein Ballsaal, und wir tanzen in wunderschönen Kleidern Walzer!«, rief Alicia. »Hörst du die Musik der Kapelle nicht? Der Boden ist aus superglattem Parkett, und an der Decke hängt ein Kristalllüster mit tausend Kerzen … Wind hätte das gefallen.«
»Ich weiß nicht«, sagte John-Marlon. »Ich glaube nicht. Ihre Abenteuer waren immer ganz anders. Ich glaube, Wind mag keine Spiele mit reichen Leuten.«
Die Sache war: *Er sah es nicht.* Er sah weder den Ballsaal noch die schönen Kleider.
»Vergiss den Tanz!«, rief Jojo. »Wir sind Raubritter, und wir erobern gerade ein Schloss!« Er griff nach der Kette, die Alicia trug. »Her damit! Das ist ein Überfall!«
»Nein!«, schrie Alicia und zog ebenfalls an der Kette.
»Vorsicht!«, rief John-Marlon. »Die reißt!«
»Das ist doch den Raubrittern egal!«, rief Jojo und lachte

mit tiefer Raubritterstimme. »Der Schmuck ist unser! Plünderuuuung!«
»Quatsch, keiner ist hier ein Ritter«, meinte Goran. »Wir sind Diamantenhändler. Das hier ist unser Wagen, und wir fahren herum und verkaufen den Leuten unseren Schmuck …«
Alicia war auf den Tisch geklettert, wo sie sich drehte. »Bin ich schön?«, fragte sie. »Bin ich wirklich schön?«
»Hey, wir könnten das Zeug auch ganz echt verkaufen«, meinte Goran. »Alicia, gib die Fußkette wieder her! Und Jojo braucht die Ohrringe nicht, der hat sowieso Eltern mit Geld! Die schicken dich zu diesen ganzen teuren Therapien, nur weil du keine Lust hast, still zu sitzen.«
»Du bestimmst nicht über meine Ketten!«, schrie Alicia.
»Finger weg!«, schrie Jojo.
»Aufhören!«, schrie Esma. »Das ist blöde Spiel!«
»Wir spielen gar nicht!«, schrie Goran. »Das ist ernst! Die Sachen sind was wert!«
John-Marlon schloss wieder die Augen. Um ihn herum brüllten sich alle an. Er hörte etwas reißen, hörte Perlen über den Boden kullern, einen Stuhl umfallen. Er hörte Esma weinen. Dies war alles falsch. So wäre es mit Wind nie gewesen.
Und er hörte wieder, wie sie zu ihm sagte: *Pass auf die anderen auf.*
Er musste etwas tun.
Aber was? Goran war stärker als er, Jojo war schneller, und Alicia war störrischer.

Da hörte er zwischen all den Chaosgeräuschen noch etwas – etwas weiter Entferntes. Etwas wie schwere Schläge, die die Luft erzittern ließen. Es kam aus Richtung der Straße vor dem Zaun, vermutlich hämmerte nur jemand ein neues Plakat an den Zaun.
Aber dies war die Rettung.
»Der Vulkan!«, rief John-Marlon. »Der Vulkan bricht aus! Hört ihr die Einschläge von den Steinen, die da rausspritzen? Oh, und die Erde bebt!«
Alle hielten inne und lauschten. Die dröhnenden Schläge waren jetzt ganz deutlich zu vernehmen.
»Runter!«, schrie John-Marlon. »Hier bricht vielleicht gleich alles zusammen!«
Er warf sich selbst zu Boden, schützte den Kopf mit den Armen und sah aus dem Augenwinkel, wie die anderen es ihm nachmachten. Mit einer Hand ruckelte er am Tisch. »Das ganze Haus wackelt!«, schrie er. »Was sollen wir tuuun?«
Jojo ruckelte jetzt mit, sodass der Tisch gefährlich schwankte.
»Das ist unser Endeee!«, rief er begeistert.
Alicia bewegte mit dem Fuß den Schaukelstuhl, der wild hin- und herschwang.
»Wir müssen hier raus!«, schrie sie. »Die Decke wird auf uns fallen!«
Und da sah John-Marlon es. *Er sah das Erdbeben.*
Er sah, wie die Wände des Bauwagenhauses tatsächlich schwankten. Das Dröhnen draußen war jetzt ohrenbe-

täubend. Er kroch auf die Tür zu, Alicia nach. Jojo folgte, dann kam Goran, der Esma mit sich zog.
Esma hatte aufgehört zu weinen. Sie krabbelte zusammen mit ihnen vom Haus weg.
»Wir müssen auf eine freie Fläche!«, schrie John-Marlon. »Alicia hat recht!« – aber sie konnten nicht rennen, die Erde bebte zu sehr, immer wieder verloren sie das Gleichgewicht und fielen hin, und die Bäume wankten wie die Wände, und die Welt ging möglicherweise unter.
»Die Lava!«, schrie Jojo. »Da kommt die glühende Lava durch den Wald! Weg hier!«
Sie rannten jetzt doch, rannten, bis sie das Grasland erreichten. Dort, dort waren die Seen! Rettendes, kühles Wasser! An ihrem Rand hielten sie kurz an, um zu verschnaufen. Eigentlich hatte John-Marlon gedacht, sie müssten ins Wasser springen, doch das ferne Dröhnen hatte aufgehört.
»Ein Glück!«, keuchte er. »Die Lava muss in die andere Richtung geflossen sein.« Er holte tief Luft. »Es ist vorbei.«
Die Erde bebte nicht mehr. Sie sahen sich an, und ganz allmählich breitete sich ein Lächeln über ihre fünf Gesichter.
»Geschafft«, wisperte Alicia.
»Wa-war eine kurzes Erdbebeben«, sagte Esma.
Danach schwiegen sie eine Weile. Und schließlich sagte Alicia: »Ich dachte, wenn ich den Schmuck trage, bin ich endlich mal wirklich schön. So schön wie meine Mut-

ter auf der Theaterbühne. Vielleicht sieht sie mich dann. Vielleicht erinnert sie sich dann, dass ich auch da bin, nicht nur Britta.«

Jojo legte ihr eine Hand auf die Schulter und hopste einen Moment lang nicht herum.

»Wir sollten Wind finden«, sagte Alicia.

»Ja«, sagte John-Marlon. »Den Schmuck stecken wir wieder in die Kiste, dann können wir irgendwann rauskriegen, wem der gehört, oder ihn der Polizei geben, später. Zuerst müssen wir Wind finden.« Er sah sich um. Die grünen Urwaldzweige wippten auf und ab, der Himmel war blau, die Sonne schien.

Ein bunter Vogel floh durchs Geäst.

»Es gibt nur eine Möglichkeit, rauszukriegen, was *tiefer im Urwald* bedeutet. Wir müssen den Urwald verlassen.«

»Wie bitte?«, sagte Goran.

»Wir gehen zum Laden«, erklärte John-Marlon. »Der mit dem Schnauzbart, der wusste von Anfang an was. Wir müssen ihn endlich dazu kriegen, dass er es uns sagt.«

Nachdem sie den Schmuck zurück in die Kiste gelegt hatten, wickelten sie eine alte Decke darum, knoteten sie mit einer Liane fest und brachten sie zum großen Erwin, dem Dinosaurier aus Müll. Die umwickelte Kiste passte gut in seinen Schrottkörper hinein: Zwischen Stuhlbeinen, Regenschirmen und den Füßen der Badewanne fiel sie nicht weiter auf.

Dann zog John-Marlon Winds grau-schwarz gestreiftes

Hemd an und setzte den staubigen Zylinder auf, damit man ihn auf der Straße nicht erkannte, falls er gesucht wurde. Es fühlte sich richtig an, Winds Sachen zu tragen. Er wohnte in ihrem Bauwagenhaus, er erfand die Abenteuer, er befand sich auf der Flucht vor der Polizei. Er war jetzt wie sie.
So traten sie gemeinsam ins Tageslicht der Stadt.
Und da sahen sie, was das Erdbeben ausgelöst hatte.
Vor der Bretterwand hatte jemand ein neues Schild anbracht. Ein hohes Schild auf eigenen Pfählen, die jemand eingeschlagen hatte:
HIER ENTSTEHT, verkündete das Schild, EIN PARKHAUS MIT STELLPLÄTZEN FÜR 300 PKWS AUF ZWEI ETAGEN.

In dem kleinen Gemischtwarenladen herrschte das gleiche Dämmerlicht wie immer.
»Eine Limca, mit fünf Strohhalmen«, sagte John-Marlon.
Der Schnauzbartmann schob die Flasche über den Tisch und sah zu, wie sie tranken. Sie sahen ihn an, und er sah sie an, und zwischen ihnen hingen ein Dutzend ungestellte Fragen. John-Marlon suchte noch nach den richtigen Worten, da öffnete sich die Tür zum Hinterzimmer, und Pepe kam heraus.
»Ich bin dann weg …«, begann er, sah die Kinder und stockte. »John-Marlon? Wieso siehst du so komisch aus?«
»Psst!«, machte John-Marlon. »Nicht so laut. Muss doch

nicht jeder hören, dass ich John-Marlon bin. Die suchen mich. Wenn sie mich finden, muss ich vielleicht ins Gefängnis.«

»Er hat ein Auto geklaut«, wisperte Jojo.

»Wow«, sagte Pepe.

»Und zu Schrott gefahren«, sagte Jojo.

»Das ist jetzt aber alles egal«, sagte John-Marlon und trat Jojo auf den Fuß. »Wo ist Wind? Du weißt, wo sie ist, oder?«

»Ich weiß *möglicherweise*, wo sie ist«, sagte Pepe langsam, »aber ich werde es euch nicht sagen.«

»Warum nicht?«, fragte Alicia wütend.

»Weil ich es ihr versprochen habe«, sagte Pepe.

Und dann nickte er dem schnurrbärtigen Herrn zu und ging einfach an den Kindern vorbei, durch die Tür. Dabei stieß er beinahe mit einer alten Dame zusammen, die gerade hereinkam, ein braunes Packpapier-Paket unter dem Arm. Die Kinder traten beiseite, und sie legte es auf die Theke.

»Ich wollte nur das hier abgeben«, sagte die alte Dame, die natürlich Hayat war. »Sie sagt, es ist für dich.«

»Das ist nett«, sagte der Schnauzbartmann. »Ich wünschte, sie wäre einfach selbst vorbeigekommen.« Er seufzte. »Aber das wird sie nicht, oder? Schau, wer sich alles hier versammelt hat. Sie ist erst seit Kurzem fort, und sie wird schon vermisst.«

»Wo ist sie denn?«, rief Jojo. »Sie wissen es doch! Alle wissen es, nur wir nicht!«

Der Schnauzbartmann seufzte, und Hayat seufzte ebenfalls.
»Weit weg«, sagte er.
Da stürzte Esma sich auf die alte Dame. »Sie-Sie!«, rief sie wütend. »Sie haben weggebracht Wind! Was haben Sie mit ihr gemacht?«
Goran sagte nicht einmal »Esma, lass das«, er stand nur stumm da.
Es war der Schnauzbartmann, der Esma vorsichtig von der alten Dame löste, er war für einen alten Herrn mit Schnauzbart erstaunlich kräftig.
»Ich habe gar nichts mit ihr gemacht«, sagte die alte Dame. »Ich habe immer versucht, sie zu beschützen.«
»Die haben sie eingesperrt, richtig?«, fauchte Jojo böse. »In ein Heim. In ein Gefängnis für Kinder. Sie kann da nicht mehr raus.«
»Sie ... sie kann vielleicht nicht raus«, sagte die alte Dame, »aber es geht ihr gut.«
»Wirklich?«, fragte John-Marlon und glaubte kein Wort. »Und was macht sie da den ganzen Tag? Ohne den Urwald? Ohne die Abenteuer? Ohne uns?«
»Sie ... spielt Geige«, antwortete die alte Dame.
Es klang traurig.
»Geht nach Hause«, sagte der Schnauzbartmann sanft. »Und vergesst Wind nie. Es war sicher eine schöne Zeit mit ihr. Aber sie ist zu Ende.«
»Es gibt eine Bande ziemlich unfreundlicher Männer«, murmelte John-Marlon, »die ihr die Geige abnehmen

wollen. Das Letzte, was sie noch hat. Deshalb müssen wir zu ihr. Um sie zu warnen.«
Er murmelte es so leise, dass die alte Frau und der Schnauzbartmann es wahrscheinlich nicht hörten. Vielleicht auch deshalb nicht, weil Esma viermal »Wir gehen nicht nach Hause!« rief.
»Gut«, sagte die alte Dame, Hayat, da ganz unerwartet. »Dann geht ihr nicht nach Hause.« Sie holte tief Luft, beugte sich dann zu Esma hinunter und sagte: »Hör zu. Ich erzähle dir nicht, wo Wind ist, weil ich das versprochen habe. Aber ich bin mir ziemlich sicher, wohin Pepe gerade geht. Er hat mir gesagt, er hätte sich noch nicht richtig verabschiedet. Ich denke, er will das nachholen.« Sie richtete sich auf, etwas mühsam, und lächelte fein.
»Danke«, flüsterte John-Marlon. »Wir holen ihn ein. Bestimmt.«
»Es wäre besser, wenn er euch nicht sieht, denke ich«, sagte Hayat. »Und wenn die Leute dort, wo Wind ist … euch auch nicht sehen.«
»Natürlich«, sagte John-Marlon.
Aber dann fiel ihm plötzlich etwas ein, und er drehte sich noch einmal um. »Das mit den rosa Blütenblättern, waren Sie das? Sind Sie Wind heimlich nachgegangen?«
»Rosa Blütenblätter?«, fragte die alte Dame verwirrt.
»Komm jetzt!«, rief Jojo ungeduldig und hüpfte auf der Treppe auf und ab wie ein Gummiball. »Ich kann Pepe dahinten gerade noch sehen!«
Und wirklich, da stand er, vertieft in ein Gespräch mit

einer Frau in einem grünen Sommermantel. Was ein Glück war, denn sonst wäre er längst fort gewesen.
Das Gespräch war wohl jetzt beendet, denn die junge Frau ging in die eine und Pepe in die andere Richtung, die Richtung *weg*.
»Los«, sagte John-Marlon.

Irgendwo saß Wind hinter den vergitterten Fenstern eines Kinderheims, ihre Geige im Arm. Irgendwo saß Wind und glaubte, sie könne nicht länger in erfundenen Welten leben.
John-Marlon sah es vor sich, sah sie in der steifen, gestärkten Einheitskleidung des Heims, zwischen den anderen Kindern, die kein Geld und keine Eltern hatten.
Aber sie waren auf dem Weg.
Sie würden sie befreien.
Zusammen konnten sie die Parkhausbauer aufhalten, ganz bestimmt. Der Urwald würde weiterwuchern, Wind würde zurückkehren, und alles konnte weitergehen; alle Abenteuer, alle Unmöglichkeiten.
Nie war er so gerannt.

Natürlich rannten sie nur, bis sie Pepe – fast – eingeholt hatten.
Dann schlichen sie, pressten sich an Mauern, duckten sich, sprangen in Hauseingänge, wenn Pepe sich umdrehte.
Vielleicht ahnte er, dass jemand ihm folgte. Er schien nervös zu sein.
Sie wanderten lange hinter ihm durch die Stadt, so lange, dass sie müde wurden. Irgendwann nahm Goran Esma huckepack, weil sie nicht mehr konnte, aber sie waren immer noch nicht da. Ein Stück fuhren sie auch mit der U-Bahn, weil Pepe mit der U-Bahn fuhr. Sie fuhren umsonst, denn der Einzige von ihnen, der Geld gehabt hatte – Jojo –, hatte es im Laden für die Limca ausgeben.
Als sie wieder über der Erde waren, kroch ein Polizeiauto an ihnen vorbei, und John-Marlon sprang hinter einen kränklichen Baum, der in einem Käfig im Asphalt wuchs. Doch das Polizeiauto drehte nicht um. Niemand

suchte einen Jungen mit altem gestreiftem Hemd und verbeultem Zylinder.
»Pepe führt uns bis an den Rand von Berlin«, meinte Alicia. »Klar, das Kinderheim liegt da draußen, damit niemand es findet, um die Kinder zu befreien. Vielleicht ist es in einem dunklen Wald. Wind trägt jetzt eine Uniform, die kratzt ... und muss Steine zurechtklopfen ... oder Kleider nähen für H und M. So was liest man doch manchmal in der Zeitung.«
»Vielleicht zwingen sie sie auch, Geige zu spielen«, sagte Jojo. »Vielleicht muss sie jeden Tag irgendwelche Kurse besuchen, wie ich mit dem Konzentrationstraining und der LRS-Gruppe. Und wenn sie richtig gut ist, lassen sie sie für Geld auftreten, und das Geld behalten sie.«
»Und sie ist da freiwillig hin zurückgegangen?«, murmelte John-Marlon.
»Vielleicht hat sie jemandem versprochen, dass sie zurückkommt?«, meinte Jojo.
»Vielleicht hat sie noch eine Schwester oder einen Bruder, und die haben im Heim gewartet?«, vermutete Goran.
»Und abends liegen sie zusammen unter ihrer dünnen grauen Bettdecke und frieren«, sagte John-Marlon. »Aber wenn Wind von unseren Abenteuern im Urwald erzählt, wird allen warm. Und bald sollen sie weggeschickt werden, auf ... ein Schiff, das sie nach Amerika bringt. Wir müssen sie und den Bruder vorher befreien.«
»Warum hat sie die Schwester nicht einfach mit in den Urwald genommen?«, fragte Alicia.

Sie hatten jetzt eine Gegend erreicht, in der John-Marlon noch nie gewesen war. Hohe Bäume überschatteten die sommerheiße Straße, und verschnörkelte Eisentore starrten ihnen entgegen. An manchen blinkten kleine elektrische Lichter.

»Alarmanlagen!«, sagte Jojo. »Das ist ein Stadtviertel voller Gefängnisse. Meint ihr, in all diesen Häusern sind Geige spielende Kinder eingesperrt?«

Die *Häuser* waren eher Villen, an manchen ragten weiße Türmchen in den Himmel, andere bestanden fast nur aus Glas und Holz, moderne eckige Klötze mit verspiegelten Fassaden. Überall gab es Büsche und Blumenbeete, Gärten voller Vögel in den Bäumen. Allerdings waren die Büsche sorgfältig gestutzt und der Rasen kurz wie Teppichboden.

Ein schwarzes Eichhörnchen huschte vor ihnen über die Straße, und als sie näher kamen, saß es auf einem Tannenast und holte mit geschickten Pfoten eine Haselnuss aus einem Holzhäuschen.

»Guckt euch das an, ein Eichhörnchen-Futterhaus«, sagte John-Marlon.

»Eine Eichhörnchen-*Falle*«, murmelte Jojo. »Wenn hier lauter böse Menschen wohnen, fangen sie die Eichhörnchen und braten sie.«

»Sa-sei still!«, rief Esma.

Pepe bog noch einmal ab und blieb stehen, so plötzlich, dass sie beim Anhalten alle übereinander stolperten.

Aber er sah sie nicht. Er sah das Haus an, vor dem er stand.
Es war grau.
Dreistöckig, alt und aus dunkelgrauem Stein, mit zwei Erkern und einem schiefergedeckten Dach. Das Dunkelgrau schien irgendwie glitzerig, silbern beinahe, edel. Dennoch war es das graueste aller grauen Häuser.
Daneben wuchs die dunkelste aller dunkelgrünen Buchsbaumhecken, und um all das herum lief ein schmiedeeiserner Zaun, der oben die spitzesten aller Spitzen trug.
John-Marlon schauderte.
In der Buchsbaumhecke, hinter dem Zaun, gab es Fenster von der Form, die Kirchenfenster haben, oben rundlich spitz oder spitzlich rund, und dahinter sah man einen riesigen Garten. Mehr einen Park. Auf dem kurz geschorenen Rasen standen hohe Buchen mit ernsten Gesichtern, deren Äste so weit oben begannen, dass man nicht hinaufklettern konnte.
Aber es gab auch Büsche voller weißer Blüten in dem Park-Garten und einen hübschen runden Pavillon. Er war durch einen Laubengang mit dem Haus verbunden, so einem Gang, der mehr oder weniger nur aus Ranken besteht. Auch die Ranken blühten weiß. Und auf einem kleinen, exakt kreisrunden See schwammen zwei weiße Schwäne. Eine eigentümliche Schönheit ging von alldem aus. Es war, dachte John-Marlon, auf traurige Weise schön. Wie in einem Märchen, aber nicht in einem mit einfachen Sachen wie roten Äpfeln und bösen Hexen.

In der Auffahrt stand ein weißer Mercedes mit hellen Sitzen.
»Den kenne ich!«, flüsterte John-Marlon. »Der stand vor dem Laden! Jemand fährt vielleicht damit herum und fängt Kinder ohne Eltern.«
»Jemand Reiches«, flüsterte Alicia.
»Aber wozu braucht er die Kinder, wenn er reich ist?«, fragte Goran. »Verkaufen bringt ihm dann doch nichts.«
»Er frisst sie«, sagte Jojo.
»Bö-Blödmann!«, zischte Esma.
»Vielleicht ist er einsam«, flüsterte John-Marlon.
»Da ist eine Kamera!«, sagte Goran. »Über der Tür!«
Tatsächlich, das Auge der Kamera bewegte sich langsam hin und her und scannte den ganzen Bereich der Einfahrt. Pepe drückte den Klingelknopf am Tor nicht. Stattdessen ging er jetzt am Zaun entlang, vermutlich bis er außer Sichtweite der Kamera war.
Dann sah er sich um – sie schmissen sich alle hinter ein parkendes Auto auf den Boden, damit er sie nicht entdeckte –, und dann kletterte er blitzschnell an dem schmiedeeisernen Gitter hoch, über die spitzen Stäbe – und auf der anderen Seite wieder hinunter. Er stieg durch ein Heckenfenster und ging dahinter über den Rasen, auf den kleinen runden Pavillon zu.
»Wi-wir muss auch da gehen!«, rief Esma aufgeregt. »Pepepe jetzt klaut die Geige! Für böse Männer!«
»Du meinst, er will sich gar nicht wirklich verabschieden?«, fragte Alicia.

»Nee«, sagte Esma.
»Aber wir kommen nie auf diesen Zaun«, sagte John-Marlon.
»Wir sind schon auf ganz andere Sachen gekommen«, meinte Jojo. »Auf einen Mammutbaum, auf ein Seil in einem Cenote, auf ein Schiff bei Sturm … dieser Zaun ist ein *Witz*.«
»Für dich vielleicht, du bist ein halber Affe«, knurrte John-Marlon. »Du kannst ja alleine klettern …«
»Oh nein«, sagte Jojo entschlossen. »Wenn, dann machen wir das hier zusammen.«
Und John-Marlon sah in Jojos Augen, dass er Angst hatte.
Der Gartenpark hinter der Hecke war wie ein Märchenbild, und vielleicht war es möglich, darin zu verschwinden. Vielleicht konnte er einen einfach schlucken, und niemand würde einen je wiedersehen.
Kurz darauf standen sie vor dem Zaun.
Esma passte einfach zwischen den Stäben durch. Jojo und Alicia schafften es mit etwas Baucheinziehen ebenfalls. Aber Goran und John-Marlon waren zu breit.
»Klettern wir«, sagte Goran seufzend. »Gleichzeitig. Eins, zwei, los.«
Und John-Marlon biss die Zähne zusammen und kletterte an einer Zaunstange hoch. Es war schrecklich, er hatte im Stangenklettern in der Schule eine Fünf gehabt, und er sah vermutlich ziemlich doof aus. Doch niemand lachte. Als er nach unten sah, drückten sie alle die Daumen und starrten mit verbissenen Gesichter nach oben.

Und es ging. Irgendwie. Er kam oben an, und neben ihm kam Goran an.
Oben über die Spitzen war das Schlimmste.
»Jetzt nicht hängen bleiben, sonst spießt man sich auf!«, keuchte Goran.
»Nicht so schlimm«, keuchte John-Marlon zurück. »Wenn ich tot bin, ist das meinen Eltern wahrscheinlich egal.«
»Ja, aber wer soll dann Wind helfen?«, fragte Goran.
Da wusste John-Marlon, dass er es über die Zaunspitze schaffen musste. Dass die anderen ohne ihn nichts ausrichten konnten. Und er kletterte hinüber, mit der Eleganz eines kleinen Mammuts. Ein paar ewige Minuten später landeten sie beide auf dem Boden. Die anderen nickten anerkennend.
John-Marlons Knie zitterten, als sie gemeinsam an der Hecke entlangliefen.
Es war doch, dachte er, sehr leichtsinnig von den Leuten hier, ihre Kamera so einzustellen, dass jeder trotzdem unbemerkt über den Zaun klettern konnte. Oder, dachte er, es war wie bei den Eichhörnchen. Eine Falle.
Kinder kletterten über den Zaun oder schlüpften hindurch, Dutzende von Kindern, weil sie neugierig waren, und dann verschwanden sie für immer.
»Wir müssen uns im Schatten halten!«, flüsterte John-Marlon. »Dann sehen sie uns nicht!«
Alicia griff nach seiner Hand und nickte.
Goran und Esma hielten sich ebenfalls an den Händen,

und dann fasste Esma mit der anderen Hand Jojos Hand. Sie alle fürchteten sich, es war nicht zu leugnen.
Pepe stand drüben, neben dem Pavillon, der an allen Seiten Fenster hatte. Er stand ebenfalls im Schatten, verborgen, und sah sich um. Er suchte jemanden.
Da war ein Gruppe von weiß blühenden Büschen ganz nahe bei Pepe, und John-Marlon zeigte stumm darauf. Dann zählte er, nur mit den Lippen, tonlos bis drei: eins, zwei ...
Und wieder rannten sie.
Sie rannten über den Rasen, gut sichtbar für jeden, der im grauen Haus aus den Fenstern sah. Dann hechteten sie in den Schatten des Gebüschs, krochen hindurch – und als sie auf der anderen Seite die Zweige teilten, lag vor ihnen der See mit den beiden Schwänen.
Am See stand eine Bank.
Und auf der Bank saß ein Mädchen in einem blauen Leinenkleid. Um die Stirn hatte es ein breites blaues Band geschlungen, an einer Seite mit kleinen weißen Seidenblüten verziert, und sein glänzendes Haar war hinten zu einem Pferdeschwanz zusammengenommen. An den Füßen trug das Mädchen weiße, weiche Ledersandalen – wertvoll, schön und allzu ordentlich.
Dies musste eines der Kinder sein, die der reiche, einsame Mensch in dem grauen Haus gefangen hielt. Vielleicht wusste sie etwas über Wind. Aber vielleicht war sie zu brav, um mit ihnen zu sprechen, alles an ihr sah sanft und brav aus. Und ein bisschen traurig.

Sie hatte das Gesicht in die Hände gestützt und sah den Schwänen zu, die auf ihrem See auf und ab schwammen.
»Ksst!«, machte Pepe, von seinem verborgenen Schattenplatz neben dem Pavillon.
Das Mädchen hob den Kopf.
Einen Moment lang starrte es Pepe nur an. Wahrscheinlich hatte es Angst, dachte John-Marlon, weil ein Fremder im Garten war.
Pepe winkte. *Komm her. Komm zu mir in den Schatten, ich will mit dir reden.* Das Mädchen zögerte. Schließlich stand es auf und ging hinüber. Es ging ganz gerade, es hatte eine Eleganz an sich, die zu dem Haus mit seinen glitzergrauen Steinen passte. Vielleicht war dies doch kein gefangenes Mädchen, sondern die Tochter des Hauses, die auf die anderen, die armen gefangenen Kinder, aufpasste. Oder alle gefangenen Kinder wurden darauf trainiert, reich und elegant auszusehen.
»Besser, wir reden hier«, hörten sie Pepe sagen. »So sieht man uns vom Haus aus nicht.«
Und da öffnete das Mädchen den Mund und sagte mit Winds Stimme: »Pepe! Wie bist du reingekommen?«
Sie konnte nicht Wind sein, sie sah kein bisschen so aus, aber sie hatte ihre Stimme.
»Ich bin wegen der Geige da«, sagte Pepe. »Hayat hat gesagt, du übst die ganze Zeit?«
John-Marlon hielt die Luft an. Wegen der … Geige?
»Ich *habe* geübt«, sagte das Mädchen. »Bis eben. Dann dachte ich, ich höre sein Auto, und ich habe die Geige

zurückgebracht. Wenn er da ist, kann ich nur auf der anderen üben. Er darf nicht wissen, dass ich diese benutze. Morgen wird er es sehen, aber vorher … Er würde es nie erlauben.«
»Verständlich«, sagte Pepe. »Zufällig weiß ich inzwischen, was das Ding wert ist. Wo ist sie?«
»Die Geige? Eingesperrt. Komm.«
Sie trat durch eine seitliche Öffnung in den Laubengang, und kurz darauf hörten sie eine leise Folge von Tönen, melodiös, aber elektronisch. Danach das Geräusch einer sich öffnenden Tür.
»Der Pavillon«, wisperte John-Marlon. »Die gehen in den Pavillon!«
Sie huschten gemeinsam hinüber. Man musste sich auf die Zehenspitzen stellen, um durch ein Fenster sehen zu können. Goran hob Esma hoch.
John-Marlon schluckte.
Bei der Tür des Pavillons standen das Mädchen im blauen Kleid und Pepe, und mitten in dem Raum, der sonst ganz weiß und leer war, lehnte in einer gläsernen Halterung die Geige. Die Geige, die Wind nachts in den warmen Wüstensand gelegt hatte, die Geige, die sie gespielt hatte, während sie in der Badewanne unter einem Regenschirm lag. Neben ihr, in einer zweiten Halterung, hing der Bogen mit den vier Diamanten. Das Nachmittagslicht ließ das Holz des alten Instruments glänzen wie Gold.
Doch die Geige war stumm. Stumm und schön und tot – und vier Millionen wert – schien sie in ihrem Glasge-

stell zu schweben. Das Weiß des Raums wurde nur an einer Stelle von einem schwarzen Kasten unterbrochen, an dem eine rote Lampe leuchtete.
»Eine Klimaanlage«, flüsterte Goran.
»Klar, die Luft muss immer richtig sein für so ein wertvolles Instrument«, wisperte Jojo.
»Woher kennst du den Zahlencode?«, fragte Pepe. »Hat *er* ihn dir gesagt?«
Das Mädchen im blauen Kleid schüttelte den Kopf. »Ich bin ihm heimlich nach und hab ihn ihm abgeguckt.«
Bei ihrem Kopfschütteln war das breite blaue Stirnband verrutscht, nur ein wenig, doch es genügte, um den Rand eines Feuermals sichtbar zu machen.
Es war Wind.
Natürlich war es Wind, dachte John-Marlon. Aber wie *konnte* es Wind sein?
»Er will die Nummer für das Türschloss, damit er das Ding klauen kann«, wisperte Jojo.
Im Moment stand die Tür offen, weshalb sie überhaupt hörten, was drinnen gesagt wurde. Sicherlich hätte der Besitzer der Geige das nicht gern gesehen, denn jetzt kam ja Luft herein.
»Wie lange bist du noch hier?«, fragte Pepe.
Wind sah ihn aufmerksam an. »Woher weißt du, dass ich gehe?«
»Hayat hat es mir erzählt. Nachdem ich rausgefunden hatte, wo du lebst. Das war vor ein paar Wochen. Ich habe es niemandem gesagt, keine Sorge.«

»Noch ein paar Tage«, sagte Wind. »Zwei Tage müssen noch Sachen geregelt werden, hat er gesagt, nach dem letzten Schultag. Danach sind wir hier weg.«
Sie sah sich um. »Für immer. Komisch, was? Jetzt habe ich mein ganzes Leben lang diese Buchen angesehen und diesen Rasen, wenn ich eingeschlafen und wenn ich aufgewacht bin. Und dann werde ich sie auf einmal nicht mehr sehen.«
»Nicht jeden einzelnen Morgen«, sagte Pepe. »Es gab einen Morgen, da war das Erste, was du angesehen hast, ein Dschungel.«
»Ja.« Wind seufzte. »Aber das ist vorbei. Es ist alles vorbei.«
Dann trat sie zu dem gläsernen Gestell und streckte die Hand aus, als wollte sie die Geige berühren, ließ sie aber wieder sinken. »Morgen«, sagte sie. »Morgen werde ich diese Geige spielen. Ich werde sie herausholen, bevor *er* aufsteht, und im Kasten mitnehmen, und er wird es erst merken, wenn ich damit auf der Bühne stehe. Sie hat diese Geige gespielt, hat Hayat dir das auch erzählt?«
Pepe schüttelte den Kopf. »Wer – *sie*?«
Wind sah aus dem Fenster, zum Glück aus einem, hinter dem John-Marlon und die anderen nicht waren. Sie sah in den Park hinaus, als könne sie jemanden dort spazieren gehen sehen.
»Meine Mutter«, sagte sie dann, ganz leise.
»Deine …?«
»Ich habe ein Bild von ihr, wie sie diese Geige spielt. Ich

erinnere mich nicht an sie. Wenn ich an meine Mutter denke, denke ich nur an das Bild.« Sie berührte die Geige jetzt doch, ganz vorsichtig, strich an ihrem hölzernen Körper entlang. »Sie war wunderschön. Als sie nicht mehr da war, hat er die Geige eingesperrt. Sie gehört ihm nicht, sie gehört der Bank. Er darf sie aufbewahren, und manchmal, wenn sie in der Villa ein offizielles Abendessen haben, zeigt er sie irgendwelchen Leuten. Wie ein Zootier.« Sie schnaubte, ärgerlich jetzt, und in dieser Sekunde war sie wieder die Wind, die John-Marlon kannte, nicht sanft, nicht hübsch. Die Wind, die sich jetzt aufregen würde. Die die Geige nehmen und darauf spielen würde, was sie wollte. Aber die Sekunde verstrich.
»Warum bist du gekommen?«
»Weil ich dich warnen wollte«, sagte Pepe. »Die Männer, die ihr durch den Wüstenbrunnen gehört habt …«
»Es gibt keinen Wüstenbrunnen in Berlin.«
»Du weißt, wen ich meine! Diesen Männern habe ich den Bogen gezeigt. Weil ich dachte, du hättest ihn wirklich nur gefunden. Ich … Es tut mir leid. Und jetzt wollen sie die Geige. Sie haben mitgekriegt, dass du oft allein bist.«
»Hayat ist bei mir. Und das hier ist ein begehbarer Safe. Da kommt keiner rein.«
»Doch«, sagte Pepe. »Mit dir. Du kannst ihn öffnen.«
Wind nickte. »Danke für die Warnung. Jetzt musst du gehen. Gleich ist Abendessenszeit.«
»Natürlich. Um halb sieben«, sagte Pepe. »Um sechs

müssen alle Abenteuer beendet sein. Um sechs verschwindet Wind tiefer in den Urwald, so tief, dass keiner ihr folgen kann.«

»Es gibt keinen Urwald in Berlin. Und ich heiße Selma. Es steht auf dem Schild am Tor. Hier wohnen Selma und Hans-Peter Rosendahl.«

»Ich kannte ein Mädchen«, sagte Pepe ernst, »wenn das sprach, gab es einen Urwald in Berlin. Ein Mädchen, das Sperrmüll sammelte. Sie hatte ein Dutzend streunende Katzen und sprach mit den Bäumen …«

»Es gibt sie nicht mehr«, sagte Wind. »Morgen werde ich diese Geige spielen, beim Abschlusskonzert der internationalen Schule, und dann bin ich weg. Vielleicht werde ich zurückkommen. Irgendwann. Aber das Mädchen, das Wind hieß, wird nicht zurückkommen. Nie.«

»Wo ist sie denn?«, fragte Pepe. »Ist sie tot?«

Aber das Mädchen im blauen Kleid antwortete nicht. Das Mädchen, das Selma Rosendahl hieß und auf eine internationale Schule ging, schob Pepe sanft zur Tür hinaus und schloss sie hinter sich.

Einen Moment starrten John-Marlon und die anderen einander an. »Krass«, sagte Jojo schließlich.

»Sie ist überhaupt nicht arm oder so«, sagte Goran. »Das ist doch gut!«

»Nee«, sagte Alicia. »Ich glaube nicht.«

»Se-Selma is traurig«, sagte Esma. »Wind ist fohlich. Immer fohlich.«

John-Marlon schluckte. »Los«, sagte er.
»Was *los?*«, fragte Jojo.
»Wir müssen ihr nach. Da sind tausend Sachen, die ich nicht kapiere, es ist überhaupt gar nichts geklärt, und …«
Und sie muss wiederkommen, dachte er. Sie muss wiederkommen und wieder Wind sein. Weil ich ohne sie nicht leben kann. Ohne den Urwald und die Abenteuer. Sie muss diese Leute aufhalten, die ein Parkhaus bauen wollen, und sie muss …
Aber sie musste natürlich gar nichts.
Und vielleicht konnte sie auch nicht. Nicht mehr.

Pepe war fort, als sie den Laubengang erreichten, vermutlich zurück über den Zaun geklettert.
Am Ende des Gangs sahen sie zwischen den wippenden Blättern noch eine kleine Gestalt in einem blauen Kleid. Der Laubengang machte eine Art Kurve, samt sorgfältig hochgebundenen Ranken, und dann standen sie vor einer Glastür.
Dahinter führte ein breiter, weiß gestrichener Flur weiter, in dem eine Menge gerahmter Fotografien hingen: Selma mit einer riesigen Schultüte, Selma auf einer Bühne, zusammen mit anderen gut angezogenen Kindern, die Instrumente hielten. Selma hielt eine Geige. Die Schule war ein paarmal mit auf den Bildern: ein modernes Gebäude mit dem Schriftzug INTERNATIONAL SCHOOL BERLIN über dem Eingang.
Einmal stand Selma mit ihrem Schulranzen vor einem

Auto und lächelte, irgendwie angestrengt. Das Auto war, natürlich, ein weißer Mercedes.
Nach dem Flur kam ein großer, hoher Raum, und dort fanden sie Wind.
Der Raum war vielleicht ein Wohnzimmer, denn es gab drei Sofas, aber vielleicht auch kein Wohnzimmer, denn es sah nicht besonders wohnlich aus. Die Sofas waren edel und grau und sehr eckig. Eine Wand wurde von einem riesenhaften Flachbildschirm bedeckt, eine andere war gar keine Wand, sondern ein Aquarium. Es reichte vom Fußboden bis zur Decke, und zwischen den dicken Glaswänden schwammen Hunderte kleiner bunter Fische.
An einer Seite konnte man um das Aquarium herumgehen. In der Ferne eines weiteren weißen Flures sah man dort eine Treppe, alles war sehr offen und wirklich sehr modern und sah aus, als hätte es Millionen gekostet. An einer anderen Seite des Raums, an einem antiken Fenster mit Rundbogen, stand ein Notenständer, auf dem ein Geigenbogen lag. Ein ganz gewöhnlicher Geigenbogen. In einem Kasten auf dem Sofa lag die dazugehörige Geige.
»Wow«, flüsterte Jojo.
Wind stand vor der Fischwand. Sie fuhr mit dem Finger den Weg eines Putzerfischs nach, der sich damit abmühte, die Scheibe zu säubern.
»Da kommst du nicht raus, vergiss es«, sagte sie leise. »Du bleibst schön da drin und machst deine Arbeit. Wie wir alle. Jeder hat sein Gefängnis. In drei Tagen kann

ich euch winken, weißt du das? Ab geht's über die Wolken. Zu einem neuen Gefängnis. Aber erzähl bloß keinem, dass ich das gesagt habe.« Sie zog die Nase hoch.
»Glaubst du, dass sie kommt?«, flüsterte sie stattdessen.
»Wird sie da sein?«
»Wo?«, fragte der Putzerfisch auf seine stumme Putzerfischart.
»Bei der Schule. Im Publikum. Wenn ich Geige spiele.«
»Wer?«, fragte der Putzerfisch und putzte ein bisschen weiter links.
»Das weißt du ganz genau«, sagte Wind. »Sie muss da sein, sie muss einfach.«
»Wann?«, fragte der Putzerfisch und machte eine Kurve in seiner Putzspur.
»Morgen. Hör doch mal auf mit dem Geputze! Ich will eine Antwort! Wird sie da sein?«
»Warum?«, fragte der Putzerfisch und putzte sich rückwärts wieder nach oben, wo er schon gewesen war.
»Idiot«, sagte Wind.
Da musste John-Marlon lachen. Wind fuhr herum, und ihre Augen weiteten sich. Sie waren in diesem Moment blau wie das Kleid, das um ihre Knie ein paar hübsche Falten warf: so ein wertvolles Leinenblau.
»Was tut ihr hier?«, flüsterte sie.
»Rumstehen und Fische angucken«, sagte Jojo.
Wind legte den Finger auf den Mund.
»Sind wir dir peinlich?«, fragte Jojo, ziemlich laut. »Dürfen wir nicht hier sein?«

Und auf einmal begriff John-Marlon, dass Jojo wirklich sauer war.
»Du brauchst uns nicht mehr, was?«, fauchte er. »Du hast ja alles. Aber warum hast du gelogen? Warum hast du so getan, als wärst du arm und hättest keine Eltern? Du hast uns nicht mal deinen richtigen Namen gesagt.«
»Die Person, die du gekannt hast, hieß Wind«, sagte sie. »Und sie hat nie gelogen. Und die Person, die Selma heißt, war nie in einem Urwald. Es sind einfach zwei. Kannst du das verstehen?«
»Nee«, sagte Jojo und verschränkte die Arme. »Komm jetzt mit, und sei gefälligst wieder du.«
»Jojo, hör auf«, bat Goran.
»Sie hat dir nichts getan«, sagte Alicia.
»Doch«, fauchte Jojo. »Sie hat uns im Stich gelassen. Du hast immer gesagt, man soll keine Erwartungen erfüllen, Wind! Und hier sitzt zu herum und übst Geige für irgendeine Schulaufführung, weil das wichtiger ist als wir!«
»Es tut mir leid«, sagte Wind.
Dann drehte sie sich um und sah wieder die Fische an. »Geht jetzt.«
»Wir gehen nicht ohne dich«, sagte Alicia. »Wir dachten, wir müssen dich aus einem Kinderheim befreien. Oder von einem Menschen, der Kinder einfängt. Aber du ... du wohnst hier, oder?«
»Selma wohnt hier«, sagte Wind.
»Ich dachte, du bist Selma.«

»Ach so, ja«, sagte Wind, und John-Marlon spürte einen kleinen Funken in sich wie von einem Feuerwerk, denn einen Moment lang hatte Wind vergessen, dass sie Selma war.
»Die haben ein Schild aufgestellt, dass sie das Parkhaus jetzt bauen«, sagte Goran.
»Du musst zurückkommen und das verhindern«, sagte Jojo.
»Bi-bitte«, sagte Esma und ging zu Wind und umarmte sie. Aber Wind stand nur ganz steif da.
Und schließlich ließ Esma sie los.
Es war kurzzeitig ganz still, und John-Marlon fiel auf, dass er noch überhaupt nichts gesagt hatte. Alle hatten Wind gesagt, was sie tun sollte. Was sie tun musste.
Aber niemand hatte sie etwas gefragt.
Dabei gab es so viele Fragen.
»Was ist mit deiner Mutter passiert?«, flüsterte er. »Die die Geige gespielt hat? Ist sie tot? Wohin gehst du in drei Tagen? Weißt du jetzt, wer die Blütenblätter verloren hat?«
»Ich werde auf eine andere Schule gehen«, sagte Wind und presste die Hände ans kühle Glas des Aquariums. »Ein Internat. Die in Berlin hört nach der Sechsten auf. Mein Vater will, dass ich auf eine spezielle Schule gehe, in Frankreich. Eine Schule, auf der sie Musik besonders fördern. Er denkt, ich kann so gut werden wie meine Mutter. Auf der Geige.«
»Was ist mit den Sommerferien?«, flüsterte John-Marlon.

Wind schüttelte den Kopf. »Die Schule hat ein Ferienprogramm. Kurse. Um sich vorzubereiten. Dann kann ich schon mal mit Französisch anfangen.«
»Selma!«, rief jemand von irgendwo jenseits der Fischwand. »Abendessen!«
Dann näherten sich Schritte. Jemand kam die Treppe herunter. John-Marlon und die anderen duckten sich hinter eines der eckigen grauen Sofas.
»Selma.« Jetzt war die Stimme näher. Sie gehörte Hayat. »Alles in Ordnung mit dir?«
»Ja. Ich ... habe nur nachgedacht«, sagte Wind. »Ist Papa da? Ich dachte, ich hätte sein Auto gehört, aber dann war er es wohl nicht.«
»Nein«, sagte Hayat. »Ich weiß nicht, wann er aus der Bank kommt. Morgen hat er sich für dein Schulfest freigenommen, und danach seid ihr bald weg. Da hat er heute bestimmt noch einiges zu regeln. Ich bleibe so lange im Haus, bis er da ist, das weißt du doch. Ich lasse dich nicht allein.«
»Klar«, sagte Wind. »Ich muss noch einen Moment mit den Fischen reden. Ich komme gleich.«
»Schön«, sagte Hayat, und ihre Schritte entfernten sich wieder.
Und John-Marlon dachte, dass es Unsinn war, dass sie sich versteckten. Denn war es nicht Hayat gewesen, die ihnen den Tipp gegeben hatte, Pepe zu folgen? Sie wusste, dass sie hier waren. Ganz bestimmt. Und das erklärte, dass niemand sie am Zaun aufgehalten hatte.

Denn ganz bestimmt waren sie vom Haus aus gut zu sehen gewesen. Trotzdem standen sie erst wieder auf, als Hayat fort war, es war wie ein seltsames Spiel.
Sie durften in dieser anderen Welt nicht existieren, in der Welt, in der es kein Mädchen namens Wind gab.
»Ist sie deine Babysitterin?«, fragte Alicia.
Wind zuckte die Schultern. »Wir sagen Nanny. Mein Vater hat wenig Zeit. Er ist den ganzen Tag mit der Bank beschäftigt, und dann hat er irgendwelche Treffen mit anderen Leuten oder macht Reisen …«
»Willst du auf diese Schule?«, fragte John-Marlon. »Nach Frankreich?«
»Es spielt keine Rolle«, flüsterte Wind, »was ich will.«
»Verdammte Kacke!«, schrie Jojo ganz plötzlich, so laut, dass sie alle zusammenzuckten. »Du hast immer gesagt, wir sollen machen, was wir wollen! Du musst auch machen, was du willst! Wenn du zu dieser Kackschule nach Kackfrankreich gehen willst, bitte, dann mach das, aber dann sag nicht, du würdest uns nicht im Stich lassen!«
»Ich wäre lieber im Dschungel geblieben, und das weißt du«, sagte Wind. Diesmal drehte sie sich um, und John-Marlon sah Tränen in ihren Augen. »Aber ich werde zwölf! Weißt du, wie schwer es ist, nie mehr in den Urwald zurückzugehen? Dachtest du, es wird besser, wenn ihr hier einbrecht?« Sie hatte die Fäuste geballt, und ihr Stirnband war jetzt so sehr verrutscht, dass man das rote Feuermal deutlich strahlen sah. »Da vorne die Treppe runter«, sagte sie. »Da kommt ihr raus.«

Damit ging sie um das Aquarium herum und nach links, irgendwohin, wo jemand mit Geschirr klapperte.
»Dann geh doch«, knurrte Jojo.
Die Treppe, an der sie jetzt standen, zählte nur vier Stufen, dann war man bei der Haustür.
»Kommt«, sagte Alicia.
»Es nützt ja nichts«, sagte Goran.
»Mo-morgen«, sagte Esma.
»Was?«, fragten alle anderen gleichzeitig.
»Morgen ist das Schulabgeschluss. Von Wind. Wi-wir gehn hin.«
»Und dann?«
»Da-dann ist vielleicht anders? Vielleicht ist diese Haus. Diese Haus macht Zauber. In Schule man kann besser reden. Ka-kann sein, nein?«
»Sie hat recht«, sagte John-Marlon. »Das Haus ist magisch.«
»Selma wird sagen, es gibt keine magischen Häuser«, knurrte Jojo.
»Wind würde etwas anderes sagen«, meinte John-Marlon und grinste. »Geht jetzt. Ich bleibe hier und finde raus, wo das Abschlussfest ist. Und um wie viel Uhr. Wir treffen uns …«
»Beim Zaun mit den Plakaten«, sagte Jojo.
»Gleich morgens um acht«, sagte Goran. »Wenn unsere Eltern denken, wir sind in der Schule.«
Und dann gingen sie. Das eiserne Tor ließ sich von innen ganz leicht aufdrücken.

John-Marlon sah ihnen nach.
Irgendwo in einer kleinen Wohnung oben unter dem Dach saß seine Mutter alleine beim Abendessen. Hoffentlich dachte sie daran, Gemüse zu essen und nicht nur Butterbrot. John-Marlon schluckte.
Dann schloss er mit einem leisen Klicken die Haustür und wandte sich nach links, um Wind nachzugehen.

Die Arbeitsplatten in der riesigen Küche waren aus Chrom und Stahl und Stein. Sie blitzten vor Sauberkeit. Der Kühlschrank war ein riesiger weißer Eisberg, und auf dem unendlich großen Glastisch in der Mitte des Raums stand eine rechteckige schwarze Vase mit zwei ganz gerade gewachsenen weißen Rosen.
Nirgendwo gab es einen alten Gasherd, nirgendwo einen Schürhaken zum Umrühren oder alte Schuhe zum Kakaoschöpfen, nirgendwo standen selbst gepflückte Blumen in einer Teekanne.
Hayat und Wind standen mit dem Rücken zu John-Marlon vor einem großen Fenster und sahen einem silbernen BMW beim Einparken zu.
Winds Vater kam also doch zum Abendessen.
John-Marlon nutzte die Gelegenheit und schlüpfte durch eine halb offene Schiebetür in einen kleinen Nebenraum, der sich als Speisekammer entpuppte. Er zog die Tür zu und saß im Dunkeln.
Es roch nach Chips, Kräutern und Schokolade, und auf einmal merkte John-Marlon, wie hungrig er war. Doch

die Speisekammer nützte nichts, denn jede Packung, die er in der Dunkelheit ertastete, hätte geknistert und ihn verraten.
In der Küche lief jetzt leise Klaviermusik, Stühle rückten.
»Ich bin wahnsinnig gespannt auf morgen«, sagte eine tiefe Stimme, die Winds Vater gehören musste. »Was spielst du?«
»Überraschung«, sagte Wind.
»Ich werd dann mal«, sagte Hayat. »Ich glaube, ihr beide habt noch eine Menge zu besprechen. Wegen morgen und wegen der Reise.«
»Wenn Selma in Frankreich ist«, sagte Winds Vater. »Ich ... werde Sie vermissen, Frau Gülcydal.«
»Das ist noch nicht der Tag für Grabreden«, sagte Hayat mit einem Lächeln. »Grabreden können Sie in drei Tagen halten, wenn ich an der Straße stehe und winke und ein bisschen weine.«
»Du wirst doch nicht weinen«, sagte Wind.
»Oh doch«, sagte Hayat. »Das werde ich, meine Kleine. Meine Große. Aber jetzt muss ich los.«
Und eine Tür fiel irgendwo ins Schloss.
»Tja«, sagte Winds Vater in die seltsame Stille, die Hayats Weggang hinterließ.
Eine Weile hörte John-Marlon nur Besteck und ab und an ein Räuspern.
»Bist du so aufgeregt wie ich?«, fragte ihr Vater schließlich. »Wegen der Reise? Freust du dich? Auf die Ferienkurse? Das wird ein großer Spaß. Lauter neue Freunde ...«

»Klar. Ich freu mich.«
»Als ich so alt war wie du, bin ich auch auf ein Internat gegangen.«
»Ich weiß. Und es war schön. Hast du gesagt.«
»Am Anfang hatte ich Angst. Dass mich die anderen nicht mögen. Dass ich Heimweh bekomme. Dass ich den Stoff nicht schaffe. Es hatte nichts mit Musik zu tun, aber trotzdem. Hast du Angst?«
»Angst?« Wind schien zu überlegen. »Nein«, sagte sie schließlich und meinte *Ja*. John-Marlon hörte es genau.
»Das ist gut«, sagte ihr Vater. »Du bist mutiger als ich.«
»Ja«, sagte Wind und meinte *Nein*.
»Meinst du, sie kommt?«, fragte sie dann.
Es war dieselbe Frage, die sie dem Putzerfisch gestellt hatte. Und deshalb stellte sich John-Marlon vor, ihr Vater am Tisch wäre ein riesiger Putzerfisch. Es war eine lustige Vorstellung, doch John-Marlon machte sie traurig. Weil der Fisch so bekümmert aussah. Er tastete hilflos mit seinen Bartfusseln im Leeren und fand nichts: keinen Dreck, keine Scheibe, keine Antworten.
»Ich hoffe«, murmelte er.
»Und dann habe ich noch zwei ganze Tage mit ihr? Während du letzte Dinge regelst? Hat sie dann Zeit für mich?«
»Ich glaube. Sie hat gesagt, sie kommt in Begleitung nach Berlin. Keine Ahnung, wer die Begleitung ist.« Er seufzte.
»Warum ist sie vorher nie gekommen?«
»Das weißt du doch. Die Musik. Sie hatte immer zu viel um die Ohren. Damals, als sie weggegangen ist, hat sie

überlegt, dich mitzunehmen. Aber sie hätte dich dann auf alle Tourneen mitschleifen müssen. Ein Baby. Das wäre keine gute Idee gewesen.«
»Wahrscheinlich nicht«, sagte Wind.
»Sie hat es versprochen«, sagte ihr Vater. »Sie wird da sein. Bestimmt.«
Aber er meinte *möglicherweise nicht*, John-Marlon hörte es genau.

Eine geschlagene Stunde später saß er immer noch in der Vorratskammer fest. Er wusste so wenig wie zuvor, wo und wann Winds Schulkonzert stattfand, und sein Magen knurrte wie dreiundzwanzig unsichtbare Tiger.
Wind war in ihr Zimmer gegangen, um noch eine Weile Geige zu üben, und der Putzerfisch saß alleine am Tisch und raschelte ab und zu mit einer Zeitung. Es war zum Verzweifeln, da hatte dieser Mann nun so ein großes Haus und konnte in zwei Dutzend Räumen seine Zeitung lesen, aber er blieb in der Küche. Vielleicht traute er sich nicht in die übrigen Räume, weil sie einsam und leer und dunkel waren.
Hier in der Küche hing noch immer ein Hauch von Winds Anwesenheit.
Zuerst hatte John-Marlon gedacht, er müsse ein böser Vater sein, ein strenger und kalter, weil sein Haus so kalt war. Aber er wirkte, als würde er selbst darin erfrieren.
John-Marlon war drauf und dran, einfach durch die Tür zu gehen und zu sagen: »Guten Tag, mein Name ist

John-Marlon, ich bin zufällig in Ihre Speisekammer geraten, und ich möchte Ihre Tochter sprechen.« Doch dann hätte Winds Vater gefragt: »Warum trägst du einen alten, staubigen Zylinder?«, und: »Sucht die Polizei nicht gerade einen, der John-Marlon heißt?«

Also blieb er sitzen, und irgendwann fielen ihm die Augen zu. Als er wieder aufwachte, war die Küche hinter dem Türspalt dunkel. Er schob die Tür auf. Mondlicht schien durchs Fenster auf den leeren gläsernen Tisch wie auf eine Schlittschuhbahn.

Die Uhr an der Wand zeigte Viertel vor elf.

Irgendwo im Haus lief ein Wasserhahn, Schritte gingen auf und ab. John-Marlon tappte bis zu einer Treppe, die in den ersten Stock führte. Von dort oben kam ein wenig Licht. Und noch etwas: Geigentöne. Leise, sachte, wie Regentropfen.

Er stahl sich die Treppe hinauf und stand kurz darauf in einem geräumigen Zimmer. Die Töne versiegten, als er die Tür hinter sich schloss.

Wind saß mit der Geige auf einem riesigen Bett, in einem weißen Nachthemd. Sie trug das Stirnband nicht mehr, sodass er ihr Feuermal über dem Auge wieder deutlich sah. Sie war immer noch schön, so schön wie im Dschungel, aber auf eine traurige Art. Sie war auf eine Art schön, die keinen an sie herankommen ließ.

Das Zimmer war ebenfalls riesig, und es war voll mit Bücherregalen und Spielzeugkisten. Auf dem Schreibtisch lagen ein Laptop und tausend Malstifte.

»Gestern um diese Uhrzeit bin ich auf einem Drachen geritten«, flüsterte John-Marlon.
»Es gibt keine Drachen«, sagte Selma.
»Der Drache hätte gesagt, es gibt keine Selma«, sagte John-Marlon.
Sie seufzte. Dann legte sie die Geige neben sich aufs Bett. Es war so groß, dass man sich beim Schlafen möglicherweise darin verlor. Im Bauwagenhaus auf dem Boden zwischen Schaukelstuhl und Wand war es gemütlicher gewesen.
»John-Marlon. Warum bist zu zurückgekommen?«
»Weil ich gar nicht weg war«, sagte John-Marlon. »Ich habe gewartet. Versteckt. Ich wollte allein mit dir reden.«
Sie zog die Beine an und schlang die Arme darum. »Es gibt nichts zu sagen.«
»Ich will nur eine Adresse. Von deiner Schule. Wir würden gerne zu deiner Dings, deiner Schulabschluss-Sache kommen. Wo ist das? Und wann?«
Wind griff neben sich und legte eine Einladungskarte vor John-Marlon. »Hier, alle Eltern haben solche gekriegt. Das Ganze ist am Vormittag, zehn Uhr. Kommt ruhig. Aber versprich dir nichts. Ich werde da sein und spielen. Rachmaninow. Und das ist alles. Keine Wunder.«
Sie streichelte die Geige. »Rachmaninow ist furchtbar schwer.«
»Warum spielst du es dann?«
»Weil meine Mutter es gespielt hat.«
»Ist sie berühmt?«

Wind nickte. »Man kann im Internet nachsehen, wo sie gerade auftritt. Sie hat immer wieder geschrieben, sie kommt, aber sie *ist* nie gekommen. Geburtstage, Weihnachten … Immer kam was dazwischen. Glaubst du, sie kommt diesmal?«

»Ich bin kein Putzerfisch«, sagte John-Marlon.

»Was?«

Er schüttelte den Kopf. »Nein. Wenn du es ehrlich wissen willst, ich glaube nicht, dass sie kommt. Mein Vater, der ist nie auf Tournee, der wohnt nur in Berlin. Und er sollte jeden Dienstag was mit mir machen. Aber mindestens jeden zweiten Dienstag kann er nicht.«

Wind nickte und sah weg.

»Sie ist in Begleitung hier«, murmelte sie. »Mit einem Mann, oder?«

John-Marlon holte tief Luft. »Wie hast du eigentlich die Lücke im Zaun gefunden?«

»Das war vor drei Jahren«, sagte sie. »Auf einem Spaziergang mit Hayat. Wir haben das leere Grundstück zusammen erforscht, und ich hatte die Idee mit dem Urwald. Wir haben Dschungelpflanzen gekauft und eingepflanzt, manche mussten wir im Gewächshaus vorziehen. Hier, im Garten der Villa. Der Gärtner hat uns geholfen. Und dann sind irgendwann die anderen Kinder aufgetaucht, und Hayat … Hayat hat gesagt, es ist besser, ich bin alleine im Urwald. Sie hat immer auf mich gewartet, in dem kleinen Laden, ich denke, sie hat sich mit dem Besitzer angefreundet. Und ich mich mit Pepe.«

»Hayat … hatte nichts dagegen, dass du im Dschungel mit Müll spielst?«
»Oh nein. Sie sagt, Kinder sollen ruhig in erfundenen Welten leben. Sie hat meinem Vater nie etwas davon erzählt.«
»Warum sagst du ihm nicht, dass du nicht in diese französische Schule willst?«
Wind zuckte die Schultern. »Ich *muss* doch irgendwohin. Hayat kann nicht ihr ganzes Leben lang auf mich aufpassen. Und es ist eine Chance. Wenn ich auf diese Schule gehe, werde ich vielleicht so gut wie meine Mutter.« Sie lachte leise. »Ich bin nicht gut genug, weißt du? Ich dachte, vielleicht … wenn ich morgen auf ihrer Geige spiele. Dann *werde* ich gut. Und meine Mutter wird mich hören und beschließen, mich auf ihre Tourneen mitzunehmen. Später. In ein paar Jahren. Ich muss nur genug üben.«
»Also, mit mir und dem Joggen ist das so«, sagte John-Marlon. »Ich übe und übe, und ich werde besser, aber gut werde ich nie.«
»Hm.«
Sie legte den Kopf auf die Knie, und eine Weile schwiegen sie.
»Ich bin abgehauen«, sagte John-Marlon dann.
Wind sah auf. »Hast du deshalb meine Sachen an? Ich hatte mich schon gefragt.«
»Ja. Ich hab ein Auto geschrottet. Das … Auto von meinem Vater. Einen Porsche. Ziemlich teuer und nicht ab-

bezahlt. Ich wohne jetzt in deinem Bauwagen. Das ist aber nicht wichtig. Wichtig ist, dass sie den Dschungel nicht in ein Parkhaus verwandeln. Du hast gesagt, ich soll mich um die anderen kümmern. Aber ohne den Dschungel …«

»Es gibt keinen Dschungel.« Sie sah ihn an, von oben bis unten, und auf einmal sagte sie: »Hast du Hunger? Kinder, die in Bauwagen leben, haben Hunger.«

John-Marlon wollte tapfer sein und sagte »Nein«, aber Wind verstand, dass er *Ja* meinte.

Und da ging sie hinunter und kam kurz darauf mit einem Teller wieder, auf dem dicke, krumm geschnittene Brotscheiben lagen, beschmiert mit Butter und Marmelade und Leberwurst und belegt mit Scheiben von Käse und Gurke, und zwar alles auf einmal.

Da war sie, dachte er, wieder für einen Moment Wind.

Kurz darauf saß er im Mondlicht auf Winds Bett und aß die komischen Brote, und Wind fragte: »Schmeckt's?« Und John-Marlon sagte »Ja« und meinte *Ja*.

»Du musst zurück nach Hause«, sagte Wind schließlich. »Kinder kommen nicht ins Gefängnis wegen eines Autos. Deine Mutter macht sich bestimmt Sorgen.«

John-Marlon schluckte den letzten Rest Gurke mit Marmeladen-Leberwurst.

»Nein«, sagte er entschlossen. »*Du* musst zurück nach Hause. In deinen Bauwagen. Zu den Katzen und dem Schaukelstuhl.« Er zeigte zum Fenster. »Schau! Ein Zeppelin!«

»Zeppelin?«

»Ja! So ein Luftschiff, mit einer Gondel drunter!«

Er öffnete die Balkontür, denn Winds Zimmer hatte einen eigenen Balkon, und sie traten zusammen hinaus.

»Wenn er noch ein bisschen näher kommt, kann ich in die Gondel steigen!«, wisperte John-Marlon. »Und zurück zum Urwald fliegen!«

»Aber … John-Marlon! Da ist kein Zeppelin!«

»Er ist grün und rot und hat goldene Muster! So ähnlich wie Lilien. Du könntest mitfliegen!«

»Heute nicht«, sagte Wind und lächelte plötzlich. »Ich muss weiterüben.«

John-Marlon zog die Gondel an den Balkon heran und kletterte mühsam hinein.

»Also … sehen wir uns morgen?«

»Vielleicht«, sagte Wind.

Und dann schwebte John-Marlon hinaus in die Nacht, über sich den grün-roten Stoff mit den goldenen Lilienmustern. Vielleicht kletterte er auch nur an dem Balkon hinunter, auf einer vergessenen Fensterputzer-Leiter. Aber Wind, das wusste John-Marlon, sah den Zeppelin. *Sie sah ihn.*

Und sie stand lange auf ihrem einsamen Balkon am grauesten aller grauen Häuser und winkte ihm nach.

John-Marlon hatte nur einen Gedanken, als er den Pfad zwischen den Urwaldbäumen entlangstolperte: schlafen. Er sehnte sich nach dem Lager aus alten Decken im Bauwagenhaus, nach den wärmenden Körpern der Katzen, die vielleicht auch gerade Tiger waren, nach dem Gefühl der Geborgenheit. Er wollte eine Weile nichts entscheiden, nichts regeln und sich nicht bewegen müssen. Aber als er das Bauwagenhaus beinahe erreicht hatte, hörte er Stimmen, die sich durch den Urwald bewegten. Stimmen von Erwachsenen.

Sie kamen doch nicht mitten in der Nacht, um ein Parkhaus zu bauen?

John-Marlon blieb stehen und lauschte. Er kannte diese Stimmen. Sie gehörten den Wüstenbanditen. Den Hohepriestern. Und jetzt hörte er auch Pepe. Pepe schien zu protestieren.

John-Marlon setzte sich wieder in Bewegung. Er holte die Männer vor dem Eingang zur Fledermaushöhle ein und versteckte sich hinter einem Vorhang aus Lianen, der von einem Baum herabhing. Im blassen Licht des abnehmenden Mondes sah er, wie die Männer Pepe in die Höhle stießen.

Nein. Es waren keine Männer.

Es waren Werwölfe.

Sie hatten die Köpfe von Wölfen, und an ihren Fingern wuchsen lange Klauen. Der Letzte von ihnen drehte kurz den Kopf, und da sah John-Marlon seine weißen Reißzähne aufblitzen. Er sah sich mit glühenden Augen um, und John-Marlon schloss die eigenen Augen lieber, damit ihn ihr Glänzen nicht verriet.

»Bleibst du dabei, dass du keine Ahnung hast, wo die Kiste ist?«, fragte einer der Werwölfe in der Höhle.

»Das habe ich schon drei Mal gesagt«, knurrte Pepe. »Wenn ihr euren Kram hier vergesst, ist das nicht meine Schuld. Und jetzt lasst mich in Ruhe. Falls das ein Einschüchterungsversuch ist, muss ich euch leider sagen, dass ich keine Angst vor Fledermäusen habe.« Mit einem leisen Lachen fügte er hinzu: »Wind hat uns miteinander bekannt gemacht, die Mäuse und mich.«

Er versuchte, sehr cool zu klingen, aber es funktionierte nicht. Man merkte genau, dass er Angst hatte.

John-Marlon hörte Keuchen, Knurren und etwas wie das Aufeinanderschnappen von Zähnen.

»Was zum Teufel … Was soll das?«, zischte Pepe, offenbar außer Atem von dem Versuch zu entkommen.

»Hör zu«, sagte einer der Werwölfe. »Du bist erstens mit

leeren Händen gekommen. Keine Geige. Trotz aller Versprechen. Und zweitens hast du unsere Kiste gestohlen. Ich finde, über all das solltest du in Ruhe nachdenken. Da unten lässt es sich gut denken. Keine Ablenkung, nur du und die Dunkelheit.«

Damit entfernten sich die Stimmen samt Schritten, und Pepes Protest entfernte sich mit ihnen. John-Marlon sehnte sich noch immer nach seinem gemütlichen Deckenlager. Er zögerte. Doch dann holte er tief Luft und tauchte ebenfalls in die Dunkelheit der Höhle, wo die Fledermäuse herumflatterten. Er tastete sich an der kalten Wand entlang bis zu der Treppe und sagte sich, dass es nicht unheimlich war.

Es war nur ein ganz normaler Wolfsbau ganz normaler Werwölfe.

Und er musste Pepe helfen. *Er* hatte die Kiste.

Er musste ihnen sagen, dass sie in einer Badewanne im Bauch eines Dinosauriers lag …

Am Fuß der Treppe folgte er dem Licht, das die Werwölfe bei sich hatten, eine Fackel sicherlich. Er folgte ihnen die Gänge ihres Baus entlang, stieg über abgenagte Knochen und leere Hundefutterdosen und atmete den strengen Raubtiergeruch.

Was hätte Wind getan?

Um einen unsichtbaren Tiger herbeizufauchen, war John-Marlon nicht genug Kinder.

Die Werwölfe blieben jetzt stehen, und John-Marlon presste sich gegen die kalte Wand. Einer der Wölfe öff-

nete eine Tür seitlich im Gang, und sie schubsten Pepe hindurch.
Die Tür bestand nicht aus Holz oder Metall. Es war eine Tür aus Eisengitter. Wie in einem alten Gefängnis. Sie fiel mit einem Krachen zu, und der älteste Werwolf drehte den Schlüssel im Vorhängeschloss um.
»So«, sagte er zufrieden. »Denk schön nach. Übermorgen möchtest du uns vielleicht sagen, wo die Kiste ist. Und wie das Passwort zum Safe mit der Geige lautet.«
»Ich. Weiß. Es. Nicht.«
»Ach, kleiner Pepe. Natürlich weißt du es. Wir könnten die Geige noch heute Nacht holen, es wäre ganz leicht. Und du müsstest nicht hier drin versauern.«
John-Marlon konnte es in der Dunkelheit nicht sehen, aber er stellte sich vor, wie der Altwolf die Pfote durchs Gitter streckte und Pepe über die Wange fuhr, beinahe liebevoll. Und wie ein tiefer blutiger Kratzer dort zurückblieb. Er schauderte.
»Verdammt, was liegt dir so an dieser blöden Geige?«
»Sie ist ein Symbol«, flüsterte Pepe. »Sie ist die einzige Verbindung, die Wind noch zu ihrer Mutter hat.«
»Ein Symbol«, sagte der Altwolf. »Pepe, der Romantiker. Übrigens – da wäre noch was. Deine Freundin. Wir haben einen Brief für sie vorbereitet. Mit ein paar Fakten. Und ein paar hübschen Fotos. Sie sollte

erfahren, was du tust, um deine Brötchen zu verdienen, meinst du nicht?«
»Das könnt ihr nicht machen.«
»Nicht? Müssen wir nicht ... wenn du uns jetzt das Passwort sagst.«
»Darauf könnt ihr warten, bis ihr grün werdet«, knurrte Pepe.
»Na dann«, sagte der Altwolf. »Lasst uns gehen und grün werden. In zwei Tagen kommen wir wieder. Mach's dir in der Zwischenzeit gemütlich. Wenn du Durst bekommst, kannst du ja die Wände ablecken. Die scheinen etwas feucht zu sein.«
Damit gingen sie – und John-Marlon drehte sich um und rannte. Denn sonst wären sie auf ihn getreten.
»Ist da jemand?«, hörte er die Werwölfe hinter sich rufen. Und jetzt leuchteten sie mit ihrer Fackel in jeden Winkel ihres Baus, jetzt suchten sie ihn mit ihren glühenden Werwolfsaugen.
Er rannte, bis er völlig außer Atem war, verlief sich zweimal in den Gängen des Wolfsbaus, erreichte endlich die Höhle und kletterte draußen auf einen Baum.
Da oben wartete er, bis die drei Werwölfe aus dem Bau kamen und durch den Dschungel davontrabten. Sie liefen jetzt auf allen vieren. Da war nichts Menschliches mehr an ihnen, und sie würden ihr Opfer dort unten vermutlich fressen, wenn sie sich zu sehr über es ärgerten.

John-Marlon kletterte zitternd von dem Baum.
Er dachte erst hinterher darüber nach, dass er eigentlich nicht gut auf Bäume klettern konnte.

Als er sich in die alten Decken im Bauwagenhaus wickelte, zitterte John-Marlon noch immer; er zitterte, bis die Katzen kamen und ihn wärmten.
»Ich sollte nicht hier liegen, ich sollte Pepe befreien«, flüsterte er. »Aber wie? Wind muss kommen und uns helfen.«
Die Katzen schnurrten beruhigend. *Morgen kommt sie,* schnurrten sie. *Morgen.*
Und dann schlief John-Marlon ein.

Er träumte, dass jemand im Schaukelstuhl neben ihm sachte vor und zurück schaukelte. Jemand, der auf ihn aufpasste. Es war ein schöner Traum.
Am Ende nahm die Person eine Handvoll Blütenblätter aus ihrer Tasche und streute sie in die Luft, und sie legten sich im Mondlicht langsam auf John-Marlon, wie ein wärmendes Federbett.
»Du bist gar nicht böse«, flüsterte John-Marlon. »Warum zeigst du dich nie?«
Die Person antwortete nicht, und John-Marlon schlief weiter, tief und fest.

»John-Marlon! Wach auf!«
John-Marlon blinzelte und blickte in Gorans Gesicht. Im

Schaukelstuhl schaukelte Jojo wild auf und ab, und in der Tür standen Esma und Alicia.
»Wir haben auf dich gewartet!«, sagte Goran. »Acht Uhr, schon vergessen? Wann ist denn nun Winds Sache in ihrer Schule? Und wo?«
»Das ist ... erst um zehn«, murmelte John-Marlon und versuchte, wach zu werden.
»Na dann«, sagte Alicia. »Dann ist noch Zeit für ein Frühstück. Wir haben dir nämlich was mitgebracht. Vom Laden.« Sie griff in ihre Schultasche und beförderte eine braune Papiertüte ans Urwaldlicht, aus der es nach Brötchen duftete. »Ich hab auch diese giftige indische Limonade.«
Alicia kippte die Brötchen auf einen alten Blechteller und stellte die Flasche daneben auf den kleinen Tisch, durchs Fenster schien die Sonne, und der Teller verwandelte sich prompt in Silber. Esma legte zwei lila Blüten in eine Schale mit Wasser: Ein Frühstück für einen Helden. John-Marlon war gerührt.
»Ich bin Zeppelin geflogen«, sagte er. »Und vor Werwölfen gefloh... oh verdammt. Pepe.«
Auf einmal war er auf den Beinen. »Wir müssen zu Pepe! Das Frühstück sollten wir ihm besser mitnehmen! Wir müssen ihm sagen, wo die Kiste ist, mit dem Schmuck. Sie haben gesagt, sie kommen erst übermorgen wieder, aber vielleicht kommen sie ja früher und lassen ihn raus.«
»Wie?«, fragte Jojo, der kopfunter an einem Baum vor der Tür hing.

»Erzähl ich euch auf dem Weg«, sagte John-Marlon.

Sie gingen bei dem Dinosaurier aus Müll vorbei, nur um sich zu vergewissern, dass die Kiste schön in der Badewanne lag, in ihre Decke gewickelt.
Und da lag sie, ein Paket aus braunem Stoff und Lianen. John-Marlon klopfte liebevoll darauf.
Dann stutzte er. Da war kein Widerstand. Nur weicher Stoff. Er löste die Lianen und schlug die Decke zurück. In die Decke war eine weitere Decke gewickelt. Keine Kiste.
»Ich habe sie hier reingewickelt! Ganz bestimmt!«, rief er. »Wenn jetzt diese Männer wiederkommen, und sie kriegen ihre Kiste nicht, die sind echt sauer!«
Sie suchten die ganze Umgebung des Müllkunstwerks ab, doch die Kiste blieb verschwunden.

Eine halbe Stunde später führte John-Marlon sie hinunter in den Wolfsbau, aber der Wolfsbau war heute ein leer stehendes Gefängnis.
Pepe schlief hinter der Gittertür, an die kalte Wand gelehnt. Alicia drückte John-Marlons Hand. Es war ein schrecklich trauriger Anblick.
»Fü-Fühstück«, sagte Esma und schob die Brötchentüte und die Flasche zwischen den Gitterstäben durch. »Pe-Pepe! Aufwach!«
Pepe blinzelte. Dann schüttelte er sich wie ein nasser Hund. Ein Lächeln breitete sich über sein müdes Ge-

sicht. »Oh, ihr kommt den Gefangenen füttern«, sagte er bitter. »Woher wisst ihr, dass ich hier unten gerade Urlaub mache?«
»Wir haben keine Zeit fürs Erklären«, sagte John-Marlon. »Wir müssen gleich zu Wind. Und wir haben eigentlich auch die Kiste, die die suchen. Nur …«
»De-den Dinosaurer hat gefressen«, erklärte Esma. »Wir holt Wind, sie kann sagen den Di-Di-Dinosaurer zu ausspucken die Kiste.«
»Macht das«, sagte Pepe. »Holt Wind und den Dinosaurier, und von mir aus noch ein paar Raumschiffe und Engel. Aber wisst ihr was? Am besten wäre es, ihr würdet die Polizei holen.«
»Aber ich glaube, die sperren dich wegen der anderen Sachen ein«, meinte Goran.
Pepe nickte. »Aber *ich* glaube, das ist mir egal. Es ist lausig kalt hier.«
»Hüpfen. Das hält warm«, empfahl Jojo. »Noch zwei oder drei Stunden, dann sind wir mit Wind wieder da. Sie wird die Parkhausleute aufhalten und dich freikriegen. John-Marlon hat es schon geschafft, dass sie den Zeppelin gesehen hat.«
»Zeppelin?«, fragte Pepe verwirrt.
Aber das hörten sie nicht mehr, denn wieder einmal rannten sie. Es war nicht mehr lange bis zehn Uhr.

An der Straßenecke hielten sie kurz an, um Atem zu holen.

»Wo müssen wir lang?«, fragte Alicia. Und John-Marlon sagte: »Keine Ahnung, ich habe nur die Adresse«, und da wussten sie alle einen Moment nicht weiter.
»Wir fragen den Mann im Laden«, sagte Goran.
Aber im Laden war niemand. Der Raum mit seiner altmodischen Verkaufstheke und seinen staubigen Regalen lag da wie eine verlassene Filmkulisse. Als hätte er nur für Wind und ihre Geschichten gelebt. Sie gingen um den Tresen herum, doch auch dort versteckte sich niemand. John-Marlon ballte die Fäuste – und da klingelte die Ladenglocke und jemand kam herein.
Es war der Schnauzbartmann.
»Wie komisch«, sagte er und sah die Kinder an. »Sonst stehe ich immer da und ihr hier.«
»Möchten Sie eine Limca kaufen?«, fragte John-Marlon perplex.
»Nein, ich habe meinen Autoschlüssel vergessen«, sagte der Schnauzbartmann. »Da ist er ja!« Und er fischte den Schlüssel von einem Regal. »Ist Pepe nicht da? Er hat eigentlich Dienst.«
»Er ist da«, sagte Jojo. »Aber weiter unten.«
»Unten?«
Jojo nickte und zeigte auf den Fußboden.
»Aha«, sagte der Schnauzbartmann. »Na, ich muss los. Sonst komme ich zu spät zum Konzert.«
»Das … ist nicht zufällig das Abschlusskonzert der internationalen Schule Berlin?«, fragte Alicia dann langsam.
»Zufällig doch«, sagte der Schnauzbartmann.

»Haben Sie noch Platz im Auto?«, fragte Goran.
»Ich weiß nicht«, sagte der Schnauzbartmann, und unter seinem Schnauzbart breitete sich ein Lächeln aus. »Hayat hat gesagt, ich soll hier in der Nähe fünf Kinder abholen. Wenn die im Auto sind, ist es natürlich ziemlich voll. Da passt ihr kaum noch rein.«
»We-wer ist das Kinder?«, fragte Esma verwundert.
»Wir«, sagte John-Marlon.
»Ich auch?« Esma machte große Augen.
»Natürlich du auch, du bist wichtig«, sagte John-Marlon. »Wir können Wind nur zusammen zurückbringen. Komm jetzt.«

Das Auto war ein alter, klappriger Lieferwagen.
»Woher wussten Sie, dass Sie uns abholen müssen?«, fragte Jojo und hopste auf dem Rücksitz hoch und runter.
»Hayat hat so was erwähnt«, sagte der Schnauzbartmann.
Sie hatte sie also belauscht, dachte John-Marlon, ihn und Wind, nachts.
Zum Glück.
Den Rest der Fahrt über erklärten sie dem Schnauzbartmann die Geschichte mit Pepe, und dann waren sie da.
Die internationale Schule war groß und eckig und ähnelte dem Wohnzimmer der grauen Villa. Den Lieferwagen mussten sie in einer Seitenstraße abstellen, denn vor der Schule standen schon die Autos der Eltern: große, teure Autos mit frisch gesaugten Sitzbezügen. John-Marlon entdeckte auch den weißen Mercedes.

Sie traten durch ein hohes Tor, misstrauisch beäugt von zwei Sicherheitsleuten in schwarzen Westen.
»Einladungen?«, fragte einer der Männer.
John-Marlon zog den Zettel aus der Tasche, den Wind ihm gegeben hatte. Sie wurden abgetastet wie an einem Flughafen und durchgewinkt.
»Sie sind spät«, sagte der linke Sicherheitsmann. »Die Bühne befindet sich hinter der Schule. Auf der Wiese.«
Aber was für eine Bühne das war! Was für eine Wiese! Sie war kurz geschoren und leuchtete so grün, als würde sie jeden Tag frisch gefärbt, und an ihren Rändern wuchsen in schönen akkuraten Blumenbeeten schöne akkurat gepflanzte Blumen. Die Bühne erhob sich mit glänzenden hölzernen Planken unter einem Wald aus großen schwarzen Scheinwerfern, und hätte nicht die Sonne geschienen, so hätten die Scheinwerfer das Sonnenlicht sicherlich gut ersetzt.
Zu beiden Seiten standen Palmen in Töpfen, Palmen mit schlanken, langen Stämmen, die oben hübsch rötlich und glatt wurden. John-Marlon dachte, dass es diese Palmen in Winds Urwald auch gab, sozusagen frei lebend. Die Palmen im Urwald sahen viel unordentlicher aus, mit nicht so sorgsam beschnittenen Stämmen, fusseliger. Und glücklicher.
Vor der Bühne saßen die Eltern, erwartungsvoll die Hälse reckend. Sie waren weniger international als auf internationale Art reich, man sah es ihnen sogar von hinten und im Sitzen an. Keine dieser Mütter hatte je Rücken-

schmerzen gehabt, weil sie schwere alte Leute herumhievte und wusch. Keiner dieser Väter hatte je einen nicht abbezahlten Porsche gefahren oder einen Urlaub in Frankreich geplant. Diese Väter fuhren nach Australien, dachte John-Marlon. In einem Maserati. Obwohl ihre Söhne sicherlich alle schon im Kindergarten Surfen lernten.

Hinten waren noch ein paar Klappstühle frei, und dorthin setzten sie sich. Zwei Mütter drehten sich um und lächelten Esma an, und eigentlich sahen sie ganz nett aus, was John-Marlon noch mehr Magenschmerzen verursachte als die Tatsache, dass sie reich waren.

Ich habe keine Mutter mehr, dachte er. Ich bin weggelaufen. Ich bin ein Gesetzloser.

Er zog sich den alten Zylinder tiefer ins Gesicht.

Und dann begann das Programm. Ein Direktor im Anzug hielt eine lange Rede über das Ende der Schule, das aber nur die sechste Klasse war.

John-Marlon reckte den Hals und fand Winds Vater, den traurigen Putzerfisch.

Er saß ganz vorne. Neben ihm saß auf der einen Seite Hayat. Wer auf der anderen Seite saß, konnte John-Marlon nicht richtig sehen im Gedränge.

Auf der Bühne spielte ein sommersprossiger dünner Junge Klavier, dann kamen ein paar Blechbläser … John-Marlon fielen die Augen zu. Die Nacht war zu kurz gewesen. Sein Kopf rutschte zur Seite, er merkte, dass er sich an Jojo lehnte, und er dachte noch, dass dies hier

lange dauern würde und dass Jojo sicher nicht so lange still sitzen konnte. Aber Jojo bewegte sich keinen Millimeter, er starrte nur die Bühne an.
Und dann zischte er: »Da ist sie!«
John-Marlon fuhr hoch.
»Ja, da ist sie«, flüsterte der Mann mit dem Schnauzbart. »Unsere Teufelsgeigerin. Schade, dass Pepe sie nicht sieht. Der hätte Augen gemacht.«
Und das hätte er.
Wind war noch viel weniger wiederzuerkennen als im Park der grauen Villa. Sie trug jetzt ein tiefdunkelblaues Seidenkleid, gerade, fließend, sehr elegant – und eine große dunkelrote Stoffblume im hoch aufgesteckten Haar. Es mussten tausend Haarnadeln in dieser Frisur stecken, Hayat hatte sicherlich Stunden dafür gebraucht. Wieder verbarg ein Stirnband Winds Feuermal, diesmal ein nachtblaues voller glitzernder Glassteinchen. Winds Füße steckten in weißen Sandalen mit Riemen, die bis zu den Knien hoch um die Beine geschnürt waren.
»Schö-schöööön«, hauchte Esma.
»Scheußlich«, zischte Jojo. »Was soll diese Verkleidung?«
Aber John-Marlon dachte, dass es wohl eher das grauschwarz gestreifte Hemd und die löcherigen Jeans gewesen waren, die Wind als Verkleidung benutzt hatte. Dies war die echte Wind, oder nein, die echte Selma, und in ihrer Welt hatten weder er noch die anderen etwas verloren. Es tat weh, das zu denken.
Wie gerade sie da stand. Wie sie lächelte. Sanft wie eine

kleine vorbeiwehende Baumwollblüte. Eigentlich blöde, dachte John-Marlon, die andere Wind hätte gesagt: Wer will schon eine kleine vorbeiwehende Baumwollblüte sein?

Aber es war nicht ihr Vater gewesen, der sie so herausgeputzt hatte. Kein Mann, nein, sie musste es, mit Hayats Hilfe, selbst gewesen sein. Sie wollte beeindrucken, und sie beeindruckte.

Sie deutete einen Knicks an, öffnete den Geigenkasten und entnahm ihm die Geige ihrer Mutter.

Als sie den Bogen hob, lief ein Raunen durch die Menge. Sie erkennen die Geige, dachte John-Marlon. Jeder hier weiß, was für eine Geige das ist.

Er sah, dass der Putzerfisch die Hände ausgestreckt hatte, als wollte er seine Tochter hindern, diese Geige zu spielen – doch seine Hände griffen ins Leere.

Und Wind spielte.

Sie spielte für ihre Mutter.

Denn ihre Mutter war hier, irgendwo versteckt in der Menge, sie *musste* hier sein. Sie würde sie umarmen und ihr sagen, dass sie nicht auf das Internat gehen sollte, sondern mit ihr um die Welt reisen und Geige spielen.

John-Marlon sah es vor sich.

Aber komisch, in seiner Vorstellung war es auf einmal sein Vater, der sprach.

»Endlich!«, hörte er seinen Vater sagen. »Endlich hast du ein Tor geschossen!«

Er blinzelte sich zurück in die Realität.

Und hörte Wind spielen. Sie spielte etwas, das unglaublich furchtbar schrecklich schwer klang, schnell und kompliziert und irgendwie verknotet. Und überhaupt nicht schön.

Niemand sagte etwas, also musste es wohl richtig sein.

Jojo machte ein Gesicht, als bisse er in einen Schlammtümpel.

Goran zuckte die Schultern. Alicia schüttelte den Kopf, und Esma rollte mit den Augen.

Neben Wind stand der Pianist von vorher, er blätterte jetzt die Seiten für sie um.

Und dann spielte sie falsch. Quietschig falsch. So falsch, dass es jeder merkte.

Sie setzte noch einmal an – und die Geige quietschte abermals. Wind ließ den Bogen sinken.

Da stand John-Marlon auf. Ganz langsam. Und er hob die Hände an den Mund und rief:

»Keine Erwartungen! Man soll nicht immer nur Erwartungen erfüllen! Wind hat gesagt, man soll frei sein!«

Alle drehten sich zu ihm um, und er spürte, wie er rot wurde, doch er blieb stehen.

Und etwas Unerwartetes geschah.

Wind – oder Selma – hob die Hand, riss das Stirnband herunter, sodass ihr Feuermal sichtbar wurde, löste die komplizierte Frisur und schüttelte ihr wildes Haar aus.

Dann ging sie mit der Geige ganz nach vorn, bis an den Rand der Bühne, schloss die Augen und hob den Bogen noch einmal.

Und dann spielte sie. Etwas Wildes und Tanzendes diesmal, etwas Ungezähmtes und Unerklärliches, etwas Wunderbares und Magisches. Etwas wie einen Urwald aus Noten, in dem die Töne blühten wie große bunte Blüten.

Die Musik war so mitreißend, dass John-Marlon auf den Zehenspitzen wippte. Alicia und Goran standen auf und wippten mit ihm, und Jojo und Esma hüpften auf ihren Stühlen auf und ab. Der Schnauzbartmann erhob sich – und mit ihm erhoben sich alle, das komplette Klappstuhlpublikum. Sie wippten und tanzten gemeinsam im Rhythmus der wilden Geige, die Stimmung war ganz anders als zuvor, und John-Marlon sah die Leute lächeln. Er sah, wie sie fröhlich wurden und leicht und nicht mehr an geputzte Autos dachten, sondern daran, wie sie als Kinder in Pfützen gesprungen waren.

Wo zwischen all diesen Menschen war Winds Mutter?

Als Wind den letzten Ton spielte und schwer atmend auf der Bühne stand, war es einen Moment noch stiller als vorher.

Dann brauste ein ohrenbetäubender Applaus über die Wiese.

Der Direktor trat wieder auf die Bühne, nickte Wind zu und räusperte sich ins Mikrofon.

»Und von wem … von wem war dieses ganz erstaunliche Stück?«, fragte er.

Er hielt ihr das Mikro hin, und sie drehte es verlegen in den Fingern.

»Von mir«, sagte sie dann leise. »Es ist so, meine Mutter … sie ist Geigerin, vielleicht wissen Sie das. Ich glaube, sie ist hier. Dieses Stück ist für sie. Ich habe es mir ausgedacht, um ihr zu sagen … um ihr zu zeigen, was ich … wer ich …« Sie hob hilflos die Schultern und lächelte.
Da rief jemand laut: »Bravo! Eine eigene Komposition!« Und John-Marlon stellte voller Erstaunen fest, dass es der Putzerfisch war. Die Leute klatschten wieder, dafür, dass das Stück selbst komponiert gewesen war, obwohl John-Marlon eigentlich nicht glaubte, dass Wind es komponiert hatte. Nicht zu Hause am Tisch.
Sie hatte es gerade eben erfunden, während sie spielte.
Wind lächelte, nahm die Geige und kletterte vorne von der Bühne.
Unten nahm ihr Vater sie in die Arme. Und dann hielt der Direktor noch eine langweilige Rede, und danach war Schluss. Die Leute schlenderten hinüber zu einem langen Buffet, und John-Marlon tauchte mit den anderen zwischen Armen und Beinen durch, in Richtung von Wind und ihrem Vater. Jetzt, dachte er. Jetzt sehen wir ihre Mutter. Jetzt sehen wir zwei Eltern, die stolz auf ihre wunderbare Tochter sind, und ich weiß nicht, ob ich das aushalte.
Aber Wind stand mit Hayat und ihrem Vater ein wenig abseits.
»Nein«, sagte ihr Vater gerade. »Es tut mir leid.«
»Aber das … kann nicht sein«, sagte Wind.

»Leider doch«, sagte Hayat.
»Sie ist hier«, beharrte Wind. »Es steht im Internet, dass sie in Berlin ist. Da war ein Foto, von ihr und irgendeiner Kollegin, vor dem Fernsehturm. Von gestern. Sie ist in Berlin und ist nicht zu meinem Abschlussfest gekommen.«
Winds Vater nahm seine Tochter in die Arme, hilflos. Er bemerkte weder John-Marlon noch die anderen Kinder, obwohl sie jetzt genau neben ihm standen.
»Die Geige«, flüsterte er in Winds durcheinandergeratenes Haar. »Du hättest die Geige nicht einfach nehmen dürfen. Du hättest mich fragen müssen! Woher wusstest du den Code?«
»Das war einfach«, flüsterte Wind. »Es ist ihr Geburtsdatum. Weil du sie immer noch liebhast, obwohl sie weggegangen ist, stimmt's? Aber sie wollte uns nicht mehr, sie wollte Karriere machen. Wir waren ihr nicht gut genug … Ich war doch gut, oder? Eben? Ich war doch gut?«
»Natürlich warst du das«, sagte ihr Vater.
»Lass uns einen Kaffee trinken und ein Stück Kuchen essen«, sagte Hayat und strich Wind übers zerzauste Haar. »Und ich glaube, hier ist jemand für dich, Wind …«
»Wind?«, fragte Winds Vater.
»Oh, sie heißt so«, sagte Hayat. »Manchmal. Sie heißt nicht immer Selma.«
»Doch«, sagte Wind. »Ich weiß nicht, wovon du redest, Hayat. Du hast geträumt.«
»Wind!«, rief der Schnauzbartmann. »Willst du deinen

Freunden nicht Hallo sagen? Sie sind extra deinetwegen hier. Sie brauchen dich.«
Wind drehte sich um und sah sie an. Alle der Reihe nach. Dann hob sie die rechte Hand und betrachtete sie einen Moment. Ihre Finger waren blutig. Sie hatte den Geigenbogen zu fest umklammert.
John-Marlon sah das Blut von Winds Hand tropfen. Es versickerte im Gras, und eine kleine Urwaldblume wuchs an der Stelle aus dem Boden.
»Siehst du die Blume?«, flüsterte John-Marlon. »Die ist bestimmt heilig bei den Indios.«
Und er sah, wie die Blutstropfen ein Strom wurden, er schoss aus ihren Fingern wie ein Wasserfall.
Aber Wind schüttelte den Kopf. »Da ist keine Blume«, wisperte sie. »Und meine Mutter ist nicht gekommen.«
Dann knickte sie in den Knien ein und brach zusammen. Ihr Vater fing sie auf.
»Du meine Güte«, sagte er. »Besser, wir bringen sie nach Hause. Das war alles etwas viel für sie. Die ganze Aufregung. Und wir fahren schon übermorgen …« Er hob Wind hoch wie ein kleines Kind und drückte sie an sich, aber sein Hemd blieb sauber. Da wusste John-Marlon, dass keiner der Erwachsenen das Blut sah.
»Ein Verband!«, sagte John-Marlon. »Sie müssen einen Druckverband um ihre Finger machen! Sie ist so schwach, weil sie Blut verliert!«
Winds Vater drehte sich nicht um. Hayat tat es.
»Ich versuche es«, sagte sie. »Einen Druckverband.«

»Halt!«, rief Alicia. »Wind muss mitkommen! Zum Urwald!«
Sie versuchte, mit Winds Vater Schritt zu halten, und Jojo hopste nun auch neben ihnen her.
»Die machen das Gelände platt!«, rief er. »Wo soll John-Marlon denn dann wohnen? Wo sollen wir uns treffen? Und Pepe ist in Schwierig…«
Noch einmal hielt Winds Vater an. »Selma, weißt du, wovon sie reden?«, fragte er.
Wind schüttelte den Kopf. »Ich will nach Hause«, sagte sie leise.
Da trug ihr Vater sie zu dem weißen Mercedes und bettete sie auf die Sitze. Und es nützte nichts, hinterherzurennen und auf ihn einzureden, weil er nicht mehr zuhörte.
Die Einzige, die aus dem Heckfenster winkte, war Hayat. Es war kein frohes Winken.

»Tja«, sagte der Schnauzbartmann.
»So ein Mist!«, rief Jojo. »Ich hab die ganze Zeit still gesessen für nichts!«
»Gehen wir jetzt zur Polizei?«, fragte Goran. »Damit wenigstens Pepe befreit wird?«
»Nein«, sagte der Schnauzbartmann. »Es ist so … Ich sage das nicht gerne, aber ich habe einen Dietrich. Um Schlösser zu knacken.«
»*Sie?*«, fragten sie alle gleichzeitig und starrten den Schnauzbartmann an.

»Bevor ich den Laden hatte … habe ich … bei einem Schlüsseldienst gearbeitet«, sagte er.
Aber irgendwie glaubte das keiner.
»Deshalb Pepe«, sagte John-Marlon.
»Wie?«

»Na, deshalb haben Sie Pepe einen Job gegeben. Im Laden. Weil sie früher so waren wie er. Ein Kleinverbrecher, oder wie das heißt.«
»Möglich«, sagte der Schnauzbartmann, und dann stiegen sie wieder in den Lieferwagen.
»Ich nehme an, du möchtest nicht fahren?«, fragte er John-Marlon. John-Marlon kroch ein bisschen tiefer in den Beifahrersitz.
»Du musst das mit dem Auto wieder ausbügeln«, sagte der Schnauzbartmann. »Wenn das hier vorbei ist. Du kannst deine Eltern nicht einfach sitzen lassen wie eine abgelegte Freundin.«

»Ja, ja, ich weiß«, sagte John-Marlon schnell.
Aber er dachte, dass er, wenn das hier vorbei wäre, abtauchen musste. In einen Cenote, der in eine andere Welt führte. In einen Urwald. Irgendwohin, wo ihn auch der Schnauzbartmann nicht mehr finden konnte.
Denn wie sollte er jemals einen geschrotteten Porsche ausbügeln? Der Porsche war unausbügelbar. Das Geld, um ihn zu ersetzen, würde John-Marlon in tausend Jahren nicht zusammenkriegen.

Auf den Stufen des Ladens saß eine junge Frau in einem grünen Sommermantel.
Neben ihr stand der schwarze Klarinettenkasten, und darauf lag ein Umschlag.
»Was machen Sie denn hier?«, fragte Alicia, als sie aus dem Lieferwagen stiegen.
»Irgendwie«, sagte die Mantelfrau, »löst sich gerade alles auf. Meine Partnerin für die Musikaufnahme ist seit heute Morgen verschwunden, und ich erreiche sie nicht. Dann bin ich hergekommen und habe das hier gefunden.« Sie hielt den Umschlag hoch. Ein paar Fotos fielen heraus, und Alicia hob eines auf.
Es zeigte Pepe in Parkmiezen-Uniform. Ein anderes war gar kein Foto, sondern der Ausdruck eines Internet-Angebots für die Uniform. *Faschingsartikel,* stand groß darunter.
Auf einem dritten Bild war Pepe zu sehen, der mit nur einem Bein auf einem Hocker saß, Säge spielte und ein Schild vor sich hatte: *Bitte um milde Gabe für einen Kriegsverletzten*. Offensichtlich hatte er das zweite Bein schlau unter sich auf dem Hocker verstaut.
»Da-das Brief ist von Werwolfe«, sagte Esma. »Sie sind bose! Sie haben Pepe gesperrt!«
»Wie?«, fragte die Mantelfrau verwirrt.
»Er hat sich mit ein paar echt fiesen Typen angelegt«, sagte Jojo. »Und jetzt sitzt er hinter Gittern.«
»Im Gefängnis?«
»Schlimmer«, sagte Alicia. »Er sitzt da unten, wo Sie den

Zug genommen haben. Den Expresszug mit den roten Sitzen, wissen Sie das noch? Da ist jetzt ein Raum mit einer Gittertür. Sehr kalt. Sie wollen ihn dalassen, bis er ihnen das Passwort zu Winds Geige sagt. Aber er will nicht. Weil … weil er in Wirklichkeit …«

»Weil er eigentlich ein anständiger Mensch ist«, sagte John-Marlon.

Die Mantelfrau nickte und stand langsam auf.

»Das weiß ich doch«, sagte sie leise.

In diesem Moment kam der Schnauzbartmann wieder aus dem Laden. Er hielt seinen Flaschenöffner in die Höhe.

»Limca?«, fragte John-Marlon verständnislos.

Doch der Schnauzbartmann lächelte und drehte den Flaschenöffner um. Auf der anderen Seite ragten ein paar Drähte heraus. »Er ist auch ein Dietrich.«

»Wir befreien Pepe also ohne Wind«, sagte Alicia. »Komisch.«

John-Marlon schluckte. »Man darf niemanden zu sehr brauchen«, sagte er. »Das hat … das hat die komische Person mit den Blütenblättern zu mir gesagt. Wir müssen jetzt ohne Wind klarkommen.«

Aber kam Wind ohne *sie* klar? John-Marlon sah sie vor sich, wie sie auf einem kalten, eckigen Sofa lag und an eine weiße Decke starrte. Sie hatte zu viel Blut verloren. Zu viel Lebenskraft.

Sie hatte so sehr gehofft, dass ihre Mutter da wäre. Und sie war nicht da gewesen.

Vielleicht, weil Wind sie zu sehr gebraucht hatte.
»Los jetzt«, sagte der Schnauzbartmann.

Und dann hörten sie die Bulldozer.

Sie bogen gerade in die schmale Straße ein und zerstörten die mittäglich träge Stille. Drei große Fahrzeuge. Eines besaß eine Abrissbirne. Noch war da eine lose Latte im Zaun, noch waren da bunte Plakate.
Aber gleich, gleich würde nicht einmal mehr ein Zaun da sein, John-Marlon begriff es mit schmerzlicher Klarheit.
Sie rannten. Einmal mehr. Sie erreichten die lose Latte, und John-Marlon las das Datum auf dem *Hier entsteht ein Parkhaus*-Schild.
Es war das Datum von heute.
Die Bulldozer hatten angehalten, zwei Bauarbeiter sprangen heraus und begannen, ein *Vorsicht Baustelle*-Schild aufzustellen. Ein dritter winkte und brüllte etwas, vermutlich dass die Kinder da weggehen sollten.
Sie gehorchten. Sie gingen da-weg. Sie schlüpften durch die Lücke im Zaun.
Und betraten ein allerletztes Mal das grüne Dämmerlicht des blühenden, zwitschernden, pfotendurchhuschten Urwalds.

Sie kamen bis zum Bauwagenhaus, ehe sie das Krachen hörten. Da drehten sie sich um und sahen, wie die ersten Latten umgerissen wurden.

»Guckt euch das an«, sagte John-Marlon. »Die Urwaldvögel fliehen.«
Die Vögel flogen in bunten Wolken aus den Urwaldriesen auf – kreischende bunte Papageien und kleine Dschungeltäubchen, rot-blau-grün-gelb-weiß-violett.
»Als Nächstes kommen die Affen«, sagte John-Marlon. »Da! Guckt, die mit den geringelten Schwänzen!«
Und sie sahen, wie die Affen aus den Bäumen kamen, Halbaffen mit Knopfaugen und langen Schwänzen und Ganzaffen ohne Schwänze. Sie turnten alle durch die Bäume in Richtung des Bauwagenhauses.
»Sie glauben, sie können sich hierher retten«, flüsterte John-Marlon. »Sie wissen nicht, dass Wind weg ist.«
Esma griff nach seiner Hand, bittend, doch John-Marlon schüttelte den Kopf. »Es ist aus«, sagte er. »Aus und vorbei.«
»Du hast auch gemacht, dass wir die Affen sehen!«,

rief Jojo. »Und die Papageien! Los, mach was gegen die Bulldozer!«

»Es sind Monster«, sagte John-Marlon. »Was kann ich gegen Monster machen?«

»Monster?«, fragte Goran.

»Die den Zaun einreißen«, sagte John-Marlon. Und auf einmal wusste er, was er tun musste. »Seht ihr ihre Greifarme und ihre Mäuler?«, fragte er. »Ihre Zähne? Sie haben jeder mehrere Köpfe ...«

»Ja«, sagte Jojo. »Ja, wir sehen sie.«

»Wir sehen sie!«, riefen alle.

Und das war gut. Denn gegen Monster konnte man eben doch etwas tun. Monster gehörten zu den Dingen, die sich mithilfe von unsichtbaren Tigern besiegen ließen.

»Der kleine Erwin!«, sagte Goran. »Wir brauchen den kleinen Erwin!«

John-Marlon nickte. »Sie werden nicht mit einem Dinosaurier rechnen.«

Minuten später erwachte der Bagger mit einem heiseren Brüllen, als Goran den Zündschlüssel umdrehte. John-Marlon sah die anderen streng an.

»Das ist kein Fahrzeug«, sagte er. »Also kann es keinen Zündschlüssel geben. Das ist ein Dinosaurier, der den Monstern in die Beine beißen wird. Alles klar?«

»Klar!«, riefen die anderen.

Nur der Schnauzbartmann und die Mantelfrau waren nicht mit aufgestiegen.

»Wir müssen zu Pepe!«, rief die Mantelfrau.

»Halt«, sagte der Schnauzbartmann. »Ich lasse die Kinder nicht allein mit diesem Bagg… diesem Dinosaurier.«
Die Mantelfrau rief noch irgendetwas und zog an seinem Arm, aber er schüttelte den Kopf, weil er vermutlich dachte, dass John-Marlon den kleinen Erwin zu Schrott lenken würde, so wie den Porsche. Da riss die Mantelfrau ihm den Dietrich aus der Hand, und John-Marlon sah sie zwischen den Bäumen verschwinden, während der Schnauzbartmann sich zu ihnen auf den kleinen Erwin schwang.
Die Monster fraßen bereits eine Schneise in die Urwaldbäume. John-Marlon sah abgerissene Lianen durch die Luft fliegen, sah, wie die Kiefer der Bestien Blätter und Holz zermalmten. Der kleine Erwin bäumte sich heulend auf.
»Sie sind zu stark für den kleinen Erwin!«, schrie John-Marlon.
Da pflückte Esma eine Handvoll grüner Beeren. »Wi-wir giften!«, schrie sie. »Das für Monster ist Gift!«
»Ja!«, jubelte Jojo. »Wir werfen ihnen diese giftigen Teile in den Rachen!«
Der kleine Erwin holperte und hüpfte über den unebenen Boden den Monstern entgegen. Ihre Klauen wühlten sich bereits gierig in den Boden. Sie würden die Fledermaushöhle zerstören, dachte John-Marlon. Sie würden die unterirdischen Tunnel zum Einsturz bringen. Wenn es ihnen nicht gelang, sie aufzuhalten, würden Pepe und die Mantelfrau dort unten lebendig begraben werden.

»Vorwärts!«, schrie er und stemmte die Hacken in die Seiten des kleinen Erwin.
Esma streckte die Hand mit den Giftbeeren aus.
Die Monster waren ganz nah.
Und dann stockte der keine Erwin. Und blieb einfach stehen.
»Kein Benzin mehr!«, rief der Schnauzbartmann.
Sie sprangen ab. Natürlich lag es nicht am Benzin, der kleine Erwin war starr vor Angst. Auch ein Dinosaurier hat Grenzen.
»Auf den Baum da!«, rief John-Marlon. »Wir warten da, bis sie vorbeikommen, und werfen die giftigen Beeren von oben!«
Im Grunde seines Herzens wusste er, dass das Unsinn war. Dass es nichts nützen würde, Beeren auf Baumaschinen zu werfen. Dass sie längst verloren hatten. Dass es Zeit war, die Welt der Phantasie zu verlassen.
Aber er konnte nicht. Es hätte geheißen, alle Hoffnung aufzugeben.
Diesmal war er es, der vorankletterte. Sie folgten ihm alle in die Krone des Baumes – alle bis auf den Schnauzbartmann, und von oben sahen sie die Krallen und geifernden Mäuler der Monster noch besser. Sie sahen die graue Stadt, deren Teil der Urwald werden sollte. Sie sahen das Bauwagenhaus, das klein und hilflos dastand. Sie sahen sogar, dass Blumen in der Teekanne standen, draußen neben dem Schaukelstuhl.
Moment.

Am Morgen waren keine Blumen in der Teekanne gewesen. Am Morgen hatte der Schaukelstuhl noch drinnen gestanden.
Und dann sahen sie noch etwas.
»Wind!«, schrie Esma. »Sie ist da!«
Ja, sie war da. Sie stand vor ihrem Bauwagenhaus und sah sehr entschlossen aus.
Hatte Hayat sie hergefahren? Wo hatte sie ihren Vater gelassen?
Na, dachte John-Marlon, wahrscheinlich hatte der Vater doch noch in seiner Bank zu tun gehabt, so war das ja immer mit Vätern, die sagten, sie hätten Zeit für einen.
»Sie hat sich umentschieden!«, rief Alicia mit einem Strahlen, das größer war als ihr Gesicht. »Sie ist doch zurückgekommen, um uns zu helfen!«
»Hayat muss einen sehr guten Verband gemacht haben!«, rief John-Marlon, der fühlte, wie er selber strahlte.
»Sie hat die Geige mit!«, rief Goran.
»Sie zaubert, bestimmt!«, schrie Jojo und wippte gefährlich auf einem etwas zu dünnen Ast. »Mit der Geige! Sie macht die Monster platt! Legt sie lahm! Pulverisiert sie! Vielleicht kann sich der Geigenbogen in ein Laserschwert verwandeln!«
Wind rannte jetzt die Wendeltreppe hoch auf ihre Dachterrasse.
Das tiefblaue Kleid war am Saum eingerissen, ihr Haar stand wild vom Kopf ab, und ihr Feuermal leuchtete wie ein tagsüber strahlender Stern.

Sie hielt die Geige in einer Hand und den Bogen in der anderen.
Und jetzt legte sie beides auf den Boden und holte etwas aus ihrer Hosentasche. Etwas Kleines. John-Marlon beugte sich auf seinem Ast vor. »Was macht sie da?«, fragte er.
In diesem Moment hörten die Monster auf zu heulen. Vielleicht machten sie eine Pause, oder Wind hatte sie bereits verzaubert.
Gleichzeitig begriff John-Marlon, was das Kleine in ihrer Hand war.
Eine Streichholzschachtel.
»Da habt ihr euren Urwald!«, rief Wind. »Und die Geige noch dazu! Ich brauche sie nicht mehr! Meine Mutter kommt sowieso nicht zurück, hört ihr? Ich bin ihr egal! Ich bin nicht gut genug, und ich bin ihr egal! Baut ruhig euer Parkhaus! Viel Spaß dabei!«
Ihr Gesicht war nass vor Tränen. Sie bekam das Streichholz nicht an. Aber es war klar, was sie damit vorhatte.
John-Marlon war auf dem Boden, ehe er merkte, dass er begonnen hatte, vom Baum zu klettern. Er rannte durch den Urwald, hörte die anderen hinter sich, schneller, schneller, schneller!
Als er vor dem Bauwagenhaus aus dem Urwald tauchte, stand Wind noch immer auf dem Dach. Und das Streichholz in ihrer erhobenen Hand brannte.
»Niiicht!«, schrie Jojo.
»Wir müssen Pepe retten!«, rief Alicia. »*Du* musst ihn

retten! Er ist in den Kellern eingesperrt! Wenn die Monster alles einreißen, wird er verschüttet!«
»Du kannst diese Geige nicht anzünden, das ist Wahnsinn!«, rief Goran.
»Das kann ich sehr gut!«, schrie Wind. »Aber ich kann niemanden retten. Die merken schon, dass jemand da unten ist. Und es ist nicht mehr meine Sache, kapiert ihr? Ich bin in zwei Tagen weg, für immer! Man kann nicht ewig in erfundenen Welten leben. Also können die erfundenen Welten auch abbrennen. Sie werden nichts finden, den Bauwagen nicht und nichts, nur einen Haufen Asche.«
Damit alle sahen, wie ernst es ihr war, hob sie die Hand mit dem Streichholz noch ein wenig höher. Und deshalb war es nicht die Geige, die Feuer fing. Es war der Ast über Wind.
Einer der wippenden Äste, die das Dach der Dachterrasse bildeten. Und es war ein heißer Tag; ein heißer, trockener Tag in einem heißen, trockenen Sommer. Die Flammen schlugen empor, fraßen sich durch die Äste, tropften auf die Bretter der Dachterrasse, entzündeten knackend das Holz.
Da hob Wind reflexartig die Geige und den Bogen auf und trat einen Schritt zurück.
Sie stand mitten in einem gelb lodernden Flammenkranz. Zugleich nahmen die Bestien ihre zerstörerische Arbeit wieder auf, die Pause war wohl nur ein Zufall gewesen.
John-Marlon sah in Winds Gesicht noch immer die Trä-

nen, aber jetzt stand auch Angst darin. Ihr Plan war gewesen, die Geige anzuzünden und zu verschwinden – in die Erwachsenenwelt, in der sie von jetzt an leben würde. Aber jetzt stand sie da, hinter den Flammen, starr vor Angst wie der kleine Erwin.

John-Marlon drehte sich um.

Die Monster waren keine Monster. Es waren Bulldozer. Die Phantasie war kaputt. Und der Urwald war kein Urwald. Es war ein verwildertes, zugewachsenes Gelände, auf dem jemand über die Jahre ein paar exotische Büsche angepflanzt hatte zwischen Birken, Knöterich und Brennnesseln. Die Papageien waren nichts als aufgeregte Spatzen, die Affen verschwunden. Und zwischen den Sträuchern stand ein schäbiger kleiner Bagger, der keinen Treibstoff mehr hatte.

Irgendwo hinter einer schlammigen Baugrube, in der Nähe eines Abwasserrohrs, gab es einen alten Kellereingang, in dem vielleicht ein paar Fledermäuse hingen.

Die Bulldozer würden all dies innerhalb von wenigen Stunden dem Erdboden gleichmachen.

Er wandte sich wieder dem Bauwagenhaus zu.

Das Feuer, dachte er mit steigender Panik. Das Feuer war echt. Ungespielt. Und in einem Stück des alten Kellers, hinter einer echten Gittertür, saß jemand fest, weil die Mantelfrau höchstwahrscheinlich nicht mit einem Dietrich umgehen konnte.

Die Flammen griffen auf den nächsten Baum über.

»John-Marlon!«, rief Alicia. »Mach doch was!«

John-Marlon sah den Schaukelstuhl an und die Teekanne mit den frischen Blumen und wusste nicht, was er machen sollte.
Auch er stand wie versteinert.
Halt. Die Blumen waren rosa.

12

Arbor lepidopterae Hatterhei

SCHMETTERLINGSBAUM

Es war Wahnsinn, die Wendelstufen hinaufzurennen. Absolut unvernünftig. Verrückt.

Aber John-Marlon rannte.

Denn irgendwo ganz in der Nähe war die Person, die rosafarbene Blütenblätter hinterließ. Die Person, die gesagt hatte, sie käme bald, um Wind zu holen. Und John-Marlon begriff, wer sie war.

Der Tod.

Es war nicht erklärbar, dass sie jetzt auftauchte, wo doch gerade alles so hässlich und unphantastisch wurde, aber so war es nun mal. Und dass der Tod rosa Blütenblätter verlor, schien einleuchtend: Er würde Wind mitnehmen in einen anderen Dschungel, bunter und blütenreicher als dieser hier: ins Paradies. Endlich würde sie wirklich tiefer in den Urwald hineingehen, so tief, dass keiner von ihnen ihr folgen konnte.

Aber wenn sie dahin ging, verdammt noch mal, dann wollte er mit.

Er hörte, wie hinter ihm Alicia rief: »Dreh uuum!«
Er drehte nicht um.
Er rannte hinein ins Feuer. Die Zweige des Baumes über dem Bauwagen waren schon beinahe verglüht, doch die Terrassenbretter brannten. Nicht überall zum Glück. Wind starrte John-Marlon durch die Flammen entgegen, als wäre sie selbst eine Hohepriesterin – nein, eine Göttin. Die Göttin des Feuers, wunderschön, wild, unberührbar. Aber sie war nur ein kleines Mädchen auf einem alten Bauwagen. Ein kleines Mädchen, dass sich nicht mehr rühren konnte, weil es Angst hatte.
John-Marlon hatte auch Angst. Alle Angst der Welt.
Er machte einen Satz vorwärts wie ein Hund, stieß Wind nach hinten und sprang ihr nach, und sie fielen zusammen vom Dach. Der Geruch nach Erde und Blättern umgab John-Marlon, und sein Fuß tat höllisch weh. Wind zog ihn auf die Beine. Und er öffnete den Mund, um etwas zu sagen – doch da fiel neben ihnen ein dicker brennender Ast zu Boden, Funken stoben auf, und sie sprangen zur Seite. Ja, die Zweige über dem Bauwagen hatte das Feuer schon gefressen, aber nun wütete es auf den benachbarten Bäumen. Der ganze verdammte Urwald war dabei, Feuer zu fangen.
»Weg hier«, keuchte John-Marlon. »Komm!«
»Wohin denn?«, fragte Wind. Sie rührte sich nicht. Aber dann drehte sie den Kopf und sagte: »Die Fledermäuse werden sterben«, und das klang sehr traurig.
John-Marlon zog an ihrem Arm. »Los! Dann retten wir

wenigstens die Mäuse!«, weil das vielleicht eine Art war, sie zum Rennen zu bewegen. Wind nickte.
Sie liefen los, an brennenden Ästen vorbei – doch sie kamen nur ungefähr zehn Meter weit. Da packte jemand Wind und hielt sie fest, jemand, der ganz plötzlich zwischen den Büschen auftauchte.
»Bevor du noch mal auf die Idee kommst, diese Geige anzuzünden«, sagte der Jemand, »gib sie mir, ja? Dann könnt ihr machen, was ihr wollt. Euch kopfüber in die Flammen stürzen oder von den Baumaschinen überfahren lassen oder was auch immer. Aber ich hätte diese Geige jetzt gerne.«
Es war der älteste der Werwölfe.
Er war kein Werwolf.
Er war ein ganz normaler Mann. Schwarze Jacke, Jeans, mittelkurze Haare. Ein ganz normaler Mann mit einem sehr festen Griff. John-Marlon stürzte sich auf ihn und biss ihn in den Arm, weil ein Tiger das auch getan hätte. Der Mann schüttelte ihn ab wie ein lästiges Kätzchen, und John-Marlon fand sich auf der Erde wieder.
»Nein!«, hörte er Wind schreien, während sie sich im Griff des Mannes wand.
»Dein Freund Pepe sitzt immer noch unter der Erde, weil er sie mir auch nicht holen wollte«, sagte der Mann. »Was stellt ihr euch bloß alle so an mit diesem Ding? Es ist ein Stück Holz, mehr nicht!«
»Ist es nicht!«, schrie Wind. »Es sind alle meine Träume!«
Diesen Satz musste sie geübt haben, und vielleicht hatte

sie ihn zu ihrer Mutter sagen wollen, nach dem Auftritt. Der Satz beeindruckte den Mann kein bisschen. Er stieß Wind zu Boden, ein zweiter Mann war plötzlich da und hielt sie fest, und dann entwand der erste ihr die Geige. Die Männer rannten (endlich rannte mal jemand, der nicht John-Marlon war), und Wind und John-Marlon lagen immer noch auf dem Boden.
Aber sie waren nicht mehr allein. Das Feuer kam jetzt, um ihnen Gesellschaft zu leisten.
John-Marlons Fuß schmerzte mehr als zuvor, dieser zweite Sturz hatte ihm nicht gutgetan.
»Wir müssen weiter!«, keuchte er. »Die Fledermäuse …«
»Zu spät«, sagte Wind. »Guck. Das Feuer ist jetzt überall.«
»Quatsch!«, rief John-Marlon. »Das Feuer ist überhaupt nicht überall! Komm jetzt hoch! Wind!«
Aber er kam selber nicht hoch, der Fuß streikte.
»Ich heiße Selma«, sagte Wind. »Wind ist tot.«
»Selma auch gleich!«, rief John-Marlon verzweifelt. Er hatte den Geruch des Feuers schon in der Nase. Wo waren eigentlich die anderen? Waren sie einfach geflohen? Irgendwie hatte er doch gar keine Lust darauf, in ein blühendes Paradies zu kommen.
Da schoss oder flog oder sprang etwas an John-Marlon vorbei, riss Wind mit sich und packte auch John-Marlon. Er roch ein bekanntes Parfum. *Rosenduft.*
Hier war sie. Die Gestalt, deren Gesicht er nie gesehen hatte.

Der Tod.
»Nein!«, rief John-Marlon. »Ich hab es mir überlegt! Meine Mutter wartet doch auf mich! Ich muss zu ihr zurück, ich muss ihr alles erklären …«
Der Rest seiner Worte ging in einem Gurgeln unter, denn in diesem Moment landeten sie im Wasser und gingen alle drei unter. Natürlich, dies war die alte schlammige Baugrube. John-Marlon schluckte Dreckwasser, kam hoch, hustete und spuckte und merkte, dass er stehen konnte. Neben ihm standen Wind und der Tod.
Der Tod trug ein Jackett, das möglicherweise einmal cremefarben gewesen war, und langes, offenes Haar, ebenfalls sehr schlammig jetzt. Darin war eine etwas angewelkte rosafarbene Blüte festgesteckt. Vermutlich, dachte John-Marlon, trug der Tod immer solche Blüten im Haar, und vermutlich verlor er sie dann und wann. Daher die Spuren, die er hinterlassen hatte.
Der Tod war eine Frau.
»Wind«, sagte sie. »Wind, Wind.« Und sie drückte Wind an sich. John-Marlon sah, wie verwirrt Wind war. Am Ufer spielte das Feuer in den Büschen.
»Der Brand im Urwald wütet ziemlich«, sagte der Tod. Oder die Tod. »Aber das hier ist ja Regenwald. Und im Regenwald regnet es. Jeden Nachmittag um die gleiche Uhrzeit. Da! Guckt mal nach oben!«
John-Marlon hob den Kopf. Tatsächlich hingen dicke Gewitterwolken am Himmel. Ein Sommergewitter schwang sich träge und schwer über Berlin. Nur war es nicht mehr

Berlin. Es war wieder der Dschungel. Die Frau, die der Tod war, hatte ihn zurückgerufen. »Die Fahrzeuge der Regenwald-Roder stecken übrigens in der Erde fest«, sagte sie. »Die kommen keinen Zentimeter weiter.«
Wind sah zweifelnd in das Gesicht über ihr. »Du bist …«
»Ja«, sagte der Tod.
»Wie kommst du hierher?«, flüsterte Wind.
»Zu Fuß. Und vorher mit dem Auto«, sagte der Tod. »Ich bin eine Menge in der Stadt herumgefahren an diesem Morgen, von Büro zu Büro, aber das ist eine andere Geschichte. Jetzt geht es um den Regenwald.« Sie ließ Wind los und hob beide Hände. »Helft mir!«, flüsterte sie. »Wir müssen ihn rufen. Diesen Regen. Sonst zieht er vorbei.«
Da hob auch Wind die Hände zum Himmel, und dann standen die beiden im schlickigen Wasser und murmelten unverständliche Worte, die Augen fest geschlossen. John-Marlon murmelte mit. Doch er schloss die Augen nicht. Er sah zwischen Wind und dem Tod hin und her. Sie sahen sich ähnlich.
Sie hatten die gleichen Nasen, die gleichen Sommersprossen, die gleichen Augenbrauen. Nur besaß der Tod kein Feuermal.
Und Wind, dachte John-Marlon, war deshalb tausendmal schöner.
Der Himmel brach in dem Moment auf, als Jojo und Alicia und Goran und Esma bei ihnen ankamen. Sie kamen von der anderen Seite des Urwaldsees, wo noch nichts brannte. Aber dann brannte auf keiner Seite mehr etwas,

denn der Regen stürzte vom Himmel wie aus Milliarden von Gießkannen, und schließlich verglomm das letzte orangerote Leuchten.
Wind und die Frau an ihrer Seite öffneten die Augen. Die Frau lächelte.
Wind lächelte nicht. Sie sah unsicher von der Frau zu John-Marlon zum Himmel, aus dem es immer noch regnete.
»Warum«, begann sie. Aber in diesem Moment ertönten die Sirenen der Feuerwehr, die irgendwer gerufen hatte, und dann sprang Jojo kopfüber ins Wasser, machte darin einen Purzelbaum und half Wind und John-Marlon schließlich heraus.
Die Frau kletterte selbst ans Ufer. Auch Alicia, Goran und Esma standen jetzt neben ihnen, sie waren außen um den See herumgerannt, wo auch der Schnauzbartmann gerade ankam.
»Wir müssen endlich zu Pepe«, sagte Alicia. »Aber warum regnet es? Und wer ist das, Wind?«
»Es regnet, weil es der Regenwald ist«, sagte Wind und lächelte zum ersten Mal seit Langem. »Und das ist … glaube ich … meine Mutter.«
»Was?«, fragte John-Marlon.
»So, so«, sagte Jojo streng. »Und kann man mal erfahren, warum Sie bei der Geigenkonzertsache nicht da waren?«
»Und warum Sie hier herumgeschlichen sind und uns nachspioniert haben?«, fügte Goran hinzu. »Ohne mal Hallo zu sagen?«

Winds Mutter seufzte. »Ich ... habe mich nicht getraut«, sagte sie. »Ich wollte wissen, was Wind so tut. Und es ist schön. Wunderschön. Ich dachte, da ist kein Platz für mich. Ich meine, ich hatte die ganzen Jahre keine Zeit, oder ich dachte, ich hätte keine Zeit, und ...«
»Okay, Sie können sich nachher weiterentschuldigen«, sagte Alicia. »Pepe wartet.«

Und so wanderten sie alle durch den nur halb verbrannten Urwald, zusammen mit dem Schnauzbartmann, der sehr nachdenklich aussah. Die Fledermäuse in ihrer Höhle hatten den Brand verschlafen, hingen an der Decke und träumten ihre Fledermausträume. Die Treppe führte an diesem Tag in einen Kaninchenbau, weil Wind das sagte. Und unter der Erde hoppelten lauter weiße Riesenkaninchen herum.
John-Marlon ging hinter Wind, und hinter allen anderen ging ihre Mutter.
»Ich glaube, das ist alles ein komischer Traum«, murmelte John-Marlon.
»Ja«, sagte Wind. »Das glaube ich auch.«
Dann bogen sie um die Ecke und sahen die Gittertür, und davor kniete die Mantelfrau auf dem Boden und hielt Pepes Hand, durch die Stäbe hindurch. Sie sahen beide aus, als ob sie sehr froren. Die Mantelfrau sprang auf, als sie die Kinder kommen hörte.
»Ich kann es nicht!«, rief sie. »Mit dem Dietrich! Ich habe es tausendmal versucht, aber ich schaffe es nicht

und Pepe von innen auch nicht!« Tränen standen in ihren Augen. »Die Baumaschinen sind doch sicher gleich da!«
»Nein«, sagte Winds Mutter.
Der Schnauzbartmann nahm wortlos den Dietrich, fummelte ein bisschen damit herum und ließ das Vorhängeschloss aufschnappen. Dann öffneten sie die Gittertür, und Pepe stolperte in den Gang.
»Wer ist das?«, fragte er.
»Das gerade vorbeigehoppelt ist? Ein weißes Riesenkaninchen. Das hier ist ein Riesenkaninchenbau«, erklärte Wind. Sie hörte sich fast wieder ganz an wie sie selbst.
»Nein«, sagte Pepe und zeigte auf Winds Mutter. »Ich meine *das*. Ist das eine Wahnvorstellung von mir oder eine berühmte Violinistin, die ich mal in der Zeitung gesehen habe?«
»Das ist meine Partnerin, mit der ich in Berlin bin, um dieses Stück aufzunehmen«, sagte die Mantelfrau.
»Das ist meine Mutter«, sagte Wind.
»Emma«, sagte Winds Mutter. »Ich heiße Emma Rosendahl.«

Und dann waren sie alle wieder oben, und leider verwandelte sich der Regenwald wieder in ein heruntergekommenes Baugrundstück zwischen Hochhäusern. Es nieselte nur noch sanft.
Hinter den Baumaschinen standen jetzt zwei Feuerwehrautos in der Straße, und neben den Maschinen standen

die Bauarbeiter und die Feuerwehrleute und ein besorgter Putzerfisch und Hayat.
»Tja«, sagte einer der Feuerwehrleute, als Winds Mutter ihm eine Begrüßung zunickte. »Sie waren das, die uns angerufen haben, ja? Sieht aus, als hätten wir hier nichts mehr zu löschen. Hat man ja auch selten, dass der Regen so gezielt kommt!«
Die anderen Feuerwehrleute lachten.
Dann gingen sie, und die Arbeiter stiegen in ihre Baufahrzeuge und machten sich daran, sie tatsächlich rückwärts vom Gelände zu lenken.
»Sie baun Parkhaus morgen weiter?«, fragte Esma.
»Nein«, sagte Winds Mutter. »Sie bauen überhaupt kein Parkhaus. Das Grundstück gehört nicht mehr den Leuten, die das Parkhaus bauen wollten.« Und an Wind gewandt fügte sie hinzu: »Es gehört dir.«
»Was«, fragte Wind, völlig verwirrt, und strich sich die Wildhaare aus dem Gesicht. »Mir?«
»Ja. Seit einer Stunde. Oder eigentlich mir, aber dir, wenn du achtzehn bist, so steht es im Vertrag. Es war gar nicht so einfach, das alles einzufädeln … Vor allem, weil sie schon eine Firma mit dem Abriss aller alten Ruinen beauftragt hatten. Ich bin heute Morgen deswegen in drei Büros gewesen und habe sicher dreißig Leute angerufen, und immer war jemand anders zuständig. Deshalb …« Sie zögerte. »Deshalb war ich nicht bei dieser Abschlussfeier. Ich habe das Grundstück gekauft, während du Geige gespielt hast.«

»Deine Geige«, sagte Wind und zog die Nase hoch.
»Es war nie meine Geige«, sagte ihre Mutter. »Ich hatte sie nur von der Bank geliehen, der sie gehörte.«
»Aber sie ist sowieso nicht mehr da«, sagte John-Marlon. »Die Werwolf-Hohepriester-Wüstenbanditen haben sie.«
»Ich glaube nicht«, sagte Winds Vater. »Als sie damit an mir vorbeikamen, haben sie sie mir ganz höflich überreicht. Es lag vielleicht daran, dass die Feuerwehr gerade mit Blaulicht kam und sie möglicherweise dachten, das wäre die Polizei?«
Zum ersten Mal, seit John-Marlon ihn kannte, grinste er, und da sah er gar nicht mehr aus wie ein trauriger, ratloser Putzerfisch.
Sondern wie ein froher Putzerfisch. Einer, der gerade eine ganze Menge leckere Algen weggeputzt hat und jetzt wieder durch das Aquariumglas gucken kann. Und der sieht, dass draußen die Sonne scheint.
»Wenn ich ganz ehrlich bin«, sagte Wind leise. »Ganz, ganz ehrlich … Ich will diese Geige nicht spielen. Ich hätte viel lieber …« Sie sah von einem zum anderen. »Eine Säge.«
»Eine Säge?«, fragte ihr Vater und zog die Augenbrauen auf putzerfischtypische Art hoch.
»Um darauf zu spielen«, sagte Wind. »Es hört sich anders an als auf der Geige. Irgendwie mehr wie ich.«
»Schön«, sagte der Vater. Und er seufzte. Und Wind seufzte auch.
»Nein, das ist natürlich Unsinn«, sagte sie schnell. »Ich

spiele auf dem Internat Geige, das ist ja abgemacht. Überhaupt, Hayat hat dir ja inzwischen sicher erzählt, dass wir immer hier waren und alles … heimlich … Du kannst ruhig sauer sein, das ist okay. Es ist ja jetzt vorbei. Der Urwald ist abgebrannt, und es ist vorbei.«
»Was?«, rief Esma. »Nee!«
Sie schlang ihre Arme um Wind. »Ist noch da Urwald! Nur wenig ist gebrannt! Wir kann wieder spielen hier. Die machen kein Parkhaus, wir kann spielen!«
Wind strich sachte über Esmas Haare.
»Das könnt ihr«, sagte sie. »Also, glaube ich. Aber ich gehe übermorgen weg. Ich kann nicht mehr kommen und hier spielen. Ich werde erwachsen. Für mich ist es Zeit.«
John-Marlon nahm den zerknautschten Zylinder ab und drehte ihn zwischen den Händen.
»Tja«, sagte er. »Und ich? Kann ich hier dann wohnen bleiben? Wir können neue Bäume pflanzen, Asche ist ein guter Dünger, und wir können …« Er verstummte. Und schluckte. Und sah Wind an.
Es würde gar nicht schön sein ohne sie.
»Wind«, sagte er leise.
»John-Marlon«, sagte Wind.
Und dann sagte einen Moment lang gar niemand etwas. Und dann sagte Winds Vater: »Aber ich *bin* doch überhaupt nicht sauer. Ich *wusste* ja nicht, dass du lieber mit Müll spielst als mit den Spielsachen zu Hause. Und lieber in einem Urwald als in unserem Garten.«

»Wie soll man da denn spielen«, sagte Alicia und schnaubte wie ein Nashorn. »Da ist ja alles gebügelt, und der Gärtner saugt jeden Tag Staub auf dem Rasen, wie?«
»Ja, das … das kann sein.« Winds Vater nickte mit einem irgendwie traurigen Lächeln. »Ich kenne mich nicht so aus mit Gärten. Und mit Spielen. Was Hayat mir vorhin erzählt hat, das … klang schön.« Und auf einmal kniete er sich auf die zerwühlte, erdige Erde, vor seine Tochter, und sah sie an.
»*Willst* du nach Frankreich, in das Internat? Willst du Geigerin werden? Sag es mir. Ehrlich.«
Und Wind holte tief Luft, als wollte sie etwas ganz Lautes sagen, und sagte ganz leise: »Nee.«
»Und was willst du?«, fragte ihre Mutter.
Wind sah nervös von einem zum anderen. »Warum fragt ihr das? Das fragt doch nie einer.«
»Keine Erwartungen erfüllen«, sagte Jojo und machte ein strenges Gesicht. Aber hinterher machte er noch einen Handstand, weil er schon wieder zu lange still gestanden hatte.
»Die Zeit zurückdrehen«, flüsterte Wind. »Nie zwölf werden. Hier bleiben.«
»Ist zwölf das Ende der Kindheit?«, fragte Hayat, und alle fuhren herum, weil sie bisher nicht da gewesen war.
»Ist irgendwas das Ende der Kindheit?«, fragte Jojo, der immer noch verkehrt herum stand.
»Wenn du hierbleiben willst, dann bleib doch«, sagte

Winds Vater. »Es gibt auch hier Schulen mit siebten Klassen.«
»Aber nicht mit derselben Förderung für Geige.«
»Vielleicht aber für Säge?«, fragte Winds Mutter.
»Oder vielleicht für gar nichts«, sagte John-Marlon. »Sie kann ja auch was anderes werden und nur in ihrer Freizeit sägen. Das weiß man doch mit zwölf noch gar nicht.«
»Hm, nein«, sagte Wind. »Keine Ahnung, was ich werden will. Vielleicht Müllsammlerin.« Sie grinste. »Kann man doch sicher auf Bachelor studieren? Ich hab mal gehört, das kann man mit fast allem.«
Da lachten sie alle, obwohl John-Marlon keine Ahnung hatte, was Bachelor war, aber er hatte durchaus eine Ahnung, dass jetzt für Wind alles gut war. Richtig gut.
»Und wir pflanzen jede Menge neue Bäume«, sagte Wind. »Wie die, die ich am Anfang mit Hayat gepflanzt habe. Und wir könnten ein Gewächshaus bauen, für den Winter.«
»Ich besorge euch die Zutaten im Baumarkt«, bot Winds Vater an.
»Oh nein«, sagte Wind freundlich. »Die finden wir schön alleine auf dem Sperrmüll. Du glaubst gar nicht, was die Leute alles wegwerfen. Wir finden auch Sachen, um mein Haus zu reparieren. Tausend Sachen. Können wir auch den Zaun wieder aufbauen? Das kannst du mit Holz aus dem Baumarkt machen, wenn du willst.«
»Aber eine Latte muss lose sein«, fügte Alicia hinzu.
Winds Eltern nickten. Beide.

Und da umarmte Wind sie. Weil das immer so ist bei Happy Enden. Sie umarmte ihre Mutter, und Winds Vater umarmte Wind, und so kam es, dass sich auch Winds Vater und Winds Mutter umarmten, weil es gar nicht anders möglich war.
»Ihr könnt mal zum Tee vorbeikommen«, sagte Wind. »Ich warne euch allerdings. Es kann sein, dass Seerosen darin sind. Und dass ein Tiger im Schaukelstuhl sitzt.«
»Ich würde schrecklich gerne irgendwann vorbeikommen und mit einem Tiger Tee trinken«, murmelte ihr Vater. »Ich habe so lange nicht gespielt, ich glaube, ich weiß gar nicht mehr, wie das geht.«
»Sieht so aus, als würde ich eine Weile in Berlin bleiben«, sagte Winds Mutter. »Dann komme ich auch vorbei.«
»Hast du keine internationale Tournee?«
»In nächster Zeit nicht«, sagte sie. »Das liegt daran, dass ich sie abgesagt habe. Vielleicht machen wir ein paar mehr Aufnahmen in Berlin.«
Sie drehte sich nach der Mantelfrau um. Doch die Mantelfrau stand nicht mehr bei ihnen. Pepe übrigens auch nicht.
Sie würden wiederkommen. Beide. Irgendwann.
Dafür räusperte sich Hayat jetzt und sagte: »Ich habe gerade noch telefoniert. Ist euch klar, dass an diesem Morgen schon vier Elternpaare ihre Kinder suchen?«
»Mist«, sagte Jojo.
»Das gibt Ärger«, sagte Goran düster. »Wir haben nicht mal unsere Zeugnisse abgeholt, Esma. Und Noten sind

das Wichtigste. Gute Noten. Damit was aus uns wird in diesem Land. Sagen Mama und Papa.«
»Seid mir böse oder nicht«, meinte Hayat. »Aber ich habe der Polizei gesagt, wo ihr alle steckt, damit sie es den Eltern sagen kann.«
»Oje«, sagte Alicia.

Und da ertönte, erscholl, explodierte ein Schrei und brachte die nicht verbrannten Urwaldblätter zum Zittern.
»Dachte ich's mir doch, dass sie ungefähr so lange brauchen«, murmelte Hayat.
Der Schrei wurde wiederholt. »John-Marloooooon!«
In der Urwaldschneise, die die Bulldozer gerissen hatten, tauchte eine schmächtige Person auf. Und dann war sie bei ihnen und warf ihre Arme um John-Marlon.
»Mama«, flüsterte er, doch das hörte man nicht, weil er sein Gesicht in ihre Bluse presste.
»Ein Glück!«, sagte John-Marlons Mutter und: »Mein Gott!« und: »Was hast du dir dabei gedacht!« Und John-Marlon sagte währenddessen: »Was ist mit dem Porsche?« und: »Es tut mir so leid« und: »Ich wohne jetzt hier.«
Seine Mutter ließ ihn so weit los, dass sie ihn ansehen konnte. »Wie?«
»Es ist im Moment etwas verkohlt«, erklärte John-Marlon. »Aber wir reparieren es. Das Bauwagenhaus da hinter den Bäumen. Man kann zwischen dem alten Schaukelstuhl und der Wand schlafen.« Er schluckte. »Wenn

du mein Zimmer an jemand anderen vermietest und das Geld sparst, reicht es irgendwann dafür, den Porsche zu bezahlen.«

Da fing John-Marlons Mutter plötzlich an zu weinen, und das war ungünstig, denn es steckte an. John-Marlon spürte, wie ihm selbst auch die Tränen übers Gesicht liefen, es war peinlich, jedoch nicht zu ändern, und dann war es nicht mehr peinlich, weil keiner lachte.

»John-Marlon, John-Marlon«, wisperte seine Mutter und drückte ihn wieder an sich. »Du kannst mich doch nicht alleine in der Wohnung sitzen lassen! So ein blödes Auto, das kann dein Vater ruhig selbst bezahlen, der hat immerhin den Schlüssel jemandem gegeben, der nicht Auto fahren kann. Und außerdem erledigt das wahrscheinlich die Versicherung. Aber selbst wenn … wenn ich es bezahlen müsste … Das ist doch egal! Hauptsache, du kommst nach Hause!«

»Aber Papa«, sagte John-Marlon. »Er hasst mich jetzt. Oder? Ich war sowieso nie gut genug. Beim Joggen und so. Ich kann das nicht. Ich meine, ich bin heute den ganzen Tag bloß gerannt, aber … Und Surfen hätte ich auch nie gelernt.«

»In unserer Wohnung muss man nur sehr selten surfen, wenn man vom Bad in die Küche will«, sagte John-Marlons Mutter fest. »Und eigentlich niemals joggen.«

»Du meinst … es ist nicht notwendig?«

»Nein.«

»Und Tore schießen?«

»Jetzt verrate ich dir mal was«, sagte seine Mutter grimmig. »Dieser Vater, den du da hast. Der hat sein Lebtag in seinem Firmenverein noch kein Tor geschossen.«
Sie hätte noch mehr gesagt, aber da gellte ein zweiter Schrei im Urwald. Es war ein sehr lauter Tag. Die armen Papageien.
Diesmal schrie jemand: »Aliciiiiaaaaa!«, und es kamen sogar zwei Leute durch die Schneise gerannt: eine wunderschöne Frau mit einem Baby auf dem Arm und ein Mann in schwarzen kaputten Jeans. Als sie bei der Gruppe angekamen, sagte die Frau zu Winds Vater: »Halten Sie mal«, gab ihm das Baby und fiel Alicia um den Hals, und der Mann hob beide hoch.
»Wir dachten schon, du bist entführt worden!«, rief die Frau.
»Wär doch nicht so wild gewesen«, meinte Alicia. »Ihr habt doch Britta.«
Britta saß auf dem Arm von Winds Vater und guckte mit großen Babyaugen alle an und machte Spuckeblasen.
»Aber eine Alicia hätten wir dann nicht mehr gehabt«, sagte Alicias Vater.
»Da hätte Britta uns auch nichts genützt«, sagte Alicias Mutter.
»Ach so, klar, ich muss aufpassen auf Britta, oder?«, meinte Alicia.
»Nein«, sagte ihre Mutter. »Wir müssen auf dich aufpassen. Besser als bisher, glaube ich. Wo sind wir hier eigentlich?«

»Och, bloß im Regenwald«, sagte Alicia.
Dann sahen sie alle gespannt die Schneise entlang, denn da fehlten natürlich noch Eltern, und die kamen auch. Zu viert. Jojos Eltern waren leicht zu erkennen, sie rannten nämlich, und als sie bei Jojo waren, schleuderte Jojos Vater Jojo durch die Luft. Man sah es direkt: Diese Eltern konnten nicht still sitzen.
John-Marlon fragte sich, warum sie es von Jojo verlangten.
»Damit ihr es gleich wisst, ich habe mein Zeugnis nicht abgeholt, weil wir jemand retten mussten«, sagte Jojo. »Und ich gehe heute Nachmittag nicht zum Konzentrationstraining.«
»Oh«, sagte seine Mutter.
»Ich kann mich nämlich prima konzentrieren«, sagte Jojo. »Das geht nur immer nicht, weil alle erwarten, dass ich dabei sitze. Wenn ich hüpfe, kann ich auch Bücher lesen. So.«
»Aha«, sagte seine Mutter und hüpfte probeweise. »Das muss ich mal ausprobieren.«
Hinter ihnen standen die restlichen beiden Eltern, die erheblich älter waren als der Rest. Die Frau kannten sie, von vor den Büro-Klos. Der Mann ging gebeugt und stützte sich auf einen Stock. Er wirkte schüchtern, fast ängstlich. Und er sagte leise viele Dinge in einer Sprache, die niemand verstand.
»Unsinn«, sagte Esma. »Zeugnis is gar nicht wichtig.«
Und Goran sagte: »Nein. Ich bin nicht der Klassenbeste. Und Esma wird nicht versetzt. Na und?«

Offenbar verstanden die Eltern Deutsch, trauten sich aber nicht, es zu sprechen.
Sie sahen nicht glücklich aus.
Aber dann nahm Esma ihre Mutter in die Arme, und als sie fertig war mit Umarmen, zeigte sie rundherum und sagte »Dschungel« und ein Wort in ihrer Sprache, und auf einmal lächelte die Mutter und nickte.
»Schummel«, wiederholte sie. »Vieles Baume.«
»Bäume«, verbesserte Esma. »Aber is nich wichtig. Du lerns.«
»Du hast vergessen zu stottern«, sagte Alicia.
»Ich stotter aber immer«, sagte Esma.
Und plötzlich mussten alle grinsen, sogar ihr Vater. »Esma gut Deutsch schwimmt«, sagte er.
»Spricht«, sagte Goran. »Du fällst durch, weißt du, Papa, aber nächstes Jahr versetzen wir dich bestimmt.« Er sah Wind an. »Unser Vater kann andere Sachen. Er kann helfen, das Bauwagenhaus heilzumachen. Er war Tischler, früher, zu Hause, aber hier sitzt er rum und langweilt.«
»Sich«, ergänzte Hayat.
»Nee, unsere Mutter auch«, sagte Goran.
»Guck das Urwald, Papa«, sagte Esma. »Ist schön, nein?«
»Schön«, wiederholte ihr Vater.
Und in diesem Moment flog ein Papagei über den Urwald. Ein echter, bunter Papagei. Rot-blau-gelb mit langen schillergrünen Schwanzfedern. Sie starrten ihm alle mit offenem Mund hinterher. Er flog in Richtung Stadt.
Da sah Wind zum wieder blauen Himmel und sagte:

»Dann müsste eigentlich auch der Schmetterlingsbaum blühen ... Wenn die Papageien in Richtung Stadt fliegen, blüht er, so steht es in der ältesten Dschungel-Weissagung. *Arbor lepidopterae Hatterhei.* Der Baum ist ein botanisches Wunder, denn alle seine Knospen werden zu Schmetterlingen, sobald sie erblühen. Statt Blütenblättern haben sie Flügel. Er wächst übrigens mitten in den Mangrovensümpfen, wo man nur mit einem Hausboot hinkommt. Und ich habe den Verdacht, dass da ein Schatz lagert. Eine Alukiste voll Schmuck von einem indischen Maharadscha.«

»Wir sollten so ein Boot bauen«, sagte John-Marlon und legte einen Arm um Winds Schultern. Es fühlte sich an wie nach Hause kommen. Er setzte Wind den zerknickten schwarzen Zylinder auf und merkte, wie ein Strahlen sich über sein Gesicht breitete. »Und dann finden wir die Kiste. Gleich nächste Woche.«

»Es gibt Killerschildkröten da«, gab Wind zu bedenken.

»Und Sumpfschweine«, sagte Alicia.

»Macht nichts«, sagte Jojo. »Sie werden zahm, wenn jemand auf der Säge spielt.«

Goran fing eine der Blüten mit der Hand, sah zu, wie sie ihre Schmetterlingsflügel langsam auf- und zuklappte, und gab sie Esma, die sie wieder freiließ.

Und die Blüte, die ein Schmetterling war, flog hoch hinauf ins Blau, davon.

»Gleich nächste Woche bauen wir das Boot und fahren los«, sagte John-Marlon glücklich.

Winds Vater räusperte sich umständlich.
»Ich habe nächsten Freitag kein Meeting für die Bank«, sagte er. »Kann ich mitkommen?«